Confusão em dobro

Stephanie Tromly

Confusão em dobro

Tradução de Flora Pinheiro

Rocco

Título original
TROUBLE MAKES A COMEBACK

Copyright © 2016 *by* Stephanie Tromly

Todos os direitos reservados.

Edição brasileira publicada mediante acordo com
Lennart Sane Agency AB

Direitos para a língua portuguesa reservados
com exclusividade para o Brasil à
EDITORA ROCCO LTDA.
Rua Evaristo da Veiga, 65 – 11º andar
Passeio Corporate – Torre 1
20031-040 – Rio de Janeiro – RJ
Tel.: (21) 3525-2000 – Fax: (21) 3525-2001
rocco@rocco.com.br |www.rocco.com.br

Printed in Brazil/Impresso no Brasil

CIP-BRASIL. CATALOGAÇÃO NA PUBLICAÇÃO
SINDICATO NACIONAL DOS EDITORES DE LIVROS, RJ

T766c

    Tromly, Stephanie
        Confusão em dobro / Stephanie Tromly ; tradução Flora Pinheiro. - 1. ed. - Rio de Janeiro : Rocco, 2023.

        Tradução de: Trouble makes a comeback
        ISBN 978-65-5532-317-7
        ISBN 978-65-5595-165-3 (recurso eletrônico)

        1. Ficção. 2. Aventura e aventureiros - Literatura infantojuvenil. 3. Literatura infantojuvenil filipina. I. Pinheiro, Flora. II. Título.

22-80881   CDD: 808.899282
                         CDU: 82-93(599)

Gabriela Faray Ferreira Lopes - Bibliotecária - CRB-7/6643

O texto deste livro obedece às normas do
Acordo Ortográfico da Língua Portuguesa.

⁘

Não acredito em felizes para sempre. Ninguém com mais de treze anos e acesso à internet tem o direito de acreditar nessas besteiras. Mas o ano que estou tendo desafia seriamente o cinismo salvador que cultivei por anos.

Na verdade, para ser mais exata, estou tendo um segundo semestre incrível. Meu primeiro semestre foi um fiasco completo, graças à minha amizade com Philip Digby. Embora, sinceramente, eu nem tenha certeza de que Digby me considerava sua amiga. Cúmplice, claro. Mas aí ele me beijou, e agora somos o quê? Mais do que amigos? Algo além de amigos? Odeio semântica.

Em geral, eu nem teria caído naquele teatrinho de cachorro perdido na chuva dele. Mas eu era nova na cidade, não tinha amigos e ainda estava sofrendo com o divórcio brutal dos meus pais. Então descobri que a irmã de Digby, Sally, tinha sido levada de sua própria cama no meio da noite quando tinha quatro anos e ele, apenas sete. Para complicar ainda mais a tragédia de perder Sally, as autoridades pensaram que os pais ou o próprio Digby estavam por trás do sequestro. Pior, todos em River Heights estavam convencidos disso e se voltaram contra a família deles. A pressão foi destruidora. Descobriu-se que o cachorrinho perdido também era o injustiçado. Não pude resistir.

Por volta do Dia de Ação de Graças, ele já tinha me feito ser presa, depois sequestrada e então quase morta em uma explosão. Mas, pelo lado positivo, também desmantelamos uma operação de tráfico de metanfetamina e encontramos uma garota desaparecida. Mas não era a irmã de Digby, então ele saiu da cidade para continuar a busca.

Não sem antes, porém, de bagunçar minha cabeça com aquele beijo. E aí... nada. Nem um pio daquele idiota por cinco meses.

Enquanto isso, todo mundo tinha ficado sabendo que eu estava andando com ele e que de alguma forma nós derrubamos uma grande quadrilha de drogas. As pessoas na escola ficaram curiosas, e eu tive que ser rápida se quisesse transformar minha infâmia em amizades que iriam além da estranha camaradagem que eu tinha experimentado nos momentos em que o circo pegava fogo enquanto estava com Digby. Eu sabia que aqueles eram meus curtíssimos quinze minutos de fama, então me obriguei a ignorar o vazio deixado pela ausência de Digby em minha alma e *me esforcei*.

Minhas primeiras tentativas de conhecer pessoas novas foram um desastre. Mas então percebi que estava entediando todo mundo com detalhes e, depois que basicamente parei de falar tanto e passei a quase só fazer perguntas, as coisas melhoraram. Aí, por fim, depois de uma conversa no vestiário — sobre como era injusto as aulas irem até 23 de dezembro — com Allie e Charlotte, duas das garotas mais simpáticas da minha aula de educação física, fui aceita. Um convite para o almoço se transformou em aulas de delineador nos banheiros bons da escola e em fins de semana batendo perna no shopping com elas. Depois de algum tempo, percebi que estava gostando da situação, e não era só por finalmente estar me sentindo incluída. Eu estava me divertindo de verdade com Charlotte e Allie. Elas eram amigas desde o ensino fundamental, mas eu sentia que estavam se esforçando para não me excluírem. E deu certo. As coisas estavam melhorando.

Minha sorte continuou melhorando, na verdade, até depois das férias de inverno, quando arrumei meu primeiro namorado oficial: Austin Shaeffer. Aconteceu no shopping. Eu estava com Allie e Charlotte quando vi um cara sair correndo da Foot Locker. Não tive tempo — ou talvez não tirei um tempo — para pensar. Antes que soubesse o que estava fazendo, chutei uma placa de rodinhas com os dizeres LIQUIDAÇÃO DE NATAL para o caminho do cara.

Ele bateu na placa com um *ploft* (surpreendentemente) satisfatório. Digby adoraria ver os funcionários da Foot Locker atacarem o ladrão e tirarem de seus bolsos um monte de *smartwatches* ainda nas caixas. Pela primeira vez em muito tempo, me permiti sentir saudades da vida com Digby. Eu estava tão distraída que não percebi que um funcionário da Foot Locker tinha começado a falar comigo.

— Desculpe, o quê? — perguntei.

Foi aí que percebi que era Austin Shaeffer. A gente não tinha nenhuma aula junto, mas eu já tinha reparado nele na escola. Era difícil não reparar em Austin. Ele era bonito e atlético, um dos poucos caras que conseguiam ser engraçados sem serem maldosos. Ele me lembrava um pouco o amigo de Digby, Henry, embora talvez fosse porque Austin era o reserva de Henry no nosso time de futebol americano.

— Foi você que empurrou a placa, né? — disse Austin.

A essa altura, as pessoas estavam batendo palmas. Charlotte apontou para mim, gritando:

— Ela é nossa amiga. Nossa amiga que fez isso!.

Allie se abaixou para tirar uma selfie com o ladrão ferido.

— Como você sabia que ele tinha roubado alguma coisa? — perguntou Austin.

Eu quase disse algo sobre a estranha protuberância no casaco do cara e como o jeito que ele corria de cabeça baixa parecia ir além da urgência normal de estou-atrasado-para-o-cinema, mas olhei nos grandes olhos azuis de Austin e me contive. *Seja normal, Zoe*. Austin Shaeffer não liga para os seus conhecimentos de linguagem corporal.

— Bem... Quer saber a verdade?

Austin se inclinou, me forçando a reparar em sua loção pós-barba.

— Quero.

— Eu tropecei. Acabei... chutando a placa sem querer. — Tentei não me julgar pela risadinha que soltei para convencê--lo da mentira.

— Zoe Webster, certo? — disse Austin.

— Isso... e você é Austin...

Então, de repente, Austin Shaeffer estava segurando minha mão direita. Eu tinha me esquecido do meu café com leite gelado e, ao fingir naturalidade, acabei relaxando tanto a mão que a bebida entornou um pouco.

— Cuidado — disse Austin. — Então, Zoe Webster, você salvou minha pele. Eu ia ser demitido se minha seção fosse roubada de novo. — Ele apontou para o meu copo. — Você já deve ter tomado café suficiente por hoje, mas que tal a gente se encontrar no fim de semana?

Allie e Charlotte gargalharam malignamente enquanto Austin salvava meu telefone em seu celular.

— Que fofo... Austin Shaeffer está corando — disse Allie.

— Cuidado, Zoe, Austin é encrenca pura — provocou Charlotte.

— Não sou nada... Não ligue para essas duas — disse Austin.

Depois que Austin foi embora, Allie, Charlotte e eu passamos horas falando sobre ele. Elas gostavam dele, eu gostava delas e queria que gostassem de mim. Austin Shaeffer aparentemente gostava de mim e, ao final da tarde, eu já sentia que gostava *muito* dele. Depois que Austin e eu saímos pela primeira vez para tomar um café, Allie, Charlotte e eu analisamos cada momento que passei com ele. Estar dentro daquela câmara de eco vertiginosa foi no mínimo tão divertido quanto o encontro em si.

Então, agora eu tenho um namorado e amigas. Ganhei flores no dia dos namorados, sou convidada para festas do pijama e até que tenho um número razoável de seguidores nas redes sociais. Claro, há momentos em que me sinto uma estranha em minha própria vida, mas na maior parte do tempo é bom fazer parte de alguma coisa. Finalmente sou normal.

Mas agora tudo isso está indo pro brejo. Digby voltou para River Heights nove dias atrás e meu final feliz acabou. Neste exato momento, estou prestes a fazer minha entrada no maior baile do ano. Meu namorado está me esperando lá dentro. Ele provavelmente vai ser o quarterback titular em breve, o que significa que estou namorando o príncipe encantado oficial da River Heights High. Estou usando roupas muito acima das minhas possibilidades e andando em um carro chique com Sloane Bloom, minha ex-inimiga que de alguma forma se transformou em minha versão perversa de uma fada madrinha. Mas agora, prestes a ter meu momento Cinderela, tudo o que importa para mim é se Digby vai estar na festa. Entende o que quero dizer? Final feliz arruinado.

Mas, como sempre, estou me adiantando nessa história. Antes preciso contar sobre os últimos nove dias.

CAPÍTULO UM

— Abril é o mês mais cruel — disse minha mãe. — Pode falar logo, Zoe. Você me avisou.

Como minha mãe trabalhava de casa nas tardes de sexta-feira, eu tinha pensado em economizar tempo pedindo uma carona até o meu trabalho no shopping. Foi um erro.

Minha mãe pisava com toda a força no acelerador, mas nosso carro estava oficialmente atolado. As rodas do lado esquerdo tocavam o asfalto, mas as do lado direito estavam no erguidas por causa do enorme monte de neve acima do qual ela tinha parado. Estava começando a me sentir meio enjoada por ficar sentada inclinada enquanto o motor rugia inutilmente. Além disso, o carro fedia a cigarros. Minha mãe achava que ninguém sabia que ela fumava durante o trajeto até a faculdade comunitária onde dava aulas de literatura.

— Zoe me avisou para não estacionar no banco de neve — disse minha mãe para Austin, que estava sentado no banco de trás. — Mas não parecia tão grande ontem à noite.

— Eu vou pegar sua pá — disse ele.

— Zoe, guarde essas coisas ridículas — mandou minha mãe, pegando alguns dos meus cartões de vocabulário, e bufou com impaciência. — O que isso tem a ver com aprender a ler ou escrever bem?

— É, mãe. Eu sei. Nada. Mas tem tudo a ver com tirar uma nota boa no SAT no fim de semana que vem — falei. — Estou extremamente estressada com isso...

Austin voltou com nossa pá e disse:

— Vou começar a cavar, certo, Srta. Finn?

Austin ainda estava na fase do "Srta. Finn" com a minha mãe. Ela, por sua vez, ainda ficava tímida e penteava o cabelo antes de Austin chegar. Na verdade, até *eu* ainda fazia isso. Sentada no carro da minha mãe e observando Austin, todo músculos e força de vontade, nos desatolando da neve, refleti sobre como provavelmente era *bom* que eu ainda ficasse nervosa antes de ele chegar.

Austin jogou neve por cima do ombro, gritou *OPA*, caiu e desapareceu sob o capô do carro. Minha mãe e eu saímos correndo.

Foi uma cena de filme: Austin de costas, o rosto bonito a centímetros do pneu girando. Nós o puxamos para fora, tão horrorizadas que nem nos lembramos de ter fechado as portas do carro até ouvirmos as travas automáticas. Lá estava nosso carro, subindo um banco de neve, as portas trancadas, chaves na ignição e rodas girando com o motor ligado.

— Não! — Minha mãe se jogou no capô do carro, tarde demais. Ele balançou sob seu peso.

— Cuidado, Srta. Finn — disse Austin.

— Sai da frente do carro, mãe. — Para Austin, eu disse: — Rápido, coloque a neve de volta. Mas não debaixo do pneu!

— Acho que temos chaves reserva em casa — disse minha mãe.

— *Vai logo*. Mas, se não encontrar rápido, ligue para a emergência — falei. — Ou para um reboque.

— Ai, Deus, minha vida é ridícula!

Ela correu para dentro.

Austin voltou a cavar no sentido contrário enquanto eu chutava a neve para debaixo do carro de novo. Então uma figura alta de preto passou rapidamente pela minha visão periférica e desapareceu atrás de um SUV. Algo em seu andar desengonçado me deixou superfeliz, depois com raiva e então confusa.

De repente, lá estava ele. Digby. De pé ao meu lado. Fiquei com a sensação de que ele estava mais alto e corpulento do que quando foi embora, mas podia ser só por causa da jaqueta grossa. Ele parecia cansado da estrada, com a barba por fazer, e largou a mochila na neve. Era óbvio que chegava ao fim de uma longa jornada.

— E aí, Princeton — disse Digby. — Precisa de ajuda?

Ele segurava uma chave de fenda e uma antena comprida que havia arrancado do SUV pelo qual tinha passado. Abriu um espaço na costura de borracha entre a porta do carona e o teto, enfiou a antena e apertou o botão de *ABRIR PORTAS* do lado do motorista. Então entrou no carro e desligou o motor.

Eu entrei também, só percebendo depois que estávamos os dois sozinhos no carro, que nos cinco meses desde seu sumiço, eu tinha acumulado tantas frases combativas que nem sabia qual usar primeiro.

— Você voltou? — perguntei.

Digby fez um gesto de *ta-da*.

— Adivinha só onde eu estive. Espera, não precisa. Você nunca vai adivinhar. Prisão Federal. — Ele riu quando minhas sobrancelhas se ergueram. — Fui a Fort Dix falar com Ezekiel.

Ezekiel. Ouvir o nome do traficante foi o suficiente para me fazer reviver o horror de ser enfiada no porta-malas do carro dele e quase ser explodida junto com Digby durante uma tentativa fracassada de tirar vantagem da chefe dele.

Digby se inclinou mais para perto.

— Estávamos vendo tudo pelo ângulo errado, Princeton. Sally não foi levada por algum pervertido... É outra coisa. Quando finalmente consegui fazer Ezekiel me colocar em sua lista de visitantes, ele me contou sobre um amigo... vamos chamá-lo de Joe... que tinha uma boca de fumo no centro da cidade. Pelo que parece, alguns caras alugaram a casa de Joe por uma semana, bem na época em que Sally desapareceu.

Joe os viu carregando uma garotinha no meio da noite. Mas, quando foram embora... deixaram na casa várias coisas, tipo roupas infantis *masculinas* e videogames. — Digby fez uma pausa dramática. — Lembra que Ezekiel disse que era para eles me levarem?

— Quem são eles? — perguntei.

— Exatamente — disse ele.

— Exatamente o quê? — questionei. — Quem são eles?

— Bem, *isso* eu ainda não descobri — respondeu Digby.

— Ezekiel te contou alguma coisa concreta? Tipo, como eram esses caras? Ou onde *fica* a boca de fumo?

— O amigo dele contou que os caras usavam ternos bonitos e tinham carrões pretos novinhos em folha. Ezekiel não sabia o endereço. Ternos bonitos e carros pretos parecem coisa do governo, e você sabe que isso provavelmente significa... Meu pai — disse Digby. — Aposto que tinha algo a ver com o antigo emprego dele na Perses Analytics.

— Onde o pai de Felix trabalha? — perguntei. — Achei que você tivesse falado que seu pai é alcoólatra.

— Ser alcoólatra estava mais para um passatempo de Joel Digby. Alcoólatras também precisam pagar boletos, Princeton.

— Ele era um cientista?

— Engenheiro de propulsão — disse Digby. — Eu me pergunto no que ele estava trabalhando.

— Mas talvez você só esteja sendo paranoico. Ou talvez seu pai fosse viciado em apostas e alguém tenha levado Sally para pagar uma dívida de jogo. Ou talvez Ezekiel seja uma pessoa horrível e esteja te manipulando por ter feito com que fosse preso — falei.

— Mas essas explicações são tão chatas — disse Digby. — E, sabe de uma coisa, Ezekiel e eu começamos a conversar, e ele não é um cara tão ruim...

— Ele vendia metanfetamina para crianças e fingia estar em um culto estranho para se safar — falei.

Digby deu um tapa no volante.

— Ah... o velho choque de realidade da Princeton. Esqueci como isso é divertido.

— Você esqueceu? É por isso que não tenho notícias suas há cinco meses? — perguntei.

Digby pareceu sinceramente surpreso.

— Eu estava ocupado... — Ele apontou por cima do para-brisa para Austin, que ainda estava cavando. — Você andou ocupada também. Eu suponho que ele seja...?

— Isso. Estamos saindo... Estamos juntos... Ele é meu namorado...

— Entendi — disse Digby. — Austin Shaeffer, hein? Você já ensinou a diferença entre esquerda e direita para ele?

Meses antes, ele tinha flagrado Austin escrevendo um D na mão direita e um E na mão esquerda antes do jogo.

— Isso é só para dar sorte, uma coisa que ele começou a fazer quando jogava futebol americano na liga infantil — argumentei.

— Bem, longe de mim chamá-lo de burro, mas ele ainda está cavando, e o carro está desligado já faz o quê? Dois minutos? — Digby tocou a buzina, ergueu as mãos e gritou: — E aí, amigo? Aham. O motor está desligado.

Austin entrou no banco de trás.

— Oi... você é Digby, né?

— Oi, Austin. — Digby apontou para a bolsa de ginástica e o capacete de futebol de Austin no banco de trás. — Vai ter jogo mais tarde ou algo assim?

— São minhas coisas de academia — respondeu Austin.

— Hã... a gente não joga futebol no inverno, cara.

Eu me encolhi ao ouvir o tom condescendente de Austin.

— Pelo que ouvi, você também não joga futebol no outono, *cara*. Continua no banco dos reservas, rezando para Henry se machucar? — disse Digby.

— Certo, Digby — falei —, isso é...

— Eu sou o quarterback reserva. Jogo bastante. Você saberia disso se entendesse alguma coisa de futebol — retrucou Austin.

— Agora você me pegou, atleta — disse Digby. — Fico a noite toda acordado pensando em tudo que não sei sobre futebol.

— Vocês vão me fazer ir buscar a mangueira? — interrompi. — Digby, podemos conversar mais tarde? Austin e eu estávamos prestes a ir ao shopping.

— Encontro à tarde no shopping? — perguntou Digby.

— Não, nós vamos trabalhar — falei. — Eu vou para a Festa de Primavera depois.

— Festa de Primavera? Isso é hoje? Espera aí... trabalho? — perguntou Digby. — Você quer dizer que aquele engomadinho do seu pai parou mesmo de te dar dinheiro?

— Meu pai é um homem de palavra.

— Você não usou o segredo que eu te contei sobre ele? — quis saber Digby. — A informação é real.

— Você quer dizer aquelas coisas que você encontrou sobre ele estar escondendo dinheiro da minha mãe? Não. Não sou uma extorsionária nata como você. Não posso começar a chantagear as pessoas do nada.

— É só uma chantagenzinha de nada — disse Digby.

— Eu prefiro trabalhar e pronto.

— Qual é o problema de trabalhar? — perguntou Austin.

— Espere um pouco... Esse não é o carro da sua mãe. — Digby passou os dedos no cofre de armas aparafusado no painel e encontrou uma sirene de polícia sob o assento. — Este é o... carro que o policial Cooper traz para casa? — Ele compreendeu. — Eles ainda estão juntos? Sua mãe e o policial que te prendeu estão em um relacionamento sério? Princeton, sua vida é interessante *mesmo*.

— Ele se mudou lá para casa faz três meses — falei.

— Uau... que tom. Você não está muito contente, hein? Liza é rápida no gatilho. — Digby mergulhou por cima de mim e pescou algo embaixo do meu assento.

— Ei, cara. Não estou gostando de você enfiando a cara no colo da minha namorada — disse Austin.

Ouvimos um forte rasgo do velcro e a mão de Digby surgiu segurando a munição que Cooper havia escondido debaixo do assento.

— Uau, eu me pergunto se a arma está aqui em algum lugar também.

— Talvez você devesse guardar isso — falei.

— Gata, eu vou me atrasar — disse Austin. — Acho que é melhor a gente pegar o ônibus.

— Pensando melhor, tenho umas coisinhas para resolver no shopping — comentou Digby. — Eu vou junto.

— Legal — disse Austin.

— Legal — disse Digby.

— Ótimo — disse Austin.

— Ótimo — disse Digby.

Ele estava com aquela expressão letal de tédio que eu queria que Austin soubesse tão bem quanto eu que deveria ser temida.

— Maravilha — falei. — É melhor eu ir dizer para minha mãe que não vamos esperar o reboque com ela.

CAPÍTULO DOIS

Foi a viagem de ônibus mais longa da minha vida. Austin é um cara doce, antiquado, à la *A Dama e o Vagabundo*, e ele estava sendo afetuoso como sempre, dividindo os fones de ouvido comigo e ficando de mãos dadas. Eu tinha visto Digby criticar abertamente esse tipo de demonstração pública de afeto, mas desta vez ele apenas sorriu para mim. Fiquei surpresa por chegarmos ao shopping sem incidentes.

— A gente se vê mais tarde, Austin. Pode deixar que eu acompanho a Zoe até o trabalho.

O tom de Digby me lembrou uma frase grosseira de uma camiseta que um de nossos amigos costumava usar: SUA NAMORADA ESTÁ EM BOAS MÃOS.

Austin se encolheu, mas disse:

— Tudo bem, cara. Eu entendo a situação.

— Ah, é? — retrucou Digby.

— Claro — disse Austin. — Zoe me contou tudo.

— Sério? O que ela te disse? — perguntou Digby. — Só para estarmos todos atualizados.

Eu estava temendo este momento. Austin entrou no carro antes que eu tivesse tempo de avisar a Digby que deixara de contar algumas coisas para o meu namorado. Nosso beijo, por exemplo.

— Tudo o que aconteceu no ano passado, com aquela explosão... Eu sei que vocês eram unha e carne — explicou Austin. — O irmão que ela nunca teve.

Grandes palavras para se dizer a um cara com a irmã desaparecida.

— Isso mesmo. O irmão que ela nunca teve... Esse sou eu — disse Digby. — Estamos todos atualizados.

Austin me deu um beijo possesivo e foi para o trabalho.

— Talvez se eu te der um abraço mais tarde, ele não vai ter escolha a não ser te marcar com o próprio xixi — comentou Digby. — É melhor passar algum tempo acalmando-o hoje à noite... *maninha*.

— Eu não sabia o que dizer a ele. Você foi embo...

— Claro. O que há para contar? — Mas seu tom era de acusação.

— É tão irritante você me fazer sentir como se *eu* tivesse feito algo errado.

Eu me afastei. Ele me deixou andar bastante antes de vir correndo atrás de mim.

— Ei, espera — disse ele. — Aonde você está indo?

— Já falei. Para o trabalho.

Parei para comprar um café. Quando ele adicionou dois biscoitos à minha conta, eu perguntei:

— Você ainda come feito uma draga?

Digby me deu seu sorriso preguiçoso de olhos tristes. Eu me perguntei se, como antes, ele estava pensando em dormir na garagem da mãe, vivendo de bolachas e pacotes de ketchup outra vez.

— Trabalho, hein? — Digby me olhou de cima a baixo.

— O que foi? Você está me assustando — falei.

— Me dê um segundo, estou um pouco enferrujado. Certo, nada de maquiagem, então não é um trabalho com cosméticos. Vestido vintage, antiquado, com jeito de dona de casa sem graça...

A barista que estava me atendendo franziu a testa para Digby.

— Oi? Educação mandou lembranças... — comentou.

— ... então não é uma loja de roupas moderninha. A praça de alimentação não pode ser. A cara que você sempre faz quando eu como... Você não tem futuro no setor de alimentação — disse Digby. — Esses saltos são surpreendentemente altos para os seus padrões, então você não vai ficar andando de lá pra cá em uma loja de departamentos...

— Vai, vamos logo com isso — falei.

— Certo. Vou chutar estagiária no banco ou na loja da Hallmark — concluiu ele.

Vê-lo com dificuldades para adivinhar era cômico.

— Floricultura? Aquela loja de cristais? Não acredito que é o quiosque da loteria? — ele continuou chutando.

— Ih, você está mais do que enferrujado, meu amigo — falei.

Entramos na The Last Bookstand, o sebo onde eu trabalhava.

— Espera, essa aí é nova. Não estava aqui quando fui embora — disse Digby.

— Um monte de desculpas esfarrapadas. O velho Digby já teria decorado o mapa novo do shopping logo na entrada — falei.

— Droga — disse ele. — O velho Digby teria *mesmo* decorado o mapa.

A loja estava vazia, mas ouvi meu gerente trabalhando nos fundos.

— Fisher! Cheguei... Desculpe o atraso. Tivemos problemas com o carro.

Digby cheirou o ar.

— Isso é patchouli? Incenso?

— Incenso de patchouli — falei. — Seguinte: meu gerente, Fisher, tinha uma fazenda de cânhamo em Vermont. Quando você conhecer, vai querer tirar sarro dele, mas está proibido. Ele é o cara mais legal que já conheci e teve um ano difícil.

— Ok. Nada de piadas. Piadas sobre hippies são fáceis demais, de qualquer maneira — disse Digby. — Ei, hã... Princeton? Acho que perdi seu aniversário. Comprei uma coisa pra você.

Por si só, o tom de azul da caixa sem dúvida empolgaria a metros de distância.

— Tiffany? — falei.
— Bem, Tiffany pontocom — disse ele. — Abra.
— Você comprou um pingente para mim?

Fiquei bastante surpresa quando vi que ele havia recortado e colocado fotos nas pequenas molduras ovais, mas quando vi que tinha escolhido selfies decentes de nós dois no baile de inverno, fiquei sem palavras.

— Não tome banho com ele... — avisou.
— Certo. A prata vai manchar...
— Além disso, eu escondi dois cartões micro SD aí dentro — completou ele.
— Claro que escondeu — falei, devolvendo a caixa para ele. — O que tem neles?
— Quando cheguei em casa, no Texas, fiz um backup do computador do meu pai nesses cartões SD.
— Backup? Você quis dizer que roubou os arquivos dele.

Digby tirou as fotos e me mostrou os cartões SD atrás de um revestimento transparente.

— Eu coloquei em uma resina para não ficarem soltos — explicou.
— Então, em suma, você roubou informações governamentais secretas da Perses Analytics, informações que, de acordo a sua teoria, as pessoas estão sequestrando crianças para chegar a elas, guardou neste colar e agora quer que eu pendure isso no pescoço — falei.
— É meu backup... caso encontrem a cópia em que estou trabalhando — disse Digby.

— Por que não podemos enterrar ou algo do tipo? Ou esconder atrás de uma saída de ar-condicionado?

— Com meus cigarros de cravo e catálogos da Victoria's Secret? Não seja ridícula, Princeton — retrucou ele. — Isso é sério.

— Não.

— Por favor... a resposta sobre quem sequestrou minha irmã pode estar aí — argumentou Digby, empurrando a caixa de volta pelo balcão.

— Então use *você*.

— Está de brincadeira? Eles vão me revistar rapidinho — disse ele.

— E vão me revistar logo em seguida. Eu estou sempre com você.

— Sempre comigo? — Digby arqueou as sobrancelhas. — Austin vai gostar disso?

Austin. Verdade.

— Ei, Zoe... — Fisher saiu dos fundos da loja segurando um vaso de hortênsias que Austin havia comprado para mim uma semana antes. — Olha só, ainda estão bonitas... embora eu deteste hortênsias.

Peguei a caixa do balcão e guardei no bolso da jaqueta. Achei que Fisher não precisava ver Digby me dando algo em uma caixa da Tiffany.

— Então *você* é o hippie de Vermont que gosta de cânhamo? — perguntou Digby.

— Acho que sou — respondeu Fisher. — Você é amigo de Zoe?

Meus parabéns a Fisher por não vacilar quando Digby se inclinou em sua direção e deu uma fungada profunda.

— Foi mal, Fisher — falei.

— Você deve ser Digby — disse Fisher. — Reconheço você das histórias da Zoe, cara. Gostei do terno.

Digby andou em volta de Fisher.

— E você é Fisher. Supostamente.
— Supostamente? Sim, sou eu. Nada de "supostamente".
— Sinto muito, Fisher, ele é...
— Sua barba é nova e ainda coça... Estou sentindo o cheiro de álcool dos antialérgicos que você passou. Metade do seu cabelo é de apliques... como se você tivesse deixado crescer muito rápido... por mais ou menos uns seis meses. Bem quando você apareceu na cidade, aposto — disse Digby.
— Digby. Cabelo? Sério? — falei.
— Mas o que é ainda mais interessante é a organização deste espaço. — Digby estava animado agora. — Está vendo como os corredores estão organizados para que os clientes tenham que passar pela recepção para entrar ou sair da loja? Parece um labirinto louco de um colecionador hippie, mas, na verdade, é uma emboscada de um soldado de elite... os ladrões precisam passar por esse gargalo. Como você sabia fazer isso?
— Como *você* sabia fazer isso? — Fisher perguntou a Digby. — *Emboscada?* Uau... que vocabulário.
— Desculpe, Fisher. Se bem que, agora que estou pensando nas prateleiras... isso não é um risco de incêndio? — falei.
— Risco de incêndio. Espere. — Digby saiu correndo da loja e voltou segurando um extintor de incêndio. — Princeton, você teve que reorganizar as prateleiras? Por volta de... 20 de dezembro?
— Hã, na verdade, tive... Colocamos uma estante de luminárias de leitura chiques antes do Natal...
— Mas então ele fez você colocar as prateleiras de volta nesse formato de labirinto alguns dias depois? — disse Digby.
— Bem, sim, as luminárias não estavam vendendo — expliquei.
Digby me mostrou a etiqueta do extintor de incêndio.
— Os inspetores dos bombeiros vieram ao shopping no dia 21 de dezembro. — Digby apontou para Fisher. — Você fez a

Princeton mudar as prateleiras de lugar para a visita dos bombeiros e, depois de passar na inspeção, fez com que ela reconstruísse a emboscada. — Digby ergueu o punho fechado em comemoração. — O velho Digby está de volta. Você é o quê? Policial? Militar? Ou... algo pior?

Fisher parecia mais triste por Digby do que qualquer outra coisa.

— O cheiro de álcool deve ser do enxaguante bucal que usei depois de comer meu burrito no café da manhã. A loja está organizada assim porque os livros de colecionador ficam na parte de trás, e esta não é minha primeira vez trabalhando no ramo — explicou Fisher. — E eu coloquei apliques de cabelo porque ele ficou irregular depois que fiz quimioterapia no ano passado. Um leão precisa da sua juba, cara.

Digby continuou.

— Quimioterapia, foi?

— Digby, se você for respeitar algum limite... algum dia... O limite deveria ser "câncer"— falei.

— Quimioterapia. Essa é uma boa explicação. Crível. — Digby caminhou em direção a Fisher, sem parar nem quando chegou tão perto que meu gerente teve que começar a recuar. — Mas explique *isso*.

Digby empurrou meu café do balcão. Meu grito acabou estrangulado quando Fisher pegou o copo sem derramar uma gota.

— Você tem ótimos reflexos — comentou Digby.

Mantendo o resto do corpo perfeitamente imóvel, Fisher derrubou meu vaso de hortênsias. Digby também o pegou.

— Eu poderia dizer a mesma coisa sobre você — disse Fisher.

— Será que vocês dois podem ter essa discussão idiota com os pertences de outra pessoa? — Peguei o café e o vaso.

— Digby, pare de arrumar confusão. Você está cansado ou algo assim? Com fome?

— Morrendo de fome.
— Deus, você é uma criança. Por que não vai comer alguma coisa?
— É... — disse Digby. — A gente se vê depois que você sair do trabalho? A gente precisa conversar.

A sua intensidade repentina ao dizer isso fez meu coração disparar. Eu não sabia se estava pronta para *conversar*.

Justo quando minha falta de resposta começou a ficar desagradável, Fisher comentou:

— Se quiser, o movimento está bem devagar agora... você pode dar uma saída. Te mando uma mensagem de texto se o movimento aumentar.

— Essa é a coisa mais estranha e menos gerencial que já ouvi — comentou Digby.

— "Funcionários felizes trabalham felizes", cara — disse Fisher.

— Está mais para "a alta rotatividade de funcionários dificulta manter uma falsa identidade". — Digby pegou um livro. — Quanto é este?

— Por conta da casa, garoto — disse Fisher. — Eu *pagaria* para que os jovens lessem Pynchon.

— Viu só? Esquisito. — Ao sair, Digby disse: — Cuidado com ele.

— Que coisa bizarra, cara — disse Fisher.

— Isso não é nada. Ele carrega um bloquinho com uma lista de suspeitos e seus respectivos motivos para que a polícia tenha pistas, caso ele seja assassinado — falei.

++++

Digby não estava na praça de alimentação quando saí do trabalho. Nem no fliperama perto do cinema. Nem na loja de jogos. Até fui perguntar no restaurante de tacos onde ele costumava pegar comida grátis. Ficaram animados ao saber que ele estava de volta, mas não, ninguém tinha visto Digby. Desisti.

Minha mãe estava me esperando na Festa de Primavera, então decidi ir embora. No caminho para o ponto de ônibus, liguei para ele para avisar. Enquanto eu passava pela Ye Olde Tea & Crumpets Shoppe, ouvi gritos, seguidos por um grande estrondo. E de novo. Ao prestar mais atenção, percebi que na verdade eram *meus* gritos. Meu grito estava sendo repetido várias vezes, minha angústia preservada no que só poderia ser o toque do telefone de Digby.

E de fato lá estava ele, deitado em um banco na casa de chá. Sua cabeça estava apoiada na mochila, a parka fechada até o queixo, e um guardanapo de pano cobrindo o rosto.

O funcionário de sempre, Chad, estava atrás do balcão.

— Ele é amigo seu? Porque não é para ele dormir aqui — avisou o coitado do atendente.

Cutuquei no braço de Digby.

— Digby. Ei. — Dei uma joelhada em suas costelas. Nada. Para Chad, eu disse: — Nossa. Ele apagou *mesmo*. Sinto que deveria estar preocupada.

— Dá só uma olhada nisso. — Chad se aproximou e segurou o prato na mesa diante de Digby.

O prato tinha sido levantado meio centímetro da mesa quando Digby murmurou por debaixo do guardanapo:

— Não terminei ainda.

— O dia todo — disse Chad.

— Digby, vamos lá, levanta — falei.

— Que horas são? — perguntou Digby.

— Está na hora da Festa de Primavera — falei. — Eu te disse.

— Por que você vai? Tiro ao alvo e algodão-doce? Não é muito NYC...

Ele estava certo. A famosa Festa de Primavera de River Heights envolvia atividades como minizoológicos e shows de talentos. Este ano prometia ser ainda menos divertido porque estava nevando praticamente sem parar desde fevereiro, e a

Festa de Primavera havia sido transferida de seu espaço de sempre, ao ar livre, para o centro comunitário.

— Minha mãe está cuidando da barraca de leitura — falei. — Eu prometi que ajudaria. Além disso, as provas do SAT são daqui a uma semana. A Festa de Primavera e o filme que vou ver com Austin no fim de semana são as últimas coisas divertidas que posso fazer até lá.

— Austin não se importa se você e eu formos juntos?

— Ele trabalha até o fechamento hoje à noite — falei.

— Então é assim que vai ser, Princeton? Eu passo tempo com você nos horários vagos?

Nós nos encaramos e fiquei pensando. *Como* as coisas funcionariam entre Digby, Austin e mim?

— Uau. — Digby riu. — Ficou sério... — Ele pegou sua mochila. — Vamos para o tiro ao alvo.

CAPÍTULO TRÊS

A Festa de Primavera jamais seria um evento muito empolgante, mas a mudança para um espaço fechado eliminou qualquer possibilidade de animação. Os brinquedos grandes não foram montados e apenas as barracas menores foram levadas para o ginásio. Mas as pessoas estavam tão desesperadas por qualquer indício de primavera que a cidade toda compareceu mesmo assim. A Zoe de NYC teria odiado a multidão, mas a Zoe de River Heights achava que o centro comunitário lotado parecia festivo.

Ou talvez tivesse algo a ver com a cena que nos recebeu quando chegamos lá: minha ex-torturadora, Sloane Bloom, usando um traje de sumô inflável e um capacete imitando um coque com um pauzinho enfiado no cabelo. Por cinco dólares eu teria a oportunidade de bater nela na Barraca do Sumô, montada pela instituição de caridade preferida dos Bloom, o Hospital Infantil de River Heights. Seu oponente atual era um pré-adolescente com um traje semelhante, cujos amigos estavam na beira do ringue, entoando: "Mata, mata, mata!" Acho que o sujeitinho não estava conseguindo, porque depois de um tempo os amigos pularam as barreiras e atacaram Sloane.

— Um de cada vez, seus animais — reclamou ela. Mas os meninos a derrubaram e ela rolou pela linha, gritando: — Não. Nada disso. Você *não* vai receber prêmio nenhum.

Sloane estava patética, caída de costas, com a maquiagem borrada. Tive que consultar minha memorável coleção de traumas sofridos nas mãos de Sloane para não sentir muita pena por ela. Nunca gostei de assistir à queda dos poderosos. De longe, ouvi Digby dizer:

— Saiam de perto de mim. Não estão à venda.

Eu estava acostumada a ver o caos seguindo Digby, mas me deparar com uma multidão de criancinhas indo atrás dele, implorando por um dos vários balões que de alguma maneira tinha arranjado, foi impressionante.

— Não chegue perto de mim com isso — falei. Mas ele se aproximou, e logo as crianças estavam fervilhando ao meu redor também.

— Não. Estão. À venda! — Digby deu um tapinha para afastar a mão de um garoto que tentava pegar um balão à força.

— Digby, chega — falei. — Ei, crianças, a barraca de algodão-doce está distribuindo amostras grátis.

Eu me senti péssima quando vi a expressão horrorizada do cara do algodão-doce quando a matilha saiu correndo na direção dele.

— Muito obrigado, Princeton. Eu não conseguia raciocinar com todos aqueles pirralhos em cima de mim.

— Por outro lado, "não bata em criancinhas" deveria ser um pensamento automático — falei.

— Sabe, é assim que o conteúdo da aula de educação sexual deveria ser ensinado. Era só colocar a gente no meio de um enxame de crianças perturbadas e falar sobre abstinência — disse Digby.

— De onde vieram esses balões? Eu quero saber ou me tornaria uma cúmplice se você me contasse? — perguntei.

— Que nada, esses balões são do Felix.

Ele acenou com a cabeça na direção da Barraca do Sumô e perguntou:

— Aquela é Sloane? Uau, Princeton, parece o final feliz de um filme adolescente. Você ganhou.

— Não é essa a sensação — falei.

Henry Petropoulos, o quarterback titular do time e o boneco Ken para a Barbie de Sloane Bloom, aproximou-se de nós segurando uma raspadinha gigante e uma toalha.

— E aí, cara.

Ele e Digby trocaram acenos de cabeça.

Sloane veio cambaleante e, sem cumprimentar Digby ou a mim, pegou a raspadinha e tomou um longo gole. Ela se inclinou até onde o traje permitia e gritou:

— Estou morrendo!

— É só seu cérebro congelando, Sloane — disse Henry.

— Eu sei que é, gênio — retrucou ela.

Um funcionário da Barraca do Sumô gritou:

— Sloane, precisamos que você volte agora.

— Estou indo. — Para Henry, ela disse: — Odeio a vida.

Afastando-se, Sloane tomou outro grande gole da raspadinha e, nada surpreendentemente, soltou um grito. O copo explodiu quando ela o arremessou contra a parede e a bebida respingou em duas garotinhas que não fugiram rápido o suficiente.

— Tudo bem? Por que ela está brava com você? — disse Digby.

— Quem você acha que a ajudou a colocar o traje? — respondeu Henry.

— Ela não deveria estar cuidando da barraca de maquiagem ou algo do tipo? Qualquer que seja o trabalho para garotas bonitas por aqui? — perguntei.

— A Barraca do Beijo. — Henry apontou para a barraca ocupada por uma garota com cabelos loiros de sereia. — Lexi Ford está responsável por ela este ano.

— Pessoas pagando por contato físico. Não entendo como isso não é considerado prostituição — falei. — Por que isso ainda existe, hein? É tão 1952.

— Beijar não sai de moda, Princeton — disse Digby.

Ouvi a palavra *beijar* e, de repente, estava de volta à estação de ônibus onde ele havia me deixado cinco meses atrás.
— Você tem cinco dólares? — perguntou Digby.
— Você é nojento — falei.
Mas Digby não aceitou a nota que estendi para ele.
— Não é para mim. — Ele indicou Lexi com a cabeça. — Por que você não faz uma declaração feminista?
— Você precisa aprender o que é feminismo. — Para Henry, eu falei: — Sloane está bem? Quer dizer, agora que Lexi tomou seu lugar como nossa abelha-rainha?
Antes que Henry pudesse responder, uma mensagem apitou no seu celular. Ele leu a notificação com uma expressão sombria. Então passou o telefone para Digby.
— O que foi? — perguntei.
— Nada — disse Henry.
— Lá está ele. — Digby inclinou o queixo na direção da barraca de churrasco onde John Pappas, um enorme defensive tackle que as pessoas chamavam de Papa John, tentava comer um sanduíche com a mão enfaixada.
— John Pappas? — falei.
— O que houve com a mão dele? — perguntou Digby a Henry.
Eu me senti mal quando Henry deu de ombros. Eu estava passando muito tempo com o time de futebol ultimamente, por causa de Austin, e ouvi os caras falando mal de Henry. Ele não sabia o que tinha acontecido com a mão de John nem nada sobre o time porque os outros caras estavam deixando Henry de fora. Mesmo sabendo que a culpa era de *Digby* por Dominic, o linebacker, ter sido preso e expulso por posse de armas e drogas na escola, não importava. A amizade entre Henry e Digby foi suficiente para condená-lo.
— Ele quebrou dois dedos limpando a garagem — falei. Digby e Henry pareceram chocados. — O que foi? Austin me contou.

— Austin passa muito tempo com Papa John? — perguntou Digby.

— Não muito, na verdade. Por quê?

— Por nada — disse Henry. — O treinador Fogle quer que eu ajude Papa John a ficar em forma de novo.

— E falando em corpos atléticos... Aí vem Felix — disse Digby. — Está com uma cara ótima, Felix.

— Estou me sentindo ótimo, Digby.

Felix veio correndo vestindo um uniforme de futebol feminino das Leoas de River Heights.

— Felix, por favor me diz que não preciso te explicar por que essa camisa não é apropriada — falei.

Felix Fong era um gênio da River Heights High e um excelente exemplo dos motivos para nunca julgar um livro pela capa. Talvez por estar compensando o fato de que seus pais o adiantaram três anos na escola, mas o doce e diminuto Felix Fong é feroz. Se não fosse por ele, Ezekiel e seus cúmplices teriam fugido. Tipo, eu vi Felix desfibrilar um homem bem na *cara*.

— Não. É o time feminino, eu sei. Sou o gerente delas. O treinador Bailey vai voltar a treinar apenas os meninos. Eu cuido do cronograma, do orçamento, da escalação, do transporte, esse tipo de coisa. Uma das mães faz as partes mais esportivas — disse Felix.

Então me dei conta de algo.

— Espera aí. Nem você nem Henry ficam surpresos ao ver Digby. Por que eu sou a única que ficou surpresa por ele estar de volta?

— Ele me mandou uma mensagem na semana passada — explicou Henry. — A gente conversa por mensagem o tempo todo.

— Nós fazemos reuniões online — completou Felix. — Estamos trabalhando em algumas coisas juntos.

Eu me virei para Digby e disse:

— Então, esse tempo todo, era só comigo que você não estava falando? — Para Felix e Henry, falei: — E onde vocês dois estavam? Por que não me disseram que ele ia voltar?

— Toda vez que eu via você e Austin, vocês estavam sempre... — começou Henry. — ... tendo conversas particulares?

— Ah, é? Eu sempre via os dois se pegando... — comentou Felix. Ele apontou para os balões na mão de Digby. — Obrigado por segurar para mim. Entendo a física, mas não consigo desver todos os desenhos de crianças que saem voando. Tive pesadelos por meses depois que vi *Up*.

— Qual o objetivo desses balões, afinal? — falei.

— São para o time — disse Felix. — Lá vêm elas.

O time de futebol parecia um monte de gazelas no Serengeti, todas as jogadoras com suas pernas compridas e seus rabos de cavalo altos balançando em sincronia.

— Uau. Tem, tipo, uma centena delas — disse Digby.

— Vinte e quatro — corrigiu Felix.

— Espera aí. Quantas jogadoras tem um time de futebol? — perguntou Digby.

— Elas estão todas no time, mas dezessete participam de cada jogo — disse Felix. — Onze começam, seis substituem.

— Então nem todas jogam?

— Não sempre — disse Felix. — Quer dizer, vou tentar colocar todas em pelo menos um jogo durante a temporada, mas...

— Então por que *você* está dando balões para *elas*? — Quando Felix pareceu confuso, Digby disse: — Você se considera um gênio e não sacou que vinte e quatro garotas divididas por dezessete vagas significa que você não precisa dar balões para ninguém?

— Ah... — soltou Felix enquanto as Leoas o rodeavam e arrastavam para longe.

— Elas vão comer esse menino vivo — comentou Digby.

Na Barraca do Sumô, Sloane foi derrubada de novo. Ela ofegava e fazia caretas enquanto tentava se levantar e fracassava várias e várias vezes.

— Hum, é melhor eu ir ajudar antes que ela vomite — disse Henry antes de sair correndo.

— O que vai fazer com os balões? Talvez você possa dar para as crianças agora — falei.

— O quê? E recompensá-las por serem umas pestes? De jeito nenhum — disse Digby. — Este é um momento de aprendizado. Vou dar os balões para aquelas garotas trabalhando na barraca de cachorro-quente.

— Ah, sim. Isso com certeza vai ensinar uma lição para aqueles pirralhos.

— Por quê? Ficou incomodada?

— Hein? Me poupe — falei. — Pode ir. Uma mulher para bancar seus cachorros-quentes parece a garota dos seus sonhos.

— O que me lembra... — Ele conferiu o telefone. — Está com fome? Ou você vai esperar até Austin sair do trabalho?

— Não...

Então, pelo canto do olho, vi Allie e Charlotte vindo até nós. Eu não queria que elas me vissem com Digby. Não queria que Digby me visse com elas. Mas eu não tinha para onde ir.

— Oi, Zoe. Quem é *esse*? — quis saber Allie.

Charlotte deu uma cotovelada nas costelas de Allie, inclinou a cabeça para Digby e disse:

— É ele.

Allie disse:

— Você estuda na nossa escola?

Charlotte olhou Digby dos pés à cabeça.

— Uau. Você é bem como eu imaginei. Belo terno. — Como Allie ainda parecia confusa, Charlotte disse: — Ele é o detetivão da Zoe.

Allie finalmente se lembrou.

— Ah... Aquele cara.

Eu sabia que a maquiagem glamorosa da Califórnia e os sotaques de menina fútil de Charlotte e Allie eram um material de primeira para as piadas de Digby, mas felizmente ele engoliu quaisquer que fossem os comentários maldosos que pretendia fazer.

— Mas, enfim, este lugar é um tédio sem os brinquedos. Vamos para a casa da Allie comer Rice Krispies e fazer mechas — chamou Charlotte.

— Eu tenho, tipo, cinco tons de loiro — disse Allie.

— Você vem? — perguntou Charlotte.

— Posso encontrar com vocês mais tarde? Tenho que ficar aqui e ajudar minha mãe — falei.

A maneira como Charlotte olhou para Digby e disse "Tudo... bem..." me fez temer nossa próxima conversa.

Quando as duas saíram, Digby comentou:

— Mechas? Isso não era legal nem da primeira vez que estava na moda.

— Rá, rá... para de reclamar. Por que você se importa com o que as pessoas fazem para se divertir?

— É assim que *você* se diverte? — Quando dei de ombros, Digby disse: — Então... o fato de você não ir com elas significa que vem comer comigo?

— Não... significa que tenho que ajudar minha mãe. Exatamente como eu disse. — Comecei a me afastar.

— Agora?

— Agora eu vou ao banheiro — falei.

‡‡‡‡

Quase desmaiei quando abri a porta do banheiro e dei de cara com Sloane parada a centímetros do meu rosto.

— Preciso da sua ajuda.

Essa era a última coisa que eu esperaria ouvir da podre de rica e assustadoramente bonita Sloane Bloom.

Ela me empurrou de volta para dentro da cabine e trancou a porta. Ainda estava com a parte de baixo do traje de sumô inflável, então era um espaço apertado para nós duas.

— O que foi que deu em você? — perguntei.

— Não quero falar sobre isso aqui. Venha almoçar na minha casa amanhã — disse Sloane. — Lá eu conto tudo.

— Ir para a sua casa? Você não me disse uma palavra desde o semestre passado e agora quer me convidar para almoçar?

— Como assim? Eu conversei com você... hã...

Eu deixei o silêncio se prolongar por um segundo.

— Hã... nunca. *Nunca* é a palavra que você está tentando encontrar. Você nunca falou comigo. — O traje de Sloane estava quase me empurrando para dentro do vaso sanitário. — E chegue mais para trás. Por que estamos trancadas aqui, aliás?

Tive minha resposta quando duas garotas entraram no banheiro rindo e falando mal de uma "ela" misteriosa. Sloane cobriu a minha boca com a mão e me calou.

— ... aí a gordinha interior finalmente saiu. — Reconheci a voz de uma das loiras da corte de Sloane, Denise. — Espera. Tem alguém aí?

Sloane olhou para nossos pés e franziu as sobrancelhas. *Por favor*. Sei lá por que fiz isso por ela, mas subi em cima do vaso sanitário para que Sloane não fosse a garota estranha flagrada no banheiro com uma pessoa aleatória.

— Sloane? É você? — Quando Sloane não respondeu, Denise disse: — Eu estou vendo os pés da sua fantasia.

— Hã... sim, sou eu.

— Você está bem? — perguntou Denise.

— Estou.

O climão foi doloroso. Denise e a amiga usaram as cabines de cada lado de nós em um silêncio que não foi quebrado até depois de lavarem as mãos e saírem do banheiro. Antes que a porta se fechasse por completo atrás delas, as duas caíram na gargalhada.

— O que está acontecendo com você? — falei.
Sloane destrancou a porta e saímos.
— Apenas venha almoçar, está bem? — disse Sloane.
Sloane Bloom vestindo um traje inflável, escondida no banheiro e sendo ridicularizada? Era tudo muito intrigante.
— Está bem.
— Qual é seu telefone? Vou mandar o endereço e as explicações. — Eu passei o meu número e ela começou a digitar em seu telefone. — Qual é o telefone do Digby?
— Digby?
— Sim, preciso de vocês dois, criminosos, no caso.
— Espera, o que está acontecendo? Imaginei que seus problemas eram... — Fiz um gesto vago para a porta, referindo-me a Denise.
— Aquilo? Não. E, mesmo se eu estivesse tendo problemas com minhas amigas, como *você* poderia me ajudar?
A mensagem com o endereço chegou.
— Eu já estive na sua casa... Esse não é o caminho para lá.
— A temporada já começou. Abrimos a casa de veraneio.
Eu nem percebi que estava de má vontade até que ela disse:
— Ah, me poupe dessa palhaçada de ódio aos ricos. É um lugar horrendo e eu sou muito infeliz lá. Buá. Isso faz você se sentir melhor?
E então ela foi embora.
A raiva que me tomou quando saí do banheiro e vi Digby conversando com Bill me surpreendeu. Bill (cujo nome verdadeiro era Isabel, mas usava esse apelido porque, bem, ela adorava chamar atenção) estava usando um chapéu de caubói. Provavelmente era uma referência a algo inteligente e relevante, mas para mim foi apenas irritante. Eu sabia que minha hostilidade não era real. Era só o que restava da interação com Sloane. Ou talvez fosse por causa do semestre passado, quando Bill fingiu ser minha amiga só para se aproximar de Digby. Mas, naquele nanossegundo, a palavra *MEU* tomou

meu cérebro e fiquei coberta de ódio. Não ajudou em nada que Digby e Bill tivessem feito uma cara de culpa quando me viram olhando para eles. Quando Bill terminou de se despedir de Digby e saiu correndo, porém, eu tinha controlado meus sentimentos.

— Parece que Bill é famosa na internet agora? — disse Digby.

Desde que Bill e eu paramos de andar juntas, um post que ela escrevera sobre suas pesquisas na hora do almoço e um experimento de escalada social intencionalmente controversos foi republicado por um monte de blogs sarcásticos da nossa esfera. Depois disso, ela se tornou comentarista de alguns deles. Eu fiquei sabendo disso tudo pelo blog de Bill, que comecei a ler apenas para passar raiva, mas que agora acompanhava de verdade para ficar por dentro dos acontecimentos da escola.

— É. — Eu não confiava em mim mesma para dizer mais que isso.

Acho que minha brevidade afetou Digby, que disse:

— Ela queria dizer oi...

— Eu não estou te pedindo para se desculpar por ter outros amigos, Digby.

— Então, sou só eu ou está tudo de cabeça para baixo por aqui? — Tenho que admitir. O sujeito sabe virar a chave. — Você está indo ao cabeleireiro com as garotas populares, e Sloane está usando um traje de sumô e me convidando para almoçar. Nós vamos, certo?

— Bem, a ideia de ajudar Sloane é... — Eu mostrei a língua. — Mas, por outro lado, a ideia de Sloane ter um problema... como seria isso...? — Então me lembrei. — Droga. Não posso. Vou no cinema com Austin amanhã.

— Quanto tempo você acha que o almoço vai durar? — perguntou Digby. — Que horas é o seu filme? Sete?

— O filme é ao meio-dia — falei. — *À beira do abismo* no Cineforum.

Digby riu.

— Austin? *À beira do abismo?* Você vai passar metade do filme explicando o que acabou de acontecer.

— Dane-se. Você vai ter que ir almoçar sem mim — falei.

— Uau, Princeton, você está muito concorrida. Está gostando dessa vida no topo? — quis saber Digby. — É tudo o que você pensou que seria?

Boa pergunta.

CAPÍTULO QUATRO

Na manhã seguinte, eu tinha acabado de guardar o mel contrabandeado que usava para adoçar meu chá quando o policial Cooper entrou com uma montanha de arquivos do trabalho.

— Mike? É você? — Eu usava "Mike" na frente dele para deixá-lo à vontade, mas, na verdade, para mim ele sempre seria o policial Cooper: o cara que me prendeu. Mesmo depois que começou a namorar minha mãe e veio morar com a gente, continuava sendo o policial Cooper na minha cabeça.

— Gente, eles precisam limpar as ruas. Alguém vai quebrar o cárter em um desses bancos de neve — comentou Cooper.

Acho que minha mãe não devia ter mencionado nossa pequena aventura no carro dele.

Apontei para a pilha de arquivos que ele estava segurando.

— Trabalho de casa?

— Cortes no orçamento… — Ele começou a tirar o equipamento de policial. —Não querem pagar horas extras, e não é como se os criminosos de repente decidissem cometer vinte e cinco por cento menos crimes porque o departamento de polícia perdeu vinte e cinco por cento de receita. Sabe do que precisamos? Estagiários. Horas de papelada sem ganhar nada. Interessa? — Ele riu da própria piada.

Tentei manter a calma quando Cooper tomou um gole do meu chá. Fiquei preocupada com a possibilidade de ele sentir o gosto do mel, e eu não queria ouvi-lo discursar sobre a escravização das abelhas outra vez.

— Hummm... seu chá sempre fica mais gostoso do que o meu. Qual é o seu segredo?

— Eu, hã... coloco o Stevia antes da água quente. Fica menos amargo assim.

— Tenho que tentar.

Meu telefone tocou. Enfim, uma mensagem. O filme seria em meia hora e eu ainda não tinha recebido notícias de Austin naquela manhã. Peguei meu telefone de uma maneira nada calma.

— É aquele Austin? — Cooper se preparou para me dizer algo profundo. — Zoe... sabe...

— É o Digby. Ele voltou — falei.

Cooper se lançou em seu discurso.

— Com o meu trabalho, a gente aprende a diferenciar quem é legal de quem não é bem rápido. — Cooper me encarou intensamente. — Eu não estou tentando agir como se fosse seu pai e espero não estar passando dos limites, mas... esse garoto não é tudo o que você pensa.

— Ele só causa problemas, eu sei — falei.

— Você sabe?

— Claro que eu sei. Ele é grosseiro, sempre tem alguma pilantragem acontecendo... É muito irritante como ele só me liga quando precisa de alguma coisa — falei.

— Então por que você ainda está saindo com ele? — perguntou ele.

— O quê? Eu não estou saindo com ele.

— Vocês terminaram?

— Nós nunca namoramos... Foi só um beijo — falei. — E faz meses, de qualquer maneira.

Percebi que nunca tinha falado aquilo em voz alta antes. Nunca tinha nem contado para minha mãe.

— Um beijo? — disse ele.

— Espera — falei. — De quem você está falando?

— Daquele garoto, Austin. De quem *você* está falando? — disse ele. — Espera. Você disse que Philip Digby voltou?

Ele ficou tão envergonhado quanto eu quando rebobinamos mentalmente a conversa e percebemos onde os fios haviam se cruzado. Para nossa sorte, outra mensagem chegou logo em seguida. Desta vez, era de Austin.

Foi mal Zero nao vou poder hj vamo sair de noite, dizia.

Eu odiava que o autocorretor de Austin sempre me chamasse de Zero. Mas o que mais me chateou foi que eu já suspeitava que ele queria cancelar desde o início. Austin tinha resmungado algo preocupante quando eu disse que o filme era em preto e branco. Se soubesse que ele não iria aparecer, eu poderia ter feito outra coisa com o meu sábado. Por exemplo, ir ao almoço estranho da Sloane.

Foi aí que percebi que eram só 11h40 e eu ainda poderia ir ao almoço, se quisesse. E eu queria muito ir, porque Austin ficaria chateado por eu estar com Digby e isso seria perfeito. Mandei uma mensagem para Digby.

— Uau. Seu rosto... — Cooper abanou as mãos na frente do rosto. — ... mudou totalmente. Que mensagem foi aquela? Digby?

— Austin.

Então, de repente, eu me ouvi gritar da varanda.

— Odeio esse toque — falei.

— Austin? — perguntou Cooper.

— Digby.

Ele estava parado na porta quando abri.

— O que você está fazendo aqui? Eu te contei que tinha planos — falei.

— Do que você está falando? — Digby ergueu o telefone e leu a mensagem que eu tinha acabado de mandar: — "Ei, é tarde demais para eu ir ao almoço da Sloane? Estou em casa."

— Sim, mas eu acabei de mandar isso — falei. — E você já estava aqui.
— Eu deveria ter ficado esperando no carro para ser educado?
— Então você partiu do princípio de que meus planos seriam cancelados?
— Relaxa, Princeton, eu só arrisquei — disse ele. — Isso que estou sentindo é cheiro de bolo?
— Nesta casa? Improvável — falei.
Digby passou por mim de qualquer forma.
— Oficial Cooper.
— Me chame de Mike, Digby. — Ele e Digby apertaram as mãos. — Você já sarou?
— Meu braço direito estala e talvez não seja tão forte quanto antes, mas estou bem — respondeu Digby. — Então, fiquei sabendo que cortaram seu orçamento.
— É, foi brutal. O escritório está com metade das mesas vazias e cadeiras empilhadas. O moral foi pelo ralo — disse Cooper. — Ei... você já pensou em talvez entrar na academia depois da formatura? Brincar de polícia e ladrão profissionalmente? — Cooper se virou para mim porque eu estava rindo muito. — Qual é a graça? Ele leva jeito.
— Jeito para o quê? Para a polícia? — questionei. — Está mais para ladrão, não?
Digby olhou para nós por um longo momento.
— Tenho que decidir agora ou posso usar o banheiro primeiro?
Apontei para o banheiro de hóspedes no andar de baixo.
— Se importa se eu usar o de cima? Sou um pouco tímido.
Digby subiu as escadas correndo.
Quando ficamos sozinhos, eu pedi:
— Hum... sabe o que eu contei agora há pouco? Será que podemos manter isso entre nós?
— Manter o que entre nós? — disse Cooper.

— A história toda... sobre o beijo... — Mas ele não estava entendendo aonde eu queria chegar. — E a confusão com os nomes... Austin, Digby, Digby, Austin...

Cooper exagerou suas reações para mostrar que entendera.

— Ah... *isso*. Claro. Entendi. Bem, quer dizer, vou tentar, mas é muito difícil para mim, porque só consigo guardar um segredo de cada vez. Eles nunca me deixam ficar à paisana.

— Ele estava zoando comigo. Eu temia descobrir exatamente como. — Então... posso guardar segredo sobre a confusão com os nomes, ou posso guardar segredo sobre o mel que você guarda na mochila.

Droga.

— Sinto o gosto das lágrimas de abelhas exploradas em cada gole do seu chá — disse Cooper.

— Será que é mesmo um segredo se você já sabia?

— Bem, se é assim que seus segredos funcionam... — Ele apontou para cima. — Acho que não há problema em falar sobre seu "só um beijo" com Digby, já que *ele* já sabe...

Entreguei o mel para ele e ouvi os passos de Digby descendo as escadas.

Cooper apontou para a caixa de Pop-Tarts que Digby estava comendo e disse:

— Onde você conseguiu isso?

Pop-Tarts não estavam entre os alimentos banidos que eu guardava no meu estoque secreto de comida não vegana, então era óbvio que minha mãe também estava escondendo umas besteiras também.

— Do meu bolso? — chutou Digby. Eu odiava quando ele não se importava o bastante para tentar mentir de maneira convincente.

— É meu. São meus. Desculpe — falei.

— Você sabe o que tem nelas? Gelatina — disse Cooper.

— Sabe como gelatina é feita?

— Fervendo patas de vaca. Sim, você me disse.

— Mais alguma surpresa?
Eu não tinha coragem de mentir outra vez.
— Desculpe. Sim.
— Talvez eu não tenha descrito adequadamente o show de horrores que é a indústria americana de alimentos ultraprocessados — reclamou Cooper.
Arrastei Digby para longe. Quando estávamos saindo, eu disse por cima do ombro:
— A gente conversa mais tarde, está bem, Mike? Prometo que vou ler os panfletos desta vez.
Quando estávamos mais longe no caminho, Digby disse:
— Casa vegana, é?
— Sim... muitas mudanças desde que você foi embora — falei.
— Como o fato de que você de repente aprendeu a mentir? Os Pop-Tarts não eram seus. Estavam debaixo do saco da lata de lixo da sua mãe. Com os cigarros dela, a propósito. E encontrei seus Oreos. Como assim Oreo não é vegano?
— O açúcar é filtrado pelos resíduos de matadouros, pelo que parece — falei. — Ei, peraí. Os Oreos estavam na minha gaveta de roupas íntimas. O que você estava fazendo lá?
— Seguindo o cheiro de comida, Princeton — disse ele.
— Não vi nada.
Quando chegamos ao meio-fio, Digby destrancou um velho furgão branco sem janelas com as palavras OLYMPIO'S DINER estampadas na lateral.
— Isso parece um carro de serial killer, falando sério. Os pais do Henry sabem que você está com o furgão deles?
Nós entramos.
— Rá, rá — disse ele.
Eu coloquei o cinto e esperei que ele ligasse o carro. E esperei. E esperei mais um pouco.
— Algum problema?

Digby estava olhando pela janela para dois homens sentados no banco da frente de um SUV preto estacionado na garagem da casa ao lado da minha.

— Quem mora aí do seu lado agora? — perguntou Digby.

— Hã... Não sei... Estão reformando a casa desde que foi comprada depois do Natal. Ainda não vi os novos donos.

— Hum. Então, mais gente nova... Você não acha isso interessante?

— Urgente: pessoas se mudaram para uma casa — ironizei.

— Alguém já te disse que você não lida bem com mudanças?

Digby saiu do furgão e se recostou na porta, com os braços cruzados, olhando para os caras do SUV. Esperei uns minutos, então saí para me juntar a ele.

— O que você está fazendo? — perguntei. Os caras tinham reparado que estávamos olhando para eles. — Você está deixando os dois assustados.

— Na verdade, não estou. E isso não é estranho? — disse Digby. — Eles continuam só sentados lá.

Eu deixei Digby continuar seu jogo por mais um minuto.

— Você está sendo esquisito.

— E olhe para o carro deles... Sem nenhum emblema ou logotipo. Placas da concessionária... Tenho certeza de que essas janelas estão bloqueando mais luz do que o limite legal... — disse Digby.

— É sério? Agora você acha que meus outros vizinhos são suspeitos? — perguntei. — Meu Deus, por favor, não me diga que você vai explodir mais uma casa na minha rua.

As portas do carro se abriram e dois homens de terno escuro saíram e caminharam até a varanda.

— Homens de terno preto — disse ele.

— *Você* também usa um terno preto — falei.

Os dois pararam na porta. Um deles olhou de relance em nossa direção. Talvez fosse mesmo interessante como eles

eram discretos, em seus ternos e óculos escuros. Eu mal conseguia distinguir detalhes de seus rostos.
— Não é a casa deles... — disse Digby.
— Talvez estejam visitando — falei. — Ou estejam procurando as chaves.
— Ou... precisem arrombar a fechadura — disse Digby.
A porta da minha casa se abriu e Cooper saiu correndo com uma assadeira vazia. Ele atravessou o gramado e entregou o prato para os dois homens que Digby e eu estávamos observando. Chamei Cooper.
— O que foi isso? — perguntei. — Quem eram aqueles caras?
— Quem? Os Dans? Peguei a assadeira deles emprestada. Eles compraram a casa por uma bagatela depois que... você sabe... — Cooper apontou para outro lado da rua, em direção ao lote agora vazio onde antes ficava a mansão dos traficantes-barra-culto. — Ao que parecia, ainda estava soltando fumaça quando eles inauguraram a casa.
— Certo, está feliz agora? — perguntei a Digby. — Sei que você está decidido a continuar este jogo, mas estou com frio. E estamos atrasados para o almoço.

∷∷∷

Depois de pegarmos a estrada, eu disse:
— E aí? Os pais de Henry *sabem* que você está com o furgão deles? Ou vamos ser parados por dirigir um veículo roubado?
— O quê? Claro que eles sabem e, aliás, você estava falando sério lá na sua casa? Que se eu tivesse que escolher entre polícia e ladrão, eu seria um ladrão? — perguntou Digby. — Magoei.
— Ah, me poupe — falei. — Na verdade, você nunca me disse o que quer ser quando crescer.
— Ah... a conversa sobre esperanças, sonhos e aspirações — disse Digby. — O que *você* quer ser?

— Meu pai diz que essa é "a pergunta de trezentos mil dólares" — comentei.

— Ir para a faculdade por quatro anos e depois passar mais três se especializando em direito? — disse Digby. — No fim, você estará tão endividada que a decisão terá sido tomada por você: advogada.

Dei de ombros.

— Ou talvez terminar a faculdade e trabalhar com finanças na cidade? — disse ele. — Com motorista e um cartão de crédito da empresa?

Eu dei de ombros de novo. Já tinha considerado a ideia.

— Quem seria o ladrão então, hein? — disse ele.

Digby entrou na rodovia e nos conduziu por uma estrada surpreendentemente bela pela área rural. Com a minha surpresa, percebi que não tinha passado muito tempo fora da cidade.

— Ei, deixa eu perguntar uma coisa, Princeton. Como é a situação financeira de Austin?

— O que você quer dizer? Os pais dele não são superricos nem nada...

— Mas, tipo, ele parece ter um monte de coisas? Compra presentes caros para você?

— Presentes caros? Quer dizer, ele compra algumas coisas para mim. Me leva para sair. Ele trabalha. — Olhei para ele. — O que você está me perguntando?

— Só estou curioso sobre a realidade material dos namoros no ensino médio atuais...

— Ok... O que está acontecendo?

— Você está morando com um policial há tempo de mais, Princeton. Está começando a falar que nem um.

Mas eu sabia o que estava por trás daquela esquivada.

— Você está coletando informações? Porque Bill é menos do tipo flores e jantares chiques. Ela está mais para cachorros-

-quentes e alguns amassos em lugares perigosos para ela poder postar no Instagram — falei.

— Bem, tirando a parte de postar coisas, eu teria dito a mesma coisa sobre você — disse ele. — Ou você passou a gostar de flores e jantares chiques?

Eu não conseguia explicar a mistura de constrangimento e defensividade que senti. Quer dizer, desde quando gostar de rosas e de petit gateau era um defeito?

Mas Digby mudou de assunto antes que pudéssemos brigar.

— Você já esteve em Bird's Hill?

— Não. O que tem por lá? — falei.

— Você vai adorar. Pessoas como os Bloom só moram em River Heights com os plebeus como nós durante o inverno. Assim que a primavera começa, todos se mudam para suas casas de veraneio. É uma tradição de quando este lugar foi colonizado e as pessoas no vale morriam de malária todo verão — disse ele. — Bird's Hill é onde as famílias mais ricas e mais antigas aproveitam o calor.

— Calor? Mas ainda está nevando.

— Com pessoas tão ricas assim, as coisas de que são donas são donas delas de volta. O calendário diz que está na hora de subir a colina, então elas sobem — explicou Digby. — No nosso caso, espero que o carrinho de almoço esteja dizendo a Sloane para preparar um coquetel de camarão e doces.

— Então isso tudo hoje é só pela comida?

— Não é *só* pela comida.

— Quer dizer, você não está mais curioso sobre por que Sloane convidaria a mim, uma pessoa que ela odeia, para sua casa? Que problema pode ser tão grave a ponto de fazê-la querer falar *comigo*?

— Ah, vocês que vivem para agradar. Sério. Você fica tão preocupada se as pessoas não gostam de você que não consegue nem ver a diferença entre o ódio bom e o ódio ruim. —

Digby riu. — Ela te odeia pela mesma razão pela qual está pedindo ajuda. Ela te respeita. Sabe que você é inteligente.

— Você acha que é por isso que todo mundo te odeia?

— Não... Esta cidade me odeia porque todo mundo acha que minha família e eu matamos minha irmã e nos safamos. Então abro a boca, e eles começam a pensar que talvez eu tenha matado a minha irmã e gostado — disse Digby. — Na verdade, a verdadeira questão é: por que *você* está aqui?

A princípio, eu não sabia. Então a resposta me ocorreu e eu fiquei envergonhada.

Digby abriu um grande sorriso.

— Não tem problema, Princeton... Não tem problema você querer vê-la implorar.

CAPÍTULO CINCO

Saímos da rodovia e seguimos em direção à base de uma pequena montanha.
— Bird's Hill? — questionei. — Isso não é uma mera colina.
— Pois é — disse Digby.
Viramos na estrada sinuosa e passamos por uma sequência de portões elaborados, cada um mais sofisticado do que o outro à medida que subíamos. Digby disse:
— Dane-se o coquetel de camarão. Espero no mínimo um bufê de omeletes e uma fonte de chocolate. Chocolate branco *e* ao leite.
Os seguranças da entrada encontraram nossos nomes na lista e nos deixaram passar. Na longa viagem até a casa principal, Digby disse:
— Só esta estrada de cascalho deve ter custado meio milhão.
Sloane estava esperando quando chegamos à mansão e gesticulou para dirigirmos até a área de estacionamento nos fundos, onde uma frota de caminhões de bufê, floricultura e aluguel de cadeiras estava descarregando.
— Sério, Sloane, não precisava ter se dado ao trabalho... só precisávamos do caminhão de bufê... — brincou Digby.
— Isso é para o chá dos eleitores jovens da minha mãe. Espera aí. Eu chamei vocês para cá especificamente porque não queria que Henry ficasse sabendo que eu ia falar com

você. — Ela apontou para o furgão da Olympio's. — Você contou para o Henry que estava vindo aqui?

— Como toda a leitora de revistas para adolescente sabe, guardar segredos é um dos maiores pecados em um relacionamento. A honestidade é uma via de mão dupla — disse Digby. Mas Sloane parecia sinceramente preocupada, então ele acrescentou: — Relaxa, eu disse que ia almoçar com a Princeton. Não falei onde.

Sloane nos conduziu pela porta dos fundos até a cozinha, onde funcionários uniformizados estavam organizando o chá. Atravessamos a parte principal da casa e seguimos por um corredor de painéis de madeira ladeado por portas enormes.

— O que tem nesses quartos? — disse Digby.

Sloane nos deu um tour sem vontade.

— Escritório... biblioteca... sala de estar da minha mãe.

Quando estávamos passando, a porta daquela sala se abriu e a mãe de Sloane saiu às pressas. Presumi que a maquiagem natural, o cabelo perfeitamente cortado em um chanel cheio de laquê e o vestido midi floral com um cardigã cobrindo os ombros eram uma fantasia de campanha. Mas quem sabe. Vai ver essas pessoas andam por aí assim o tempo todo.

— Sloane? Onde está o Henry? — perguntou a Sra. Bloom.

— Não está aqui — disse Sloane.

— Não entendi. O segurança disse que viu o furgão dos pais dele.

Elliot, o cara de fala mansa que era o gerente da campanha do pai de Sloane para o Congresso, saiu da sala cheirando a estresse e café.

— Cadê o QB? Ele é o cara. Temos muitos jovens eleitores atletas a caminho.

Ele apontou para Sloane.

— E por que você não está pronta? Quem são esses dois? — Foi só então que ele reconheceu Digby. — Ele não vai ficar, vai? Peraí, por que o quarterback não vem?

— Qual é o problema? Eu vou participar, Elliot. *Eu* sou a mercadoria — argumentou Sloane.
— Não dá para discordar. Mas... não vai ter nenhum escândalo, não é? Quer dizer, se você e o quarterback terminarem?
— Como assim? — perguntou Sloane.
Elliot ficou boquiaberto, sem saber o que responder.
— Ah, pelo amor de Deus, Elliot, Sloane já está bem grandinha. — Para Sloane, a Sra. Bloom explicou: — Ele está perguntando se Henry tem algo comprometedor que poderia, digamos, colocar na internet se ficasse com raiva? Caso vocês dois terminassem?
— *Oi?* — disse Sloane.
A Sra. Bloom e Sloane se entreolharam. Sloane vacilou primeiro.
— Ele não tem nada comprometedor, mãe. Não que Henry jamais fosse fazer uma coisa dessas, mesmo se tivesse.
— Mas você e Henry estão tendo problemas, então? — perguntou Elliot.
— Essa conversa já acabou — disse Sloane. Ela seguiu em frente, guiando Digby e eu para o andar de cima.

::::

Perdi o fôlego quando Sloane abriu a porta do quarto. Era um sonho de princesa de conto de fadas, todo em rosa e dourado. Havia uma cama de dossel na forma de um lírio dourado aberto. Todos os móveis eram de pelúcia, veludo ou brocado. Mas quando você olhava além da beleza inicial, parecia um...
— É igualzinho ao lado de dentro de um caixão — comentou Digby.
Exatamente.
— Meu bisavô mandou construir em 1940 para a filha que nunca teve. Meu avô também não teve filhas — explicou Sloane.

— Este quarto está esperando por você desde 1940? — perguntei. — Que coisa bizarra.
— Você não tem ideia. É uma réplica de uma casa de bonecas que fica um museu em Chicago — disse Sloane. — É o quarto da Bela Adormecida.
— E você dorme na cama em que ela ficou em coma? Ninguém entre 1940 e agora viu como isso é bizarro, simbolicamente? — questionei.
— Eu nunca quis ser uma princesa — disse Sloane.
— Glória aos céus, vocês duas finalmente encontraram algo em comum? — Digby começou a se servir de uma bandeja enorme de minisanduíches e tortinhas que haviam sido preparados para nós. — Então, qual é o problema, Sloane? Por que estamos aqui?
Sloane se sentou na cama.
— Henry está me traindo.
— O quê? Como você sabe? — perguntei. — Espere, você *sabe*? Ou só acha?
— Eu *sei* — disse Sloane. — Ele anda muito distante, do nada arranjou um segundo telefone e não me deu o número. Além disso, está malhando como se estivesse solteiro de novo...
— Meu pai também malhava quando estava tendo um caso... mas acho que era mais uma questão de crise de meia-idade... — falei. — Certo, Digby?
Digby continuou comendo.
— Digby — chamei.
— Hã? Ah, sim — disse ele. — Ela está certa, Sloane, Henry está malhando para o treino de primavera.
Ele terminou um sanduíche e pegou outro.
— Ele me diz que está no trabalho, mas quando vou ao restaurante ele não está. Pergunto onde estava de verdade e ele responde que estava com o time de futebol. Eu pergunto o que estavam fazendo e ele me diz que estavam falando sobre jogadas... — disse Sloane. — Parece mentira.

— Austin diz coisas do tipo também. Mas depois entendi. É porque eles não têm permissão para treinar fora da temporada, e o técnico disse para eles negarem qualquer treino que façam com o time...
— Encontrei dinheiro na carteira dele no fim de semana passado. Muito dinheiro. Achei que ele ia me levar para algum lugar ou me comprar algum presente, mas ele saiu no sábado à noite e, quando olhei de novo no domingo, o dinheiro tinha sumido — continuou Sloane.
— Você fuçou a carteira dele? — perguntei.
Nossa, ela estava *mesmo* preocupada.
— Ele não está te traindo. — Digby riu de Sloane. — Você devia ver sua cara agora. Parece decepcionada. O que foi, você *queria* que ele estivesse saindo com outra pessoa?
— Mas eu estou dizendo... — começou Sloane.
Digby colocou as mãos em concha ao redor da boca para amplificar a voz.
— Ele. Não. Está. Te. Traindo.
— Mas está aprontando alguma — disse Sloane.
Apontei para Digby.
— *Você* está aprontando. O que houve?
— Deixa isso pra lá, Sloane. Henry não está traindo você.
— Digby enfiou um monte de biscoitos no bolso do paletó e seguiu porta afora.
Depois que ele saiu, eu disse:
— O que você queria que a gente fizesse, Sloane?
— Não sei. Acho que esperava que Digby dissesse alguma coisa... me falasse que estou certa ou me convencesse de que estou errada — respondeu ela. — Mas ele não fez nenhuma das duas coisas, não é? Eu odeio essa historinha de código masculino.
— Eu também não suporto isso — falei. — Mas sim, com certeza é o que está acontecendo aqui.

— Enquanto isso, minha mãe e Elliot ficam discutindo quantos pontos meu pai vai perder se meus peitos acabarem na internet — disse Sloane. — Sinto que estou ficando louca.

Pensei ter visto um início de lágrimas se formando nos cantos de seus olhos. Percebi que não saberia o que fazer se ela começasse a chorar. Talvez fosse hora de suas amigas de sempre lidarem com a situação.

— O que suas amigas dizem? Ouviram alguma coisa sobre Henry?

— Minhas amigas? — disse Sloane. — Não posso falar com elas sobre isso.

— O quê? Por que não?

— Porque é ridículo e impossível.

— Como assim? Traições acontecem o tempo todo.

— Talvez com gente que nem *você*.

E, ao levar aquele soco na alma, eu me levantei.

— É melhor eu ir. Vou pegar carona com Digby.

╬╬╬╬

Digby já estava com o motor ligado quando entrei no furgão.

— Mas o que é que foi isso? — falei.

— Isso foi Sloane procurando pelo em ovo.

Digby tirou o carro do estacionamento.

— Talvez, mas você está esquisito. Alguma coisa está estranha — falei. — Tem certeza de que não tem nada acontecendo com Henry?

Digby riu.

— Rá. Você só quer acreditar que ele está traindo Sloane porque aí ela estaria no seu nível.

— "No meu nível"? O que quer dizer com isso? — falei.

— Você está insinuando que Austin está me traindo? Porque, se é isso que quer sugerir, então tenha a coragem de dizer de uma vez.

— Não, eu não estou dizendo que...

— Foi o que eu pensei — interrompi.
Passamos o restante do trajeto em silêncio.

※※※※

Vi o carro de Austin estacionado em frente à minha casa e fiquei furiosa por ele ter cancelado comigo.
— Ei, Digby — falei. — Quer entrar e comer alguma coisa? Podemos pedir a Cooper para fazer lámen — falei. — Os veganos são até comestíveis.
Como eu imaginava, Digby aceitou e saiu do furgão comigo. A caminho da varanda, ele disse:
— Essa hospitalidade repentina não tem nada a ver com aquele Ford azul com o adesivo do River Heights Buccaneers, tem?
Dei de ombros.
— E eu sou o prato frio de vingança que você vai servir para o jantar? — Quando não respondi, ele tirou o gorro que eu estava usando. — Belas mechas, aliás.
— Eu sei. Ficaram horrorosas. — Prendi o cabelo que se soltou de volta no rabo de cavalo. — Allie deixou a água oxigenada tempo demais ontem à noite.
— Não estou pedindo para você se desculpar por ter outros amigos, Princeton.
— Rá, rá.
— Agora, devemos praticar nossa cena? — Digby passou o braço por cima dos meus ombros. — Que tal assim? — Ele me puxou mais para perto. — É demais?
— Talvez um pouco...
Quando a porta da minha casa se abriu, Austin estava parado na soleira.
— Gata, por que você não respondeu minhas mensagens? Onde você estava?
— Onde *você* estava? — perguntei enquanto me afastava do braço de Digby.

— Tive que ir fazer meu treino — respondeu Austin. — Coisas do time.

Digby pigarreou e ergueu a sobrancelha para mim.

— Henry está no trabalho. Digby acabou de pegar o furgão emprestado com ele, Austin. Como vocês fizeram "coisas do time" sem o quarterback?

— Não foi nada oficial. A gente juntou uns caras para fazer alguns exercícios que o treinador Fogle passou.

— Então, quando você falou "coisas do time", não estava dizendo exatamente a verdade.

Digby se aproximou de Austin.

— Está precisando de alguma coisa, cara? — Austin falou, dando um passo à frente também, esbarrando no peito de Digby até ficarem cara a cara.

— Digby, você pode me deixar conversar com Austin um minuto?

Puxei Digby para longe de Austin.

— Princeton, exija um mínimo de esforço quando ele for mentir para você — disse Digby.

— Sério, mano, o que você está fazendo aqui?

Austin me puxou para dentro de casa para poder ficar entre mim e Digby.

— Na verdade, Austin, fui eu que convidei Digby — falei.

— O que é mais do que posso dizer sobre você, já que seu convite expirou quando não se deu ao trabalho de aparecer hoje de manhã.

Quando Digby começou a rir, eu disse a ele:

— Você. Vai pra sala.

Esperei até Digby se afastar antes de continuar:

— Austin, não sei como você e suas namoradas anteriores costumavam fazer, mas você não pode simplesmente não aparecer quando sabe que estou à sua espera.

— Foi mal, Zoe, mas eu te mandei mensagem — disse Austin.

— *Depois* da hora em que você deveria estar aqui — falei.

— Que coisa mais doida. Eu já pedi desculpas. Você está ouvindo o que está dizendo? Está agindo feito uma...
— Feito uma o quê?
Austin só ficou me olhando.
— Foi o que eu pensei.
Peguei o casaco dele do cabide e o empurrei para seu peito, colocando-o para fora.

※※※

Na sala de estar, Digby e Cooper conversavam por cima de uma pilha de arquivos de Cooper. Minha mãe estava tomando café e corrigindo trabalhos. A conversa morreu quando entrei, tremendo.
— A porta bateu. Você está bem? — perguntou Digby.
— Não quero falar sobre isso.
— Se vale de alguma coisa, Austin passou uma hora aqui nos dizendo o quanto estava arrependido — disse minha mãe.
Digby e Cooper reviraram os olhos.
— E por falar nisso, é melhor eu ir — disse Digby.
— E o jantar? E, espera aí, onde você está morando? — perguntei. — Sua mãe sabe que você voltou?
— Não exatamente...
— Espero que você não tenha fugido de novo — disse Cooper. — Desta vez seu pai sabe que você foi embora, certo?
— Sabe, sim, Mike. — Digby tirou um envelope do bolso.
— Além do mais. Está tudo nos conformes. O estado do Texas me declarou um homem independente.
Cooper pegou a papelada e começamos a ler. Levei um tempo para digerir o fato de que eu estava olhando para uma ordem judicial. De emancipação. Minha mãe pegou o documento, alarmada.
— Isto aqui diz que você tem que prover sua própria comida, roupas, abrigo. Seus pais não têm obrigação legal de fazer nada por você.

— Quanto disso eles estavam fazendo antes? — disse Digby.

— Você pode fazer isso? — Minha mãe se virou para mim. — Acha que isso é uma boa ideia?

— O quê? Só fiquei sabendo disso agora, mãe — falei.

— Estou bem. Vou ficar na casa de Henry por enquanto — explicou Digby.

— Você vai ficar na casa de Henry? — falei.

— Por enquanto. A irmã dele não vai me deixar ficar muito tempo. Dei de cara com Athena fazendo ioga de camisola hoje de manhã — comentou Digby. — Foi tão horrível quanto parece. Para nós dois. Mas não se preocupe. Tenho opções... Talvez eu veja como andam as coisas na casa da minha mãe.

Segui Digby até a porta.

— Sobre Sloane. Ela está realmente preocupada que Henry esteja com outra.

Digby riu.

— Não é nada. Henry não é do tipo que trai.

— Bem, você pode conversar com ele mesmo assim?

— Uau. Você é mesmo uma boa garota. Ame seus inimigos e tudo mais.

— Só acabe com o sofrimento dela, está bem? — falei.

— Desculpe, Princeton, não cuido de matrimoniais. — Digby abriu a porta e deu dois passos para fora.

— Matrimoniais? Como assim? — Foi só aí que percebi como estava tarde. — Fique para o jantar e volte para a casa do Henry depois.

Quando Digby hesitou, eu insisti:

— Coma aqui e pronto. Quando foi que você já recusou comida?

— Você percebe que esta seria a primeira vez em que eu estaria comendo na mesa de jantar em vez de escondido no seu quarto? — Digby voltou e tirou o casaco. — Uau. É uma ocasião especial.

— Bem, não fique tão animado assim ainda. Como falei, vou pedir a Cooper para fazer lámen, mas hoje mais cedo eu ouvi alguma coisa sobre um pão de nozes — comentei.
— Que diabo é isso?
— Exatamente. E você vai continuar sem saber mesmo depois de comer.

CAPÍTULO SEIS

Na manhã seguinte, liguei meu telefone e ele começou a apitar com todas as mensagens de Austin e Sloane. Eu não tinha nenhuma novidade para contar a ela e não estava pronta para voltar à minha briga com Austin da noite anterior, então desliguei o aparelho outra vez. Não haveria como evitar Austin no shopping, porque ele também tinha que trabalhar naquele dia. Depois de um tempo, só para ter alguns momentos sem me preocupar com o que diria a ele, pensei no que Digby me contou na noite anterior sobre seu plano de encontrar o traficante misterioso de crack que podia ou não ter visto Sally depois de seu sequestro, nove anos atrás. Eu me perguntei se a futilidade de tudo aquilo era óbvia apenas para mim.

Depois de um tempo, sobrecarregada com a enorme mistura de problemas que minha mente tinha se tornado, saí da cama e me arrumei para o trabalho.

Cometi o erro de demorar na cozinha comendo meu cereal e minha mãe entrou antes que eu pudesse escapar com educação. Seu telefone apitou logo antes de ela entrar.

— Bom dia — disse ela. — Você parece cansada. Dormiu mal ontem à noite?

— Dormi o que deu.

— Que horas ele saiu?

Dei de ombros.

— Você acha que é uma coincidência Digby ter voltado para a cidade e você e Austin começarem a ter problemas na mesma hora? — perguntou.
Eu sabia que não deveria entrar nessa discussão, mas foi irritante demais para resistir.
— Austin e eu não estamos tendo problemas.
— Ah, é? Então vocês fizeram as pazes?
Eu a encarei, mas não o suficiente para envergonhá-la e fazê-la ir embora. Seu telefone apitou de novo e eu aproveitei a quebra de contato visual enquanto ela lia a mensagem. Levantei e coloquei a tigela na pia.
— Preciso ir. Não quero me atrasar. Vai ter muito movimento lá na loja hoje — falei.
— Espera, você vai trabalhar? Você não trabalha aos domingos.
— Um monte de universitários está vindo para vender seus livros-texto, então Fisher me ligou — falei.
— Você precisa de uma carona?
— Para você poder me interrogar um pouco mais? Uau, deixa eu considerar essa oportunidade incrível. Não, obrigada.
O celular dela apitou com mais uma mensagem.
— E por que seu telefone está tocando sem parar domingo de manhã?
Minha mãe suspirou.
— Tem um monte de coisa acontecendo. É por isso que amo tanto seus dramas de adolescente. — Ela começou a digitar uma resposta. — Os meus são tão... *meia-idade*.

::::

Quando chegou a hora do almoço, estava exausta de explicar para universitários por que eles não iam lucrar vendendo os livros que passaram o semestre inteiro destacando e usando como porta-copos. Já não estava com paciência para os joguinhos de Digby quando esbarrei com ele na praça de alimentação.

— Não é uma boa hora, Digby. Vou conversar com Austin.

Ele seguiu andando ao meu lado quando não parei.

— Ah... precisa de apoio moral?

— Sai fora, curioso. — Eu o empurrei. — Ah, Sloane não para de me mandar mensagem. — Fiz uma pausa para que pudéssemos absorver a estranheza dessa declaração. — Ela quer saber se você vai conversar com Henry.

— Já falei. Eu não me meto nos relacionamentos das outras pessoas — disse Digby.

— Tirando o meu.

— Só não deixa ele se safar fácil — disse Digby.

— Ótimo conselho. Tchau. — Quando eu o empurrei de novo, senti algo sob a gola de sua camisa. Senti melhor o que era. — Isso é...? — Enfiei a mão sob a blusa pela gola e puxei o medalhão que ele me dera. — Isso estava na minha gaveta com o meu...

— Diário? Não se preocupe, eu não li... — disse Digby.

— ... muito.

Bati nele.

— Você me obriga a aceitar o medalhão, depois rouba o troço da minha gaveta *trancada*?

— Pedi para você usá-lo, não para guardar em um lugar óbvio.

— Você não pode dizer às pessoas como usar seu presente — falei. — Me devolva.

Ele não devolveu.

— Você me deu. É meu.

Eu puxei o medalhão para fora da camisa dele e tinha conseguido arrancá-lo de seu pescoço quando vi Austin parado ali perto, nos observando com um olhar de desalento que partiu meu coração. Por mais brava que ele tivesse me deixado no dia anterior, não merecia se sentir tão traído quanto sua expressão demonstrava.

Austin caminhou até nós e disse:

— E aí?
— Aí... — Olhei para Digby.
— Eu estava mesmo indo embora. Vejo você mais tarde, Austin.

Por trás das costas de Austin, Digby apontou para mim e fez gestos suplicantes.

Quando finalmente ficamos sozinhos, Austin perguntou:
— Qual é a de vocês dois?
— Nada — falei. — Nós somos só amigos.

Rezei para que Austin não percebesse quando guardei o medalhão na bolsa.

— Não me diga que você não sabe que ele gosta de você — disse Austin.
— O quê? — falei. — Que loucura. E, de qualquer forma, não é por causa dele que você e eu estamos brigando...
— Olha, eu já falei, estava com uns caras do time. Me desculpa por não ter ligado para você antes e me desculpa por ter feito você perder o filme.
— Você ainda não entendeu. Não é isso que está me incomodando. O que me incomoda é que, quando perguntei onde você estava, a sua resposta foi "futebol", como se eu precisasse aceitar automaticamente só porque era uma coisa com o time — falei.
— Mas *era* uma coisa com o time. Eu estava com o pessoal do futebol falando sobre a próxima temporada...
— É sério? Você está mesmo tentando me vender a mesma história de novo?
— Desculpa.
— Porque se você quer sair com seus amigos, deveria apenas me dizer isso. É muito insultante quando você mente.
— É só que... Eu me sinto mal, sabe, porque você... você não tem amigos... Quer dizer, *amigos* tipo os que eu tenho — disse Austin.

— Espera aí. Então agora você está dizendo que mentiu para proteger meus sentimentos? Porque eu sou algum tipo de... quê? Esquisita antissocial? — falei.

— O que houve com você, hein? De repente, tudo que eu digo você acha ruim — disse Austin.

Claro que ele estava certo. Minhas perguntas estavam *me* deixando chateada também.

— Certo. É... Desculpe. Acho que estou um pouco cansada.

— Ah, é? Por quê? Até que horas Digby ficou na sua casa? Ele dormiu lá? — perguntou Austin.

— Então é sua vez de fazer acusações agora? — falei.

A verdade era que Digby tinha *mesmo* ficado até bem tarde na noite anterior. Ele ficou batendo papo com a minha mãe e Cooper até os dois irem deitar. Então Digby e eu esquentamos uma pizza congelada e ele me contou sobre suas visitas a Ezekiel na prisão.

— Nas primeiras vezes em que fui a Fort Dix, Ezekiel se recusou a me ver — contara Digby. — Na terceira vez em que estive lá, eu o vi catando guimbas de cigarro no pátio. Então comecei a mandar maços. Anonimamente. Um maço de cada vez. Então enviei uma caixa de mimos com biscoitos além dos cigarros. Dessa vez, assinei e escrevi um bilhete dizendo para ele me colocar na lista de visitantes. Aí parei totalmente de mandar coisas. Recebi isso aqui uma semana depois.

Ele me entregou um pedaço de papel.

— "Formulário para Visitantes." O nome verdadeiro do Ezekiel é Nicholas Peavey? — falei. — Ele parece um personagem de Dickens.

— Vamos continuar usando "Ezekiel" — disse Digby. — Não é tão legal dizer que quase fui morto pelo pequeno Nicky Peavey.

— "Pergunta sete: relação com o detento." Você escreveu: "Fui vítima dele." "Pergunta nove: você conhecia essa pessoa

antes da prisão?" "Ele me espancou, me sequestrou e depois tentou me matar em uma explosão" — recitei. — Você está de brincadeira, né?
— Foi meu primeiro rascunho. Os primeiros rascunhos sempre são péssimos — disse Digby.
— Como ele estava? — perguntei.
— Surpreendentemente normal. Engordou um pouco. Foi colocado em uma cela com um sujeito preso por peculato e um mafioso de baixo escalão cujo principal trabalho na vida é ser bode expiatório e ir para a prisão — disse Digby. — Ele perguntou sobre você, aliás.
— Ezekiel?
Digby olhou para mim com uma expressão zombeteira.
— Eca — falei. — Eu não preciso me preocupar com o que vai acontecer comigo quando ele sair da prisão, né?
— Não é como se ele estivesse planejando vir atrás de você ou algo do tipo. Ele até parou de ficar bravo *comigo* depois que eu comentei que, se não tivesse feito o que fiz, os chefes dele provavelmente já o teriam matado por roubar todo aquele dinheiro — disse Digby. — Então, na verdade, eu fiz um favor a ele.
— Sim... Conheço bem esses seus favores.
— De qualquer maneira, acho que tenho uma pista sobre o amigo do Ezekiel, Joe. Ele é conhecido como "Manda Bala".
— O cara que mandava na boca de fumo? Que viu Sally nove anos atrás? — perguntei. — O que eu não entendo é: se esse sujeito Manda Bala tinha informações, por que não foi à polícia nove anos atrás quando poderia ter recebido a recompensa por ajudar a encontrar Sally?
— Não sei. Vou perguntar a ele quando o vir.
— Você sabe onde ele está?
— Ainda não... mas tenho gente trabalhando nisso — disse Digby. — Ajuda ter amigos em lugares baixos.

— E aí você vai aparecer do nada. Na boca de fumo dele — falei. — E começar a fazer perguntas?

— Relaxa. Nunca entro em um lugar sem saber como sair — disse Digby. — Além do mais... você não vem junto?

— Não sei se eu seria muito útil.

— Você nota coisas que passam despercebidas por mim o tempo todo. Assim como... — Digby olhou para mim. — Eu reparo em coisas que *você* não nota também.

Eu gemi.

— Isso é outro comentário sobre o Austin, não é?

— Só estou dizendo, Princeton, aquele cara é um galinha. Garotas são só mais um troféu para ele. Jogadores de futebol... é assim que esses caras são.

— Henry está no time de futebol.

— Henry não é normal e você sabe disso. Na verdade, é com ele que você deveria falar. Pergunte pro Henry o que ele acha de Austin.

— Por que eu preciso perguntar pro Henry? Estou perguntando pra você — falei. — Essas insinuações são um saco. Você tem alguma informação concreta?

Ele hesitou, então respondeu:

— Não, não tenho. E você tem razão. Não é da minha conta. Esqueça. Vou procurar o Manda Bala sozinho.

— Tudo bem.

Mas eu tinha certeza de que isso estava deixando Digby louco.

Ele disse:

— Mas, sabe...

— E você continua falando.

— Apenas me prometa que não vai facilitar para ele, está bem? Ele deveria se esforçar para merecer você.

Então lá estava eu, parada no meio do shopping, interrogando meu namorado e mal-humorada por causa da falta de sono, tentando provar ao meu Digby interior que eu estava fazendo Austin se esforçar para me merecer. Parecia mesquinho e baixo.

— Podemos começar de novo? — pediu Austin.

Forcei meu rosto a ignorar meu cérebro e sorrir.

— Vamos tomar um café — falei.

— Certo, mas primeiro...

Austin me beijou.

Acho que estava com mais raiva do que pensava, porque o beijo foi estranho.

— É melhor a gente correr. Meu intervalo acaba daqui a pouco.

— O quê? Fisher está estalando o chicote? — Austin riu.

— É por ele ser tão legal que não gosto de voltar tarde, Austin — expliquei.

— Certo, tudo bem. — Austin colocou o braço ao redor dos meus ombros e disse: — Mas talvez depois do trabalho... Eu poderia ir ao mercado, comprar comida... você poderia vir, nós poderíamos fazer macarrão, ver alguma coisa na TV... — Ele fez uma massagem no meu pescoço.

— Por que você não vem para a minha casa? Minha mãe e Cooper vão ao cinema, então teríamos a casa só para nós dois por um tempo — falei.

— Meus pais estão no Maine com minha irmã visitando faculdades. A gente ficaria sozinho a noite toda. Além disso, falei com Allie e ela disse que pode dizer pra sua mãe que você foi dormir na casa dela. Ela topou até te buscar em casa para tudo parecer legítimo — disse Austin.

Ah. Levei apenas um segundo para decidir. Eu não estava pronta. E fiquei incomodada por ele ter tramado tudo do *nosso* encontro com Allie.

— Você e Allie realmente já planejaram tudo. Ela também escolheu uma roupa para mim? E quando vocês dois ficaram falando sobre mim?

— Caramba. Eu esbarrei com ela no mercado depois da Festa de Primavera. Acabei de arrumar um problema para Allie? Não fique brava com *ela*... ela só estava tentando ajudar — disse Austin. — E por que você está com raiva, aliás? Você não quer que passar um tempo sozinha comigo? Era só isso que sua amiga e eu estávamos tentando fazer acontecer.

Era verdade. Eu nem sabia por que estava com raiva.

— Não me sinto confortável em mentir para minha mãe.

— Ah, qual é. É só uma mentirinha de nada — insistiu Austin. — Além disso, está querendo me dizer que não mentiu para sua mãe no ano passado, quando você e Digby estavam em suas aventuras pela cidade, explodindo casas? Olha. Eu te busco às sete e você pode vir comer macarrão. Só isso — disse. — Não fique tão tensa. É só macarrão.

— Certo. É claro. É só macarrão.

CAPÍTULO SETE

Foi complicado me aprontar para o jantar com Austin mais tarde naquela noite. Eu não queria passar a ideia errada, porém cada roupa que eu experimentava parecia um convite em potencial. Por fim, decidi usar uma calça skinny que neutralizei com um moletom comprido e botas na altura do joelho com cadarços que demoram uma eternidade para abrir. Era um visual contraditório, mas o único em que eu me senti confortável.

Quando desci, minha mãe estava com um vestido de arrasar, passando batom e se arrumando para sair.

— Estou meio chique demais para um jantar e um filme, mas é a última noite antes da mudança de turno de Mike. Estou só esperando ele chegar em casa — explicou ela.

Ah, a mudança de turno. Era o último dia de Cooper no turno favorito de todos os policiais, o das 8h às 16h. Ele estava prestes a começar o temido turno da noite: da meia-noite às 8h.

— Ah, que ótimo. Cooper da Meia-noite — falei.

Todos os policiais passavam um mês em cada turno e, nos três meses desde que ele passara a morar com a gente, eu já tinha conhecido as três versões de Mike Cooper, cada uma de acordo com o turno em que estava trabalhando. Cooper da Meia-noite era mal-humorado e fazia piadas sombrias e tristes.

Minha mãe reparou nas minhas roupas.

— Achei que você ia para a casa de Austin.

— Eu vou.

— Sério? Em geral você usa um visual mais — ela fez um gesto estranho balançando os dedos pelo corpo — quando vai para lá.

Nesse momento, a porta se abriu e Cooper entrou. Com Digby. E Digby estava com a sua mochila enorme.

— Digby? O que está acontecendo? — falei.

— Adivinha só o que encontrei quando invadimos o Capri Motel na zona sul hoje de tarde? Dois fuzis, sete revólveres, oitenta mil em notas pequenas, uma mala cheia de drogas... — disse Cooper. — E esse sujeitinho aqui.

— Todas essas coisas eram dele? — perguntou minha mãe.

— Claro que não, mãe.

Para Digby, eu perguntei:

— Não eram, né, Digby?

— Claro que não — respondeu ele. — Se eu tivesse oitenta mil dólares, teria ido para o Holiday Inn.

— Ele estava morando no motel. Morando lá... — disse Cooper. — ... sozinho.

— Você disse que ia para a casa da sua mãe depois de sair da casa do Henry — ralhei.

— Eu não disse que iria imediatamente... — respondeu ele.

— Não venha com essa para cima de mim — retruquei.

— Sabe o que dizem... Você não pode voltar para casa — disse ele. — Eu só preciso de um tempo para resolver isso... E eu tinha aquele dinheiro dos balões, então pensei...

— "Dinheiro dos balões"? O que é isso? Alguma parafernália de heroína? — disse Cooper.

— Uau. Calma, Oficial Cooper. Eu vendi alguns balões, literalmente. — Para mim, Digby explicou: — Os balões de Felix.

— Eu falei que ele poderia ficar aqui até resolver as coisas com a mãe dele — disse Cooper.

— Você o quê? — questionou minha mãe. — A gente não deveria ter conversado sobre isso primeiro, não?
— E deixar o garoto vivendo Deus sabe onde? — disse Cooper. — Eu não podia largar ele lá.
— Mãe, por favor, não vai ser muito tempo — pedi.
Ela fez uma careta para Cooper, que comentou:
— Também não estou feliz com isso, mas...
Ele jogou as mãos para cima em um gesto de impotência. Era bom ver outra pessoa além de mim na clássica "Digby faz com que todas as opções sejam ruins".
A campainha tocou.
— Deve ser o Austin. — Olhei para Digby. — Por favor, não seja idiota.
A primeira coisa que notei quando abri a porta foi que Austin estava todo arrumado.
— Austin. Oi... Você está ótimo — falei.
— Obrigado... e *você*, você está... — Deus o abençoe, Austin tentou.
A camisa de botão sob o suéter e a jaqueta de lã eram muito diferentes de suas roupas de academia habituais. A segunda coisa que notei foi que ele tinha passado perfume. Um montão. Tipo, o frasco inteiro.
— Uau. Olá, J.Crew — comentou Digby.
— Parece que não consigo escapar de você, cara — disse Austin.
— Grande encontro hoje à noite? — perguntou Digby.
— Eu ia fazer um macarrão para Zoe lá em casa — respondeu Austin.
Um silêncio caiu sobre a sala. Como se a agulha tivesse pulado do disco.
Naqueles momentos quietos, Cooper abriu o coldre e colocou a pistola na mesa de jantar com um baque sólido.
— E seus pais vão estar lá para apreciar a macarronada?

— Bem, meus pais foram passar o fim de semana fora... — respondeu Austin. — Mas eu sou muito responsável.
— Você ouviu isso? — perguntou Cooper à minha mãe.
— Sem supervisão.
— Não volte muito tarde, Zoe — disse minha mãe.
— Só isso? — perguntou Cooper.
— Mike, eu confio em Zoe — respondeu ela.
— O problema não é *ela* — disse Cooper.
— Vai ficar tudo bem. — Digby deu um tapinha no ombro de Cooper. — Ela colocou seus coturnos de cano alto e, olha, nem tomou banho. O cabelo ainda está com a marca do rabo de cavalo de hoje mais cedo. Ele vai ficar no banco hoje.
— Acho que é melhor sairmos logo, Mike. O filme começa em meia hora — avisou minha mãe.
— A gente devia ir também, gata... se você não quiser voltar tarde — disse Austin.

Eu teria achado trágica a decepção em sua voz se não estivesse tão aliviada por me livrar da preocupação de discutir com Austin para não dormir lá.

Para Digby, minha mãe disse:
— Tem comida na geladeira, nada de pay-per-view, por favor, e a senha do Wi-Fi é...
— Espere, ele vai ficar aqui? — perguntou Austin.
— Na verdade... — Digby apontou para Austin. — Eu ia perguntar se você poderia me dar uma carona.
— Pra onde você vai? — perguntou Austin.
— Onde você mora? — perguntou Digby.
— Na Mulberry com a Eames.
— Perfeito.
— Tem vários ônibus que passam lá — argumentou Austin.
— Podemos te dar uma carona, sem problema — falei.
— Pra onde você está indo, exatamente? — perguntou Austin.

— É só começar a dirigir e eu explico — disse Digby.
— Sei lá... ainda temos que começar a fazer o jantar e está ficando tarde... — disse Austin. — Tem certeza de que não pode pegar o ônibus?
— Austin. Por favor. Só passa um ônibus a cada hora depois das cinco.
Fiquei encarando Austin até que ele por fim assentiu.
— Eu vou na frente — disse Digby. — Brincadeirinha.

※※※

Entramos no carro e Austin se afastou da minha casa, dirigindo rápido e aos solavancos. Aumentou a música para matar qualquer possibilidade de conversa, mas não tínhamos avançado mais do que um quarteirão quando eles começaram a brigar.
— Ah, vamos lá, J.Crew. Você está de bico? Ficou chateado por ter se besuntado todo por nada? — disse Digby.
— Que história é essa de Princeton e J.Crew? A gente tem nome — reclamou Austin. — Esses seus apelidinhos não são engraçados.
— Tudo bem — disse Digby. — Então, *Zoe*, reparei que o quarto de hóspedes fica bem ao lado do seu. Seremos quase colegas de quarto.
O tom mais profundo que ele usou para pronunciar meu nome tinha sido perfeitamente calibrado para deixar Austin furioso.
Austin pisou no freio com toda a força.
— Qual é o seu problema, cara? Se gosta tanto assim dela, por que não tomou uma atitude quando teve a chance?
— Do jeito que as coisas estão indo, cara, acho que ainda tenho — retrucou Digby.
— Dá para vocês dois pararem de falar de mim como se eu não estivesse aqui? Digby, eu sei o que você está fazendo. Chega — falei. — E Austin? Você pode dirigir mais devagar? Estou enjoada.

— Por que você está me obrigando a fazer isso, Zoe? — perguntou Austin.
— Vamos lá, Austin. Estamos quase chegando. — Virei para Digby. — Né? Estamos quase chegando, né?
— Sim, claro, vamos seguir mais dois quarteirões e depois pegar à direita na Linden — explicou Digby. — Aí mais uns dez quilômetros pela rodovia.
— Isso vai dar lá no centro da cidade — falei.
Ele estava indo encontrar o Manda Bala *agora*?
— E é totalmente fora de mão para minha casa. Sem falar que é uma área superperigosa. — Austin parou e desligou o motor. — Isto é ridículo. Foi mal, Zoe, estou tentando ser legal, mas ele está sabotando nosso encontro e sabe disso. — Para Digby, ele mandou: — Sai do carro.
— Austin — falei. Sentia a desgraça iminente de um dos planos de Digby, mas não quis dizer nada na frente de Austin. — Digby... para de ser idiota.
— Certo, olha — começou Digby. — Faz tempo que não vejo Princeton. Acho que me empolguei. Mas posso ir a pé daqui. — Ele abriu a porta do carro, mas não saiu. — A gente se fala mais tarde, Princeton.
— Espera — pedi. — Austin? Por favor?
Nós três estávamos em um impasse. Felizmente, Austin foi o primeiro a ceder.
— Tá bom.
Digby fechou a porta. Ele e Austin se olharam pelo retrovisor.
Austin ligou o carro e dirigimos em silêncio, exceto por um "vire à direita" ou "esquerda aqui" de vez em quando.
Por fim, Digby avisou:
— Irving Street, número 152. Chegamos.
Aquela era uma área ainda não gentrificada do centro da cidade. Os prédios baixos de tijolos dos dois lados da rua estavam em variados estágios de degradação. Ele com certeza estava atrás do Manda Bala.

— Vou demorar só um minutinho, está bem?
— Você acha que a gente vai ficar esperando você aqui, cara? Sentados aqui dando sopa? — questionou Austin.

É, algumas das janelas estavam fechadas com tábuas e, sim, o cachorro velho e malvado esparramado em uma das varandas rosnava de forma ameaçadora, mas, ainda assim, não havia motivo para entrar em pânico.

— Relaxa, Austin, não acho que vai ser um problema a gente esperar. — Para Digby, eu disse: — Vai ser rápido, certo?

— Como eu disse, só um minutinho. — Digby desceu do carro e entrou correndo em um beco.

Quando ficamos sozinhos, Austin suspirou alto e disse:
— Será que a gente precisa conversar? Você fica me dizendo que não preciso me preocupar, mas ele está sempre por perto. Tem certeza de que não tem *nada* acontecendo?

— Não tem nada entre mim e Digby.

Notei que, ao responder no mesmo tempo verbal que Austin usou, eu não estava mentindo. Bem, não mentindo *mentindo*.

— E ele não disse nada para você, tipo... que você deveria me largar ou sei lá o quê? — perguntou Austin.

— O quê?

Tecnicamente, ainda não estava mentindo.

— É que ele não gosta de mim, sabe. — Austin parecia culpado. — Tipo... desde antes de você se mudar para cá.

— Vocês se conheciam? Eu não sabia disso. — Eu estava em uma situação difícil se Digby de fato guardava rancor de Austin.

— A gente pegava o mesmo ônibus da escola no ensino fundamental... Uma vez, eu estava... de brincadeira. Peguei o casaco dele e joguei pela janela, aí... ele caiu no rio antes que o motorista pudesse pegar... — contou Austin.

— Não é à toa que ele odeia você.

— Então ele anda *mesmo* falando mal de mim.
— Bem, quer dizer, não dá para culpá-lo por isso.
— Você acha que eu deveria pedir desculpas? — perguntou Austin.
— Não. Acho que não adiantaria de nada agora — falei.
— Você jogou o casaco dele pela janela?
— Eu estava tentando me enturmar com alguns caras mais velhos. Um deles tinha pais legais que faziam churrasco e nos deixavam tomar cerveja. Você entende como isso era o máximo? — argumentou Austin. — Talvez eu devesse pedir desculpas e pronto. Isso é muito difícil para você, não é?
Ele acariciou meu cabelo.
— Olha, eu sinto muito por esta noite...
— Não precisa se desculpar.
— Eu... Acho que não estou pronta...
Austin me beijou. Um beijo tranquilo e sem pressão.
— Eu não quero que você faça nada com que não se sinta confortável. Mas, sabe... quando estiver pronta... — Ele me beijou de novo. Desta vez, seu beijo tinha uma mensagem.
— Estou bem aqui, Zoe.
— Eu sei... Que bom... — falei. — Olha, é melhor eu ver como está Digby.
Cobri a cabeça com o capuz e saí do carro.

CAPÍTULO OITO

Segui pelo beco que levava aos fundos de um armazém de tijolos vermelhos, onde encontrei Digby parado ao lado de uma fileira de latas de lixo viradas.

— Ah, Princeton, eu estraguei a noite da macarronada? — perguntou ele.

— Muito pelo contrário, estou aqui para a gente acabar logo com isso e assim Austin e eu podemos voltar ao nosso encontro — falei.

— Então está funcionando? O Old Spice está deixando você no clima? — perguntou ele.

— Ele se arrumou, e daí? É fofo quando as pessoas se esforçam para ter uma boa aparência.

Apontei para o terno amarrotado e a camisa para fora da calça que ele estava usando.

— Essa coisa velha? Acordei assim — disse ele.

— Ou seja, usou de pijama — falei.

— E aí? Você está pronta para a experiência Austin Shaeffer? — perguntou Digby. — Se bem que... será que você estaria revirando o lixo aqui comigo caso estivesse?

— Podemos nos concentrar no que estamos fazendo aqui? — retruquei. — O que *estamos fazendo* aqui, aliás?

— Este é o ponto do Manda Bala — disse Digby. — Eu encontrei.

— Eu sabia que você estava nos arrastando para uma das suas missões. Espera aí. *Esta* é a boca de fumo que os caras de terno supostamente alugaram para esconder Sally? Que estranho. — Olhei em volta. — Não estou com a impressão de que é um lugar muito perigoso...

— Olha só para *você* — disse Digby. — Nada te assusta, hein?

— A não ser que... Você acha que é alguma coisa pós-traumática? E eu fiquei, sei lá, insensível ao perigo ou coisa do tipo? Será que eu deveria estar preocupada?

— Somos millennials, Princeton. *Todos nós* temos coisas pós-traumáticas. Além disso, você está certa. Costumava ser muito mais assustador aqui... tiroteios e disputas de território. Muito mais impressionante — disse ele. — Mas estão limpando a área. Tenho certeza de que, se voltarmos daqui a um ano, serão apenas hipsters de camisa xadrez e bicicletas de marcha única.

— Você vai falar com o Manda Bala?

— Não posso. Descobri que ele morreu.

— Então por que vasculhar o lixo? — perguntei.

— Investigação. Quero ver que tipo de gente mora aqui agora. — Digby levantou uma lata de lixo. — Vem, me ajuda a esvaziar esta aqui. — Quando gemi, Digby disse: — Ah, por favor, você sentiu saudades disso que eu sei.

Uma fatia de pizza caiu do lixo direto no meu sapato.

— Ah, com certeza. Quer dizer, como não? — falei. Chutei a pilha de lixo aos meus pés. — Você pode me dizer o que estamos procurando? Só para não confundir com lixo. Ah, peraí. É tudo lixo.

— Do que você está falando? Isso aqui é uma cornucópia de informação. — Digby apontou para os pacotes vazios de fubá e açúcar. — Quer dizer, essas pessoas gostam de cozinhar. Esse tipo de gente não recorre à violência durante uma invasão. — Digby chutou os pacotes e pensou mais um pouco. — É claro que isso também serve para fabricar explosivos...

— E, nesse caso, elas seriam exatamente do tipo que recorre à violência durante uma invasão. — Foi só aí que eu ouvi o que dizia. — Espera. Eu acabei de dizer "invasão"?
— Sabe de uma coisa? Você estava certa na primeira vez. O que estamos fazendo revirando o lixo? — disse Digby. — Vamos ver se tem alguém em casa. Talvez a gente nem precise invadir.

Eu o segui para fora do beco até a parte da frente.

— O que você vai dizer a eles quando vierem atender à porta?

Digby tocou a campainha.

— Na verdade, não sei. — Ninguém apareceu. — Mas, felizmente, não vamos precisar descobrir.

Fiquei com um nó no estômago quando vi Digby pegar seu kit de arrombamento.

— Ai, não...

Assim que ele abriu a porta, dei uma espiada e vi que o armazém estava cheio de coisas empilhadas de qualquer jeito, praticamente lixo. No centro do espaço, porém, havia uma ilha de ordem: uma estrutura elaborada de tubos de cobre e jarras de vidro.

— Você vem? — perguntou Digby, entrando.

— Não. — E eu estava falando sério, até que ouvi um enorme estrondo de vidro se quebrando. Que foi seguido por outro. E então uma série de barulhos menores. Corri e o encontrei parado no meio de um monte de vidro quebrado com líquido derramado. — O que é isso tudo? — O cheiro acre me fez ter um ataque de tosse. — Cheira a...

— Peidos e álcool? É... — disse ele. — Tenho certeza de que isso é aguardente ilegal.

— As pessoas bebem isso por diversão? — perguntei. — O cheiro é nojento...

Então ouvimos as vozes de duas pessoas na porta da frente, um homem e uma mulher.

— Ei, Mary, você deixou a porta aberta de novo — disse a Voz Masculina.

— Por que você já parte do princípio que fui eu? — retrucou a Voz Feminina, presumivelmente Mary.

Digby e eu não tínhamos muitas opções, então nos trancamos em um roupeiro perto da porta um instante antes de o homem e a mulher entrarem no armazém.

— Você está botando o carro na frente dos cavalos — continuou Mary.

— Você não está usando a expressão direito — disse a Voz Masculina.

— Não estou nem aí. — Mary ofegou. — Al! Olha! Alguém entrou aqui.

— De novo, não — reclamou ele.

— Pegadas... — comentou Mary. — Vão dar no armário. Melhor pegar o bastão.

A porta do roupeiro se abriu e revelou Al, um cara irritado de pijama bagunçado e pantufas imundas por terem sido usadas fora de casa. Mary era uma mulher igualmente desgrenhada, com um chapéu de guarda-chuva na cabeça e uma sacola de compras nos braços. A loucura de seus trajes bobos me fez pensar em palhaços homicidas e bonecas assassinas.

— Não guardamos dinheiro aqui em casa e não temos nada de valor pra vocês penhorarem — disse Al para nós, levantando o bastão para mostrar que tinha pregos saindo dele...

Mary percebeu que me encolhi.

— Ah, são só dois adolescentes, Al... — Ela me ofereceu a mão e me ajudou a sair do roupeiro. — Essa aqui não deve estar usando há tanto tempo... ela não é magrela que nem o namorado. — Ela franziu a testa para Digby. — Você é o traficante dela? Aposto que é. Tem cara. — Ela tirou uma nota de cinco dólares e colocou na minha mão. — Aqui. Vai comprar um sanduíche.

— Ah, pronto, agora eles vão continuar voltando — reclamou Al.
— É para um *sanduíche*. Não drogas — disse Mary.
— Sim, sim... sanduíche. Não drogas. — Agarrei Digby e recuei em direção à porta.
— Na verdade, sou o padrinho dela no NA e viemos aqui para reparar danos — disse Digby.
— Ah, é? — questionou Mary.
— Nove anos atrás, ela morava aqui perto e pegou algo que queria substituir — continuou Digby. — Eram vocês dois que moravam aqui nove anos atrás? — Quando Mary e Al negaram com a cabeça, Digby questionou: — Sabem quem morava? Além disso, vocês são locatários ou donos?
— Quer saber de uma coisa? Você parece um daqueles agentes imobiliários que vivem tentando nos despejar. É isso que você está fazendo aqui? — Al começou a avançar na nossa direção.
— Não, não — respondeu ele. — Mas, sério, há quanto tempo vocês estão aqui? — Digby e eu continuamos a recuar e então, quando Digby passou pela soleira, algo em seu bolso atingiu o batente fazendo um barulho.
— O que foi isso? — perguntou Al. Ele enfiou a mão no bolso de Digby e tirou uma garrafa da aguardente.
Digby riu, parecendo prestes a tentar escapar das consequências com uma conversa, quando de repente puxou a aguardente das mãos de Al e gritou:
— Corre!
Saímos a toda pela rua e viramos a esquina, berrando para Austin ligar o carro, mas ele não nos ouviu porque estava mexendo no celular. Digby mergulhou no banco de trás e eu pulei no da frente, gritando de forma incoerente, o que não foi um problema, porque, a essa altura, não precisávamos dar muitas explicações. Olhar no espelho retrovisor e ver Al cor-

rendo na direção do carro com seu taco de beisebol assassino disse tudo.

Al acertou um golpe no porta-malas antes que Austin conseguisse arrancar, xingando.

— O que é que foi *isso*?

Ele ficou irritado porque Digby e eu já tínhamos passado para a fase risada-histérica-de-alívio.

— Qual é a graça? Vai custar um dinheirão consertar esse amassado.

Digby passou a garrafa de aguardente furtada pra ele e disse:

— Aqui. Talvez isso faça você se sentir melhor.

— O que é isso? — Austin cheirou a garrafa fechada, fez uma careta e sorriu. — Eita.

— Eu nem entendi por que corremos. Não é como se eles tivessem uma arma.

— Uau. Talvez você tenha mesmo TEPT — disse Digby.

— Você não viu aquele cara? Ele parecia um ogro.

— Por que ele estava tão bravo? — perguntou Austin.

Digby pegou uma pilha de envelopes que havia enfiado no bolso.

— Ele deve ter pensado que a gente tinha entrado lá para roubar a bebida deles. — Ele abriu um dos envelopes.

— Quando, na verdade, você entrou lá para roubar a correspondência? — perguntei. — O que é isso?

— Eles estão com o aluguel atrasado... — disse Digby. — Bem, estou meio decepcionado por não termos conseguido dar uma olhada no lugar. Talvez na próxima vez...

— *Próxima vez?* — falei.

— Os cheques são mandados para uma caixa postal — disse Digby.

— Então, você descobre quem recebe os cheques para saber quem é o dono do prédio. E aí?

— E aí vemos o que encontramos e pensamos no que fazer depois, Princeton... — disse Digby. — Enquanto isso, Felix e eu vamos trabalhar por outro ângulo. Estaremos no laboratório de informática da escola amanhã, se você estiver interessada...

— Isso é o que vocês fazem juntos? Não entendo. Por que isso é divertido? — questionou Austin.

— Não é divertido — respondi.

— Então, que tipo de macarrão vamos jantar? — perguntou Digby. — Eu voto em penne.

— Boa tentativa — falei. — Você vai para casa.

— Poxa. Eu estava a fim de um penne.

— Austin, você pode deixar Digby lá em casa, aí depois a gente vai para a sua? — falei.

— Na verdade, gata, o pessoal vai sair e eu estava pensando... Está tarde e ainda nem comecei a cozinhar... — disse Austin. — Talvez outro dia? Terça?

Eu não podia culpá-lo. A noite já estava estragada. Mas, embora fizesse sentido, acho que Digby resumiu bem meus sentimentos quando murmurou silenciosamente para mim: AI.

‡‡‡‡

O carro de Austin mal virou a esquina e Digby já começou. Entramos em casa.

— De nada — disse Digby.

— Calado. Não quero ouvir uma palavra sobre isso — falei.

— Não, é sério, você não estava a fim, deu para perceber — disse Digby. — Lembre... Ele é só um garoto, parado na frente de uma garota, pedindo para ela tirar a blusa.

— Você é um idiota.

— Mas, sério, não entendo por que você está, sei lá, *ofendida* com o que Austin quer. Esse é o objetivo de um namoro, não é? É um ritual de acasalamento.

— Como é que é? Então você está me dizendo que, quando comecei a namorar com ele, de alguma forma eu aceitei que automaticamente isso ia terminar em sexo? — falei.

— Opa, opa. Isso não é nem um pouco o que estou dizendo. Eu só quis dizer que faz sentido que ele queira isso — disse Digby.

Minha mãe e Cooper já tinham saído e, embora Digby estivesse sendo irritante, eu fiquei feliz por não estar em casa sozinha. Fomos direto para a cozinha e, sem perguntas, começamos a preparar nosso jantar. Coloquei a água para ferver e ele juntou os ingredientes para um macarrão.

— Sabe, não faz *sentido* o seu pai não perceber que você sumiu por três meses — falei. — Quer dizer, ele *sabia*, certo?

Digby balançou a cabeça.

— Não tem como. Aposto que sabia — falei.

Digby deu de ombros.

— Só sei que, quando cheguei em casa, ele não disse nada. Quando mostrei meus documentos de emancipação, ele não disse nada. E, quando eu disse que ia voltar para cá, ele também não disse nada — contou Digby.

— Vocês só moravam na mesma casa? Em silêncio?

— Bem, a gente conversa sobre coisas tipo jantar ou tarefas ou coisa assim. O que eu quis dizer é que nós não conversávamos sobre nada *importante*, e quando passei três meses sem falar sobre o jantar ou minhas tarefas, ele não se importava o suficiente para notar. — Digby percebeu que eu parecia triste com isso e disse: — E eu não preciso que ele se importe... Não tenho pais que nem os seus.

— Sinceramente? Meus pais têm sido tão exagerados nos últimos tempos que eu até gostaria de um pouco de distância.

— Bom, mais um ano e você vai poder sair daqui — disse ele.

— E você? O que vai fazer no ano que vem? — perguntei.

— Na verdade, o que você está fazendo aqui agora? Tecnicamente, você já se formou no colégio, não?

— Já... mas acho que ainda não estou a fim daquela coisa toda da faculdade.

— Então, você só vai... o quê? Passar o tempo? — perguntei. — Não é um desperdício?

Ele ficou quieto por alguns segundos antes de responder.

— Olha, sabe como você pensa em ir para a faculdade como se a experiência fosse redefinir sua vida e começar uma nova fase? Comigo é assim também. Quero estar no campus da faculdade e me preocupar com provas e passar a noite acordado escrevendo trabalhos... Talvez até passe a usar roupas coloridas ou tente entrar em uma fraternidade.

Comecei a rir.

— Agora foi longe demais.

— Certo, talvez não isso, mas você entendeu.

— Claro. Você quer ser uma pessoa normal.

— E eu não posso fazer isso até descobrir o que aconteceu com minha irmã.

— Você está brincando? Está me dizendo que não vai seguir com a sua vida até resolver um mistério que a polícia e o FBI não conseguiram desvendar há nove anos? Você é feito uma criança prendendo a respiração até conseguir o que quer.

— Não estou dizendo que tenho que resolver o caso ou colocar os responsáveis na cadeia nem nada assim. Eu só preciso *saber* o que houve... Já estaria bom para mim.

Dei uma risada.

— Aham. Até parece que *isso* seria o suficiente. Talvez essa seja uma daquelas situações em que você tem que aprender a deixar o passado para trás.

— Quer dizer que eu não preciso de uma conclusão para começar a me curar? Você está parecendo minha terapeuta. Esse foi o único insight que ela se deu ao trabalho de ter antes de me mandar a um psicofarmacologista... O que me lembra que eu tenho uma consulta com ela amanhã.

— Você está se consultando com alguém daqui? — falei.

— Claro. Medicare. Imaginei que era melhor aproveitar enquanto é de graça — explicou ele.

— Não acredito que você encontrou alguém tão rápido — falei.

— Na verdade, estou indo à minha antiga médica.

Então me lembrei do que Henry tinha me contado sobre essa psicóloga de River Heights, que foi quem repassou à polícia informações obtidas na sessão com Digby e que provocaram um desvio na investigação. Foi assim, nas palavras de Henry, que ela destruiu a família de Digby. Mas também lembrei que Henry não queria que Digby soubesse a verdade sobre a terapeuta.

Vendo o conflito expresso em meu rosto, Digby disse:

— É, ela não é a melhor, mas é como dizem... Melhor um pássaro na mão...

— Hã... mas tem tantos pássaros por aí. Por que não escolher um novo? — Eu sabia que estava parecendo meio suspeita, mas não consegui evitar.

Digby me encarou.

— Está tudo bem, Princeton. Eu sei — disse. — Eu sei o que ela fez. Sei que ela contou à polícia que meu pai era alcoólatra. E viciado em apostas. E que minha mãe tinha episódios psicóticos... Eu sei que é por causa dela que a polícia parou de procurar suspeitos e simplesmente se voltou contra nós.

— Sério? Então por que está voltando para ela? — questionei.

— Porque eu não preciso passar mais três meses de terapia explicando mais uma vez que não tive uma infância porque, depois que uma tragédia horrível aconteceu com minha família, a cidade inteira se voltou contra nós e até hoje as pessoas ainda acreditam que matamos minha irmã — disse ele. Seus olhos estavam cheios de lágrimas e, quando ele piscou, uma lágrima pesada escorreu pelo seu rosto. — Entendeu?

— Hã... Eu... — Eu não sabia o que fazer. Queria abraçá-lo, mas sabia que ele odiava que sentissem pena dele. Comecei a chorar quando, inexplicavelmente, Digby começou a rir de mim.

— Ah, não, Princeton, só estou brincando. Você não está realmente chorando, está? — Ele se inclinou para mais perto da tábua cheia de cebolas que estava picando para o nosso macarrão e disse: — Ó vida, ó azar, minha infância perdida...

— Você é um idiota.

— Mas, falando sério, acho que prefiro enfiar a mão em um moedor de carne do que ter que contar o que aconteceu com Sally para outra pessoa. — Ele notou que a água havia fervido e pôs o penne na panela. — Preciso que isso acabe.

CAPÍTULO NOVE

Acordei tarde no dia seguinte, ainda exausta, e estava tomando meu café com cereal feito um zumbi quando Cooper entrou em casa.

— Você já está acordada.

— Como assim? Estou atrasada, na verdade. Mas prefiro chegar atrasada do que me apressar. Minha cabeça está me matando — expliquei.

— Você esqueceu? Não tem aula hoje nem amanhã — disse Cooper.

Acho que Cooper entendeu que minha expressão atordoada queria dizer que eu não tinha acreditado nele.

— Eu tenho certeza, porque sempre tem uma minionda de furtos e confusões nesses dias de conferência para professores — continuou.

— Ah, entendi. Bem, então tá. Vou voltar para a cama — falei.

Mas eu estava tão empolgada por ganhar um dia a mais que tive dificuldade para voltar a dormir. Levantei e fui estudar. Fiquei tão concentrada que acabei me atrasando para o meu turno à tarde na livraria.

Durante um período mais morto no fim da tarde, eu estava sozinha na loja e decidi fazer um simulado de lógica do SAT, mas meu cérebro exausto estava inquieto, então desisti. Pela segunda noite consecutiva, Digby tinha me mantido acordada até tarde conversando. Durante toda a conversa, eu estava muito consciente de que ainda estávamos evitando sequer chegar perto do assunto do nosso beijo.

Eu me perguntei quando a gente falaria daquilo. E então me perguntei se tinha uma obrigação de contar a Austin. Então percebi que, em algum momento, "não contar" a Austin ia se transformar em uma mentira.

— O que eu faço? — perguntei em voz alta.

— Está fazendo um simulado? Deixa isso pra lá.

Eu não tinha visto Bill entrar na livraria.

— Hoje em dia, a originalidade da redação é mais importante para os comitês de admissão. Claro que, no seu caso... Seu pai estudou em Princeton, então nem precisa se preocupar. Sua vaga está garantida. — Ela notou minha carranca e disse: — Nada contra, inclusive. Uma continuação das famílias, eu entendo. Na verdade, diga ao seu pai que estou disponível se ele quiser adotar alguém... Qualquer um que finja que não trocaria de lugar com você é só um hater.

Se fosse qualquer outra pessoa, talvez eu achasse interessante esse tipo de avaliação honesta da injustiça do sistema de admissão das faculdades, mas vinda de Bill... Fiquei apenas irritada.

— Posso te ajudar?

— Na verdade, vim falar sobre Digby — disse ela. Ela me entregou um café que tinha comprado para mim. — Queria perguntar se você não se importaria se ele fosse no cinema comigo. Um dia desses.

— Por que você está me perguntando isso? — falei. — Que estranho.

— Eu sei, você está namorando com Austin Shaeffer já faz, tipo, quatro meses. A propósito, mazel tov. Vocês pare-

cem superbem. Mas você e Digby no semestre passado... e agora ele está morando com você...
— Ele não está "morando comigo" — falei. — Ele está hospedado na minha casa. Tem uma grande diferença.
— Mesmo assim.
— Mesmo assim o quê? — Eu estava determinada a não cooperar.
— Certo... vamos lá. — Bill respirou fundo. — Zoe, me desculpe por ter roubado o número de Digby do seu telefone, e sinto muito por você ter se sentido usada, mas, sinceramente, eu gostava muito de sair com você. Você era minha amiga. — Ela estendeu a mão. — Eu ainda gostaria de ser sua amiga, se você concordar.
Eu não tinha rancor suficiente para deixá-la no vácuo, então apertei a mão dela. A garota sabia como montar uma cena. E isso também explicava o que ela estava fazendo aqui.
— Estou querendo conversar com você há meses. Esta foi só a primeira maneira não psicótica que encontrei de fazer isso — explicou ela.
— Uau. Tudo isso para sair com Digby. — Aí as peças se encaixaram. — Vocês dois já marcaram, né?
Bill riu e deu de ombros.
— Então do que estamos falando agora, exatamente? — perguntei.
— Você me pegou. Contei uma mentirinha para me desculpar por ter contado uma mentirinha — disse ela. — Mas essa foi a última.
— Aham.
— Por favor, Zoe, vamos pelo menos tentar — pediu ela.
— Afinal, se tudo correr bem, você pode acabar passando muito mais tempo comigo.
— Eu não respondo bem a ameaças, Bill.
— Rá, rá. O fato de ter acabado de fazer uma piada significa que você meio que me perdoa? — perguntou ela. — Amigas?

Sua visita começou a fazer ainda mais sentido. Ela havia perdido sua parceira de sempre, para o departamento de teatro e o grupinho de atores com quem Darla andava agora. Bill estava sozinha e sendo legal porque precisava de novos amigos.

Eu não conseguia mais aguentar ouvi-la se humilhar, então falei:

— Tanto faz. Aproveite o filme.

‡‡‡‡

Terminei a última questão de lógica do meu dever perto do fim do turno e percebi que meu outro livro de estudos para o teste estava no meu armário na escola. Por um lado, eu provavelmente só teria umas duas horas extras de estudo naquela noite. Por outro, não havia como dizer se seriam as duas horas de que eu precisava para estar preparada para o exame de verdade no sábado. Xinguei bastante.

— Uau. Alguém aí está precisando de um abraço? — disse Fisher.

— Desculpe, Fisher.

— Sem problemas. Não sou *tão* velho assim. Eu ainda me lembro — disse ele. — Essas paixonites adolescentes são *difíceis*.

— Quê? Ah, não... Terminei meus simulados antes e estou tentando decidir se entro escondida na escola para pegar meu livro e poder estudar hoje à noite — expliquei. — Os exames são no sábado.

— Esse é um problema estranho. — Fisher suspirou. — Talvez eu esteja velho, afinal. Não entendo toda a ambição e pressa da sua geração. Aonde vocês tanto querem chegar?

— Bem, por enquanto, quero chegar no meu armário da escola, pelo jeito.

— Qual é... você tem dezessete anos. Quando vai ser feliz?

— Depois de sábado — falei. — Quando vou poder parar de estudar durante o expediente... Desculpe, Fischer. Acho que me aproveitei de você hoje.

— Imagina. Você me salvou ontem. De qualquer forma, a loja anda tão cheia nos últimos dias que não temos tido tempo de conversar. — Fisher ficou ali parado, parecendo suspeito. — Então, aquele era o Digby, hein?

— Uhum... — concordei. — Pode falar. Eu sei que você estava esperando esse tempo todo para me perguntar, então vai lá. Pode se intrometer.

— Não, não... — Fisher hesitou, mas, no fim, não conseguiu resistir. — Ele é mais alto do que eu achei que seria — disse. — Ele voltou para sempre?

— Nada que ele faz é para sempre.

Fisher riu.

— Mas falando sério. Ele vai ficar?

— Não sei. Perguntei a mesma coisa — falei.

— E o que ele disse?

— Não recebi uma resposta direta — falei. — Hum. Você está muito interessado em Digby.

— Ah, você sabe como é. Só estou cuidando da minha melhor funcionária. Você parece distraída desde que ele voltou — disse Fisher. — O que está acontecendo entre vocês?

Ele ergueu as sobrancelhas.

— Não tem *nada* acontecendo — falei. — Na verdade, a futura namorada dele estava aqui me avisando que eles vão sair.

— Te avisando? — questionou Fisher. — Está querendo sair por cima. Ela claramente acha que você é uma ameaça.

— Sei lá. Ela é estranha. Ele é estranho. Boa sorte aos dois. Que sejam felizes juntos.

Sem querer, minha mochila bateu com força no tampo da mesa.

— Ah, sim. Não tem nada acontecendo — disse Fisher.

— Para de ser esquisito.

++++

Tentei primeiro a porta da frente da escola, mas estava trancada. Como a chuva estava forte, fui até o portão da área de carga junto ao refeitório e usei o calço de uma lata (que Digby tinha me dado no ano passado de lembrança) para abrir o cadeado na corrente que prendia a porta. Foi chocante perceber a empolgação que senti ao ver as correntes se soltarem.

Ao andar pela cozinha do refeitório, lembrei que não tinha almoçado. Peguei um saco de pães de cachorro-quente que estava largado do lado de fora. As cadeiras vazias, o lixo velho, o miasma de cecê, o único ventilador girando devagarzinho — a cena toda era muito *Deixados para trás*. Atravessei os corredores escuros em direção ao meu armário, um pouco assustada com o ambiente apocalíptico, quando senti a presença de alguém ali perto. Virei e vi um cara se assomando ao meu lado. Ergui o saco de pães de cachorro-quente e dei na cara dele. Ao erguer as mãos para proteger o rosto, o cara deixou cair um monte de coisas que segurava. Então, antes que pudesse se recuperar, dei um soco forte no estômago dele e gritei.

— O que você quer?

Do chão, o cara respondeu:

— Que você pare de me bater, para começo de conversa.

Claro que era Digby. Eu tinha esquecido completamente que estaria aqui com Felix, trabalhando em outro ângulo do caso de Sally, no laboratório de informática.

— Pelo visto, você ainda saber dar um soco, Princeton.

— Por que você resolveu me dar um susto?

Ele pegou um pão do saco.

— Eu não estava tentando assustar você.

— Então por que está de meias?

Peguei o sapato dele entre as coisas que tinha deixado cair quando foi atingido e lhe entreguei. Fui até meu armário e abri a porta.

— Como você entrou?
— Abri o cadeado dos fundos com o anel da latinha que você me deu — expliquei.
— Aaah... — disse ele. — Isso é sexy.
Tirei meu livro do armário.
— Eeeeee passou. É sério que você vai fazer isso? — Ele puxou meus cartões de fichamento do armário e fez uma careta.
— Fazer o quê? Cuidar do meu futuro?
— Olha só isso. "Cuidar do meu futuro." Por que você está tão séria?
— Por causa dos exames que são o objetivo de todos os meus anos de ensino médio?
— É tudo uma grande farsa corporativa, sabe — disse Digby.
— Se com "tudo" você quer dizer "a vida" — falei —, então você não vai fazer a prova no sábado?
— Bem, claro que vou.
Peguei o saco de pãezinhos e bati nele de novo.
— Ai, o que foi?
— É um pouco hipócrita ficar debochando de mim quando você também vai fazer a prova — respondi.
— Eu não estou debochando da prova, estou debochando de você por levar isso tão a sério. — Ele pegou outro pão do saco que eu segurava e o enfiou na boca de uma vez só.
— Que nojo. E, como sempre: obrigada pela excelente conversa animadora — falei.
— Felix e eu estamos fazendo um negócio no laboratório de informática. Quer vir ver?
— É um convite tentador, mas preciso estudar um pouco hoje à noite.
— Só trabalho, sem diversão... Bem, você conhece a expressão — disse ele.

— Por falar em diversão... uma de suas novas amiguinhas foi na livraria falar comigo hoje — comentei. — Bill me pediu permissão para ir ao cinema com você.

Alguma coisa desceu pelo buraco errado e Digby tossiu um pouco antes de dizer:

— Ela comentou que ia fazer isso. Pensei que tinha convencido ela do contrário.

— Bem, não convenceu — falei. — Vocês...

Eu me segurei antes de começar a implorar por detalhes.

— Desculpe, o quê?

— Nada — respondi.

Agora nós dois estávamos sem jeito.

— Mas enfim, eu convidaria você e Austin para um encontro duplo... mas você provavelmente vai estar ocupada estudando.

— Espera. Então quando Bill disse "um dia desses", ela queria dizer *hoje à noite*? — Mesmo quando estava dizendo a verdade, Bill não conseguia evitar alguma mentirinha. Toda aquela falsidade pedindo permissão e escondendo coisas como se eu fosse uma mãe rígida era irritante. — Certo. Divirtam-se.

Eu me virei e me afastei, sem parar de andar quando Digby me chamou.

— Não espere acordada — falou ele. — Vou entrar com as chaves que Mike me deu.

CAPÍTULO DEZ

Pus três corredores de distância entre nós antes de me permitir destruir os pães de cachorro-quente, batendo-os na parede até virarem apenas migalhas. Eu me senti incrivelmente relaxada depois.
    Uma voz atrás de mim disse:
    — Hã... Zoe? Está tudo bem?
    — Henry. E aí?
    — O que ele fez? — perguntou. — Só Digby consegue irritar alguém desse jeito.
    — Está tudo bem... — falei. — Por que *você* está aqui?
    — Os jogadores principais estão medindo seus VO2s — explicou Henry.
    — Quê?
    — Eles estão conferindo se estamos aptos para jogar.
    — Cara, essa escola é que nem o Hotel California. Pode fazer o check-out a hora que quiser, mas você nunca vai conseguir ir embora — falei. — Felix e Digby estão no laboratório de informática agora.
    — Digby está aqui? Preciso falar com ele, na verdade.
    — Ele... — Quando apontei para um ponto atrás de mim, uma figura passou furtivamente e desapareceu virando o corredor.
    — O que é que foi isso? — disse Henry.
    — Parecia Felix — falei.

Quando chegamos ao corredor onde Felix tinha virado, ele já havia desaparecido no corredor seguinte.

Chamei:

— Felix!

Henry agarrou meu braço e disse:

— Cuidado. O treinador vai encrenar se te pegar invadindo a escola.

— Sabe, quando as pessoas dizem que essa escola manda bem no futebol, elas não querem dizer que o futebol literalmente manda na escola — falei.

— Não fique com raiva de mim. Não quero que você seja pega, só isso — disse ele. — Toda a comissão técnica está aqui hoje.

Seguimos andando. Começamos a chegar mais perto de Felix, e eu disse:

— Pssst... Ei — Mas isso apenas o fez apertar o passo. — Por que ele está fugindo de nós? — perguntei.

Henry e eu começamos a quase correr e seguimos Felix escada acima. Minha bolsa estava pesada por causa dos livros e do meu laptop, e quando cheguei ao terceiro andar eu já estava ofegante, e Felix tinha sumido de vista. Henry e eu estávamos prestes a nos dividir e ir de sala em sala quando ouvi um chiado fraco vindo de um armário. Isso mesmo. Felix tinha se enfiado em um armário. Henry e eu batemos na porta.

Eu ri quando li uma vez que um tamanduá gigante — ou seja, um tapete felpudo e lento com um nariz de aspirador de pó — é capaz de matar um caçador. Agora, porém, no longo instante entre Felix saindo do armário aos gritos, atacando Henry, até ambos caírem, a moral da tragédia do tamanduá se cristalizou. Não importa o tamanho ou a fofura dessas criaturinhas: se assustar algo o suficiente, você vai ter uma reação.

— Felix — falei. — Somos nós.

— Zoe?

— É, seu maluco — falei. — Quem você achou que fosse?
Do fundo do corredor, ouvimos:
— Vocês aí. — Era o treinador Fogle, todo coxas poderosas e braços peludos. — *Petropoulos*. Mas que porcaria está havendo aqui? — Fogle caminhou em nossa direção, avaliou a situação e chegou à conclusão mais natural. — Meu filho, você sabe que esse time... Aliás, sabe que tudo de bom e sagrado no futebol americano está sob ataque, e resolve enfiar um nerd em um armário como se tivesse quatorze anos, sem se importar com as consequências. — Ele se aproximou do rosto de Henry e baixou a voz. — Você está a fim de virar uma estrela do YouTube? Porque esses nerds todos vivem para chorar as pitangas na internet.

Fora do campo de visão do treinador Fogle, Henry fez um gesto rápido, cujo significado supus ser para Felix e eu nos mandarmos. Henry disse:
— Mas, treinador...
— Não quero nem saber. Você precisa ficar fora de problemas. Não é como se você fosse um reserva qualquer. Tenho uma dúzia desses. Você é o quarterback, meu filho. — O treinador agarrou Henry pelo braço e, quando Henry estremeceu, o treinador quis saber: — É o seu LCU de novo? É melhor colocar um gelo nesse cotovelo aí e pedir um tratamento a um dos treinadores. Fale com o Chris.

De costas para nós, o treinador Fogle não viu Felix e eu nos esgueirando pelo corredor. Estávamos virando o corredor quando ouvimos o treinador dizer:
— Agora peça desculpas e desça para sua avaliação de VO2.

Quando estávamos mais longe, eu perguntei:
— Felix, por que você estava fugindo de nós?
— Eu pensei que fosse outra pessoa — disse Felix.
— Quem?
— As meninas do time. Na verdade... já que você está aqui... — disse Felix. — Eu queria dizer que sinto muito.

— Por quê?
— Pelo ano passado... quando fui tão insistente... tentando te convencer a sair comigo — Felix explicou. — Mas enfim. Não quis fazer você se sentir perseguida. Ou como um objeto... como se você fosse uma piada...
— Uau. Certo, Felix. Agradeço o pedido de desculpas. Pelo visto, hoje é o meu dia. Bill também me presenteou com um desses lá no shopping. — Felix pareceu confuso, então eu disse: — Nada, não. Mas você me deu um monte de detalhes bem específicos. Está acontecendo alguma coisa?

Felix hesitou e demorou.
— É o meu time.
— Seu time?
— As Leoas — ele explicou. — Elas estão atrás de mim.
— Porque querem um lugar no time?
— No começo, sim. Mas então, um dia, ouvi a goleira dizer às meio-campistas que queria me *deflorar*. Aí as outras entram na história e, você sabe... essas garotas são tão competitivas — Felix completou. — Me *deflorar*? Parece que vai doer.
— Ah, Felix, sinto muito.
— E essas garotas são muito exageradas. No outro dia, engasguei bebendo água e, do nada, elas estavam em cima de mim com minha EpiPen — comentou ele. — Quer dizer, no começo, era legal receber tanta atenção, mas agora... Estou assustado.

Chegamos ao laboratório de informática e Felix abriu a porta.
— Oi, Digby — disse ele.

Ele estava conectando alguns computadores.
— Oi, Felix. — Então ele me viu. — E aí, Princeton. Não aguenta ficar longe de mim, né?
— Você é tão irritante.

Felix instalou-se na frente de uma fileira de computadores e pegou um monte de pen drives pendurados em um chaveiro enorme.

— Acho que finalmente estamos prontos. Quer ir em frente? — Felix conectou alguns pen drives e começou a digitar enquanto Digby assentia. Na mesma hora, esquemas de engenharia surgiram nos dois monitores que Digby e Felix haviam conectado.

Então Felix parou de digitar de repente, arrancou os pen drives dos computadores e ficou paralisado.

— O que foi? — perguntou Digby.

Felix ficou paralisado, as mãos pairando acima do teclado.

Nós três ficamos olhando para os monitores por alguns segundos e, quando nada aconteceu, Felix sorriu e explicou:

— Ok... Isso quase acabou muito mal. Coloquei os pen drives errados. Estes aqui — Felix segurou um par de pen drives ainda no chaveiro enorme — têm um programa de descriptografia personalizado que escrevi para Digby abrir os arquivos do pai dele.

Felix ergueu os dois pen drives que havia inserido e logo removido e continuou:

— *Estes* aqui, por outro lado, têm cópias de um worm que basicamente teria detonado este computador e, depois de um tempo, todos os que estivessem conectados a ele.

— *O quê?* — falei.

— Mas está tudo bem, porque se fosse acontecer, já teria... — disse Felix.

Felix estava prestes a inserir os pen drives não infectados quando Digby o deteve e disse:

— Felix. Acho que eu posso continuar sozinho a partir daqui. — Digby tirou os pen drives da mão dele. — Você já fez tanto... Não quero que acabe com problemas.

Felix pegou os pen drives de volta e retrucou:

— Pode esquecer, Digby. Quero estar aqui. Eu te devo uma. Tudo mudou quando as pessoas descobriram o que você fez com Dominic por mim. Sabe quantas pessoas me obrigaram a fazer o dever delas? *Zero*. Quantas vezes meu almoço

foi roubado? *Zero*. Em quantos armários fui enfiado por alguém além de mim...
— O quê? — disse Digby.
— Zero — continuou Felix. — Eu quero fazer isso.
Felix pegou os esquemas de engenharia de novo.
— O que é isso? — perguntei.
— Era nisso que meu pai estava trabalhando — disse Digby.
Fiquei quieta enquanto eles olhavam tela após tela. Depois de alguns minutos, Digby abriu um saco de Doritos e começou a comer enquanto continuava a examinar os esquemas.
— Estou achando difícil acreditar que alguém iria sequestrar minha irmã por isso.
— Eu estava pensando a mesma coisa — disse Felix.
— Por quê? — perguntei.
Digby deu um tapinha na tela.
— Isto aqui são esquemas para instalar uma adega de vinho em um avião particular. — Ele clicou mais algumas vezes. — Aqui, um adaptador para um telefone via satélite para receber sinal de TV. Todas essas coisas eram maneiras dez anos atrás, mas, mesmo assim, não o suficiente para justificar um sequestro. — Digby empurrou a cadeira para trás e abriu seu achocolatado. — Quer dizer, estou na dúvida se meu pai sequer era um engenheiro tão bom assim.
— Bem, pra ser justo, o material sobre propulsão é decente. — Felix indicou algo na tela. — Esta é uma solução alternativa para um satélite se os painéis solares não forem acionados e o mecanismo de direção falhar.
— Talvez... — Digby rolou sua cadeira para perto de Felix.
Fui até o computador de Digby e cliquei de volta na página principal, onde encontrei uma pasta chamada VAL.
— O que é isso?
Digby olhou de relance.
— Ah, são coisas da minha mãe.

— O que ela fazia?
— Trabalhos administrativos. Ela era da equipe de apoio. Eu lembro que ela estava em um troço chamado Comitê FUN e eles se reuniam em nosso quintal — disse Digby. — Planejavam festas no escritório.
Eu abri e encontrei o arquivo COMITÊ FUN.
— Posso abrir?
— Aham, claro... — Digby se voltou para a tela de Felix.
Em geral, eram apenas fotos aleatórias de pessoas brincando em laboratórios. Então encontrei uma série de fotos de uma garotinha que percebi ser Sally.
— Digby. Essa é...?
Ele prendeu o fôlego.
— Sim. É a Sally.
Passamos pelo resto das fotos em silêncio. Os jornais publicaram fotos fofas dela quando era bebê, mas as imagens no monitor mostravam Sally em uma festa infantil no quintal. Diferente do cabelo e dos olhos escuros de Digby, Sally tinha longos cabelos loiros e olhos verdes brilhantes. Por outro lado, a excentricidade das roupas — um agasalho rosa, uma mochila e binóculos de plástico pendurados no pescoço — me pareceu a cara de Digby.
— É do dia em que ela desapareceu. Era o aniversário dela — explicou ele.
Encontrei uma foto do Digby de sete anos, protegendo o rosto da irmã da arma de confete do pai. Mesmo antes de Sally ser sequestrada, os olhos castanhos tristes de Digby demonstravam uma sabedoria que a maioria das crianças não possui.
— Eu não consigo entender como podem achar que você matou sua irmã. Que *este* garoto — eu encostei na tela — matou alguém.
— Eu consigo — disse Digby. — Ninguém é incapaz, Princeton. Qualquer um pode fazer qualquer coisa. Os motivos só precisam fazer sentido para a pessoa.

Mas eu não conseguia me livrar da sensação de que tinha alguma coisa errada na imagem.

— Ei, Digby, o que é isso? — Apontei para o castelo inflável rosa atrás da cabeça de Sally.

— Ela estava totalmente obcecada pela Dora, a aventureira, na época — explicou Digby.

— Não, o que eu quis dizer é que as linhas estão estranhas. — Apontei para as partes do castelo inflável que apareciam em ambos os lados da cabeça de Sally. — Não combinam. Sua mãe usou Photoshop no rosto da sua irmã ou algo assim?

Digby deu um zoom na imagem.

— Felix, é possível que tenha uma imagem por baixo dessa?

— Bem... vamos ver o que está sob a interface gráfica. — Felix narrou o que estava fazendo ao sair do modo Terminal e os ícones habituais do Mac foram substituídos por linhas de código.

— *Não*. Não fique online — disse Digby.

— Mas eu preciso do Droste Master pelo menos para recuperar o que quer que esteja escondido aí — Felix disse. — A menos que, uau, você está querendo que a gente leia cada linha de código?

— Vamos usar algo offline. Na verdade, espera aí. — Digby tirou os USBs dos computadores. — Vamos limpar tudo aqui. Teclado, tudo. — Enquanto Felix estava ocupado fazendo isso, Digby disse: — Princeton, me empresta o seu?

Digby ainda parecia abalado por ter visto as fotos da irmã e eu me senti mal por hesitar. Entreguei meu laptop e eles começaram a mexer na foto. Felix enfim disse:

— Aqui está. Sua mãe colocou no cabelo da sua irmã.

Pixel por pixel, Felix reconstruiu as imagens na tela do meu computador: eram páginas de equações. Felix perguntou:

— Isso é...?

Digby disse:

— Parece...

Então ambos ficaram em silêncio.

— É pequeno — disse Felix. — As unidades estão em nanômetros. Posso perguntar ao meu pai.

Digby rolou a tela para baixo e apontou para uma notação.

— F.U.N. O que isso significa? Eu sempre pensei que eram só festas do escritório.

— Então, esse arquivo *é* da sua mãe? Mas você disse que ela era do administrativo — falei. — Isso é material digno de sequestro?

— Com certeza. Sequestro, espionagem... — disse Felix. — Mas você sabe o que é estranho? Isso é bem parecido com as coisas em que meu pai está trabalhando na Perses... Com as partes que eu vi, é claro. — Felix clicou nas imagens. — Quer dizer, eu não sei direito o que ele está fazendo. É secreto... O Departamento de Defesa mandou gente para entrevistar a minha família e tudo.

— Eles mencionaram se havia a possibilidade de você ser sequestrado? — questionei.

Felix pareceu preocupado. De repente, a luz verde no topo da tela do meu laptop piscou e depois apagou.

— Vocês viram aquilo? Acho que minha webcam ligou por tipo, um segundo — falei.

Felix voltou ao modo Terminal e fez uma varredura no meu sistema.

— Gente. O Wi-Fi fica ligando sozinho. Um bot deve ter se instalado quando abrimos as imagens.

— Desligue — pedi.

Os dedos de Felix não pararam de digitar, nem quando ele se virou para me lançar um olhar condescendente.

— Já estou bloqueando, mas ele religa toda vez.

— Você está planejando continuar com isso até minha bateria acabar? Porque o laptop está em 100% — avisei.

— Vai acabar ficando ligado tempo suficiente para o bot encontrar o que está procurando — disse Felix.

— Desculpe, Princeton. Culpe Steve Jobs por essa palhaçada de bateria interna — disse Digby.
— O quê? — perguntei, mesmo sabendo o que estava por vir.
Digby jogou o achocolatado em cima do teclado e meu computador estalou, zumbiu e morreu.
— Eu posso recuperar seus dados — disse Felix.
— Eu fiz backup ontem à noite — falei com um suspiro.
— Vou comprar outro para você, Princeton — disse Digby.
— Está prevendo receber algum outro grande pagamento?
— Bem, em alguns meses, talvez.
— O que foi aquilo, afinal?
Felix explicou:
— Algum bot que foi escondido nas imagens incorporadas estava tentando ligar para casa.
— Se recuperássemos os dados, poderíamos descobrir ao que ele estava tentando se conectar — disse Digby.
— A gente tem certeza de que ele *não* conseguiu?
Digby e Felix ficaram quietos.
— Então... — falei. — Talvez alguém saiba que estamos no laboratório de informática da escola tentando abrir esses arquivos?

Digby pegou o computador estragado do chão e conduziu Felix e eu porta afora. Descemos as escadas e disparamos pela escola. Eu os levei até as portas do refeitório que ainda estavam abertas, nós saímos e ficamos parados, de costas para o prédio, ofegantes. Depois de alguns minutos sem que nada acontecesse, eu me senti meio boba. Digby e Felix pareceram igualmente desapontados.
— Vocês acham ruim que eu esteja decepcionado por ninguém ter aparecido para nos matar? — perguntou Felix.

CAPÍTULO ONZE

Mais tarde, já em casa eu estava me preparando para parar de estudar e ter uma noite relaxante na frente da TV quando a campainha tocou.
— Ai. Meu. Deus. Eu não acredito que você está mesmo aqui — disse Charlotte.
— Como assim? Eu te mandei uma mensagem dizendo que eu ia ficar em casa estudando, você não recebeu? — falei.
— Recebi, mas eu não sabia como seria estudar agora, com seus outros amigos. — Charlotte riu e revirou os olhos para Allie.
— Meus "outros amigos"? — repeti.
— A gente ficou sabendo que você estava na casa da Sloane — disse Allie.
— E aí? — perguntou Charlotte. — Como foi?
— Bem... — comecei. — A casa dela é enorme...
— Como é o armário dela? — disse Allie.
— Na verdade, não cheguei a ver...
— Ah, a maquiagem dela... — continuou ela.
— Nós só ficamos lá por tipo, um minuto...
— Nós? — interrompeu Charlotte. — Quem mais foi?
— Hã... só o Digby.
— Digby — repetiu ela. — Austin não mencionou essa parte.
— Foi o Austin que te contou que eu fui lá? — eu quis saber. — Quando vocês conversaram?

— Austin contou pro Rob, Rob contou pra Anna. Não importa — explicou Charlotte. — Por que você estava lá com o Digby?
— Sloane queria fazer algumas perguntas sobre umas questões legais...
— Questões legais? — Charlotte não estava acreditando até que se lembrou: — Ah, porque seu pai é advogado? Ele está ajudando a Sloane?
Eu respondi simplesmente:
— Eu não posso mesmo dizer...
O que permitia que tirassem suas próprias conclusões.
E me deu paz pelo resto da noite.

※※※

Mais tarde, eu estava começando a pegar no sono quando minha porta se abriu e Digby entrou.
— Essa alimentação vegana melhorou muito a situação alimentar nesta casa — disse ele. — Lembra quando sua mesa de cabeceira era cheia de lanches de vó?
Ele estava fazendo um sanduíche de marshmallow entre dois Oreos.
— Onde você conseguiu os marshmallows? — perguntei.
— Debaixo da mesa da sua mãe.
— Já é ruim o suficiente você invadir a minha privacidade. Por favor, fique longe das coisas da minha mãe — falei. — O que você está fazendo aqui, afinal?
Digby se sentou na minha cama.
— Eu não consegui dormir. Ei, como vai o seu pai?
— Não sei. Normal, provavelmente — falei.
— Porque eu sinto que vocês dois não se falam há muito tempo — disse Digby.
— Acho que sim... mas vou encontrar com ele no próximo fim de semana.
— Tarde demais — interrompeu ele.

— Tarde demais para o quê?

— Preciso de uma ajuda com uma questão de direito imobiliário. Verifiquei a caixa postal do endereço das faturas de aluguel da antiga boca de fumo e encontrei o nome da companhia, mas depois de seis camadas de empresas de fachada, tudo o que encontrei foi um número de telefone em Hong Kong que caiu direto na caixa postal — disse Digby. — Preciso de ajuda com o próximo passo.

— Do meu pai? — perguntei. — Acho que não consigo fazer meu pai trabalhar de graça nem para mim... Ele cobra os clientes por ideias que teve no chuveiro. Uma vez ele cobrou por um sonho.

— Bem, quer dizer, ele poderia pedir a um paralegal ou alguém do tipo — disse Digby.

Ai, meu Deus. Isso significava que eu teria que lidar com Barbara, a paralegal cdf do meu pai. Barbara idolatrava meu pai, me achava uma perdedora mimada e tinha como objetivo me substituir como a filha que meu pai nunca teve.

— Pode ser, Digby, mas...

— Diz que é um trabalho da escola — insistiu ele.

— Tá bom. Vou perguntar pra ele na próxima vez que a gente conversar — falei.

Digby pegou meu telefone na mesa de cabeceira e me entregou.

— O quê? Agora?

— Não consigo dormir — disse ele. — Vamos lá, Princeton. Isso é *importante*. Eu consigo sentir. É sobre *Sally*.

Comecei a discar.

— Certo. Onze horas da noite em um dia de semana. Ele vai saber que tem alguma coisa errada...

— Oooi... Como você está? — A alegria na saudação do meu pai me surpreendeu.

— Hã... Pai?

— Ah. Zoe? — Foi a vez dele de ficar surpreso. — Está tudo bem?

— Aham... — falei. — Desculpa ligar tão tarde, mas preciso de ajuda com um trabalho.
— É mesmo?
— Aham.
— Você quis dizer "sim"?
Ignorei a correção irritante.
— Sim. De qualquer forma, estou tendo problemas com uma pesquisa sobre uma empresa na cidade. Ligo e cai numa caixa postal em Hong Kong.
— E você quer saber o quê? O que eles fazem? Do que são donos?
— Sim, tudo isso, por favor.
— Tudo bem. Me mande os detalhes por e-mail e pedirei para Barbara ver isso pela manhã — disse ele. — E como estão indo os estudos para o SAT? Você está preparada?
— Ah... Estou morrendo de sono. Obrigada pela ajuda, pai. Boa noite.
Eu mal podia esperar para desligar. Senti um nó no peito e meu coração estava martelando nos ouvidos.
— Ele concordou? — perguntou Digby. — Ei, você está bem?
— Estou ótima. — Mas minha respiração ofegante revelava a verdade.
— Qual é o problema?
— Ele não disse nada... Ele só perguntou... Os SATs... Aah... — Fiquei horrorizada por ter começado a chorar, mas não conseguia parar. — Vão ser... em cinco dias...
— Certo, você está tendo um ataque de pânico e respirar rápido assim só vai piorar as coisas.
Eu estava em um estado emocional intenso demais para resistir quando ele puxou minhas cobertas, me virou de bruços na cama e deitou de costas por cima de mim.
— Apenas respire, Princeton, e vá para o seu lugar feliz — disse ele. — Lembra quando você fez isso por mim? Funciona.

Depois de alguns minutos, o peso do corpo dele em cima do meu desacelerou minha respiração o suficiente para que o zumbido na minha cabeça diminuísse. Foi surpreendentemente reconfortante e, mesmo depois que o pior passou, não pedi a ele para sair. Ficamos deitados daquele jeito por um tempo e eu cochilei, só acordando quando minha mãe bateu na porta. Ainda não totalmente desperta, joguei Digby para o lado e o enterrei debaixo das cobertas no instante em que ela entrou.

— Zoe? Pensei ter ouvido você falando com alguém um tempo atrás?

— Eu liguei pro meu pai — expliquei. Ela parecia preocupada, então eu acrescentei: — Nada de ruim. Eu precisava de um favor e surpreendentemente... ele concordou.

— Ele é seu pai — disse ela. — Por que você está surpresa por ele fazer algo por você?

— É. Exatamente. Ele é meu pai. Por que *você* não está surpresa por ele me fazer um favor? — retruquei.

E, como eu temia que acontecesse, minha mãe se sentou na cama ao meu lado. Eu não queria, mas me mexi para abrir um pequeno espaço para ela, esmagando Digby contra a parede.

— Eu sei que disse coisas não muito gentis sobre o seu pai, e me arrependo... — falou minha mãe. — Mas ficaria muito triste se minhas palavras fizessem você pensar que não pode mais contar com ele. — O som inconfundível de um estômago roncando saiu de debaixo do edredom.

— Desculpe — falei. — O lámen vegano...

— Eu sei. Na verdade, vim te lembrar de que amanhã é a nossa noite de fugir da dieta — disse ela. — Pizza? Hambúrgueres? Pizza com bacon?

— Acho que eu quero hambúrguer... — Quase soltei um gritinho quando, por debaixo das cobertas, Digby me cutucou nas costelas. — Por outro lado, pizza... — outro cutucão

— ... também não é o que eu quero, então podemos comer frango.
— Algum problema? — disse minha mãe. — Problemas com...?
Ela inclinou a cabeça em direção ao quarto de hóspedes.
— O quê? Digby? Não.
— Austin não está se sentindo ameaçado? — perguntou ela. — Porque eu estava olhando Digby na cozinha hoje e tenho que dizer... ele está ficando bonitinho...
— Obrigada por vir falar comigo, mãe. — Dei um empurrãozinho para tirá-la da cama. — Eu tenho que estudar amanhã e agora preciso mesmo ir dormir.
— Ah. Certo, querida. — Da porta, ela completou: — Mais uma coisa sobre seu pai... Acho que você seria mais feliz se não se concentrasse nos momentos ruins e se lembrasse dos bons momentos que passamos juntos. Talvez o segredo da felicidade seja se esquecer de maneira criativa, sabe?

Depois que ela finalmente saiu, Digby apareceu debaixo das cobertas.

— Seu pai concordou?

Eu assenti e ele disse:

— Você acha que sua mãe vai comprar frango para mim também?

— Você acha que ela deixaria você lambendo os beiços enquanto a gente come? Ela não é um monstro. Claro que sim — falei.

— Uau. Se meus pais fossem tão úteis quanto os seus, eu não teria me emancipado.

— "Úteis"? Que horror — falei. — Mas por que é relevante quem é dono daquele prédio no centro da cidade? Não é como se fossem se lembrar de algo que aconteceu nove anos atrás.

— Eu sei, mas eu estava pensando... Ezekiel contou que o Manda Bala falou que alguns caras de terno com carrões lhe deram um dinheiro para ele sumir e deixar que usassem o lugar — disse Digby. — Por que aquela boca de fumo em especial?

— Você quer dizer, por que não escolher qualquer outro lugar em vez de pagar para ele ir embora?

— Isso.

De repente, fiquei muito consciente de que ele e eu ainda estávamos deitados, um junto do outro, debaixo das minhas cobertas.

— Meu Deus... está quente aqui — falei.

— Continua sem usar seu aparelho, pelo que vejo. — Ele enxugou o suor do meu lábio superior. — Hum. Isso é muito perigoso.

Eu sabia o que ele queria dizer. Juntos, na cama, sussurrando no escuro... Tudo estava começando a ficar confuso.

— Não posso garantir a qualidade do ar, se é que você me entende — disse ele. Seu estômago roncou de novo.

— Digby! Mas que inferno — falei. — Você precisa parar de comer besteira.

Ele saiu da cama.

— Eu sei...

Ele pegou meu celular e começou a digitar.

— O que você está escrevendo? — perguntei.

— Eu te devo uma, Princeton. — Ele me mostrou o e-mail que tinha escrito para eu enviar à paralegal do meu pai e, depois de acrescentar uma saudação cuidadosamente redigida para Barbara, apertei enviar.

— Espere só até ler a resposta de Barbara. — Revirei os olhos. — Você vai perceber que me deve várias.

— Ela é má? — ele perguntou.

— Você vai ver — falei. — Estou cansada demais para explicar agora.

— Cansada. Certo. É melhor eu te deixar dormir. Ela está errada, aliás. Sua mãe. Errada. Esquecer os momentos ruins... Isso não é felicidade. É amnésia.

Ele estava com a mão na maçaneta, prestes a sair para o corredor.

— Ei — falei. — Você está doido?

Apontei para a janela, indicando que eu queria que ele andasse pelo telhado da varanda para voltar para o quarto.

— Mas minha janela está trancada. Além disso, é mais emocionante assim — disse ele.

— Eu não quero ouvir um sermão sobre você agora.

— Por que estamos nos escondendo? — questionou ele.

— Ela já sabe que estou na sua casa.

— É, mas eu não quero que ela pense... sabe... porque a gente estava na cama...

— De costas. — Ele sorriu. — Zoe, eu sei que você é uma menina comportada, mas você sabe que não dá para... — ele fez um movimento sugestivo com o punho — ... quando as duas pessoas estão de costas, certo? Agora eu me pergunto se é por isso que Austin anda parecendo tão frustrado.

Eu joguei meu travesseiro nele.

— Fora daqui.

CAPÍTULO DOZE

Na manhã seguinte, o telefone tocou quando ainda faltavam quinze minutos para o meu despertador. Fiquei superirritada e atendi a ligação dizendo:
— Quê?
Uma voz azeda que não reconheci disse:
— Perdão?
— Quem fala? — Quando tudo o que ouvi foi um suspiro exasperado e um palavrão murmurado, olhei a tela do celular e vi o número do escritório do meu pai. — Ah... Barbara. Oi.
— Encontrei informações sobre a holding sobre a qual você estava perguntando. Vou enviar por e-mail — disse ela. — Mas reparei em uma coisa. Decidi ligar porque você provavelmente não teria notado essa informação no arquivo.
— Obrigada, Barbara — falei.
— Um dos diretores da empresa é Jonathan Garfield Book. Ele era um advogado importante aqui, mas se aposentou há dez anos e se tornou presidente não atuante do conselho de uma grande multinacional — disse Barbara. — É por isso que achei estranho ele estar nas listas da sua pequena empresa local. O que eles fazem?
— Hã... Muito obrigada por cuidar disso tão rapidamente, Barbara. Eu não esperava que você fosse trabalhar nisso logo de manhã cedo — falei.
— Sem problema. Gosto de cuidar dessas bobagens logo no início do dia — respondeu ela.

E, com aquele comentário tão agradável, desliguei o telefone, encaminhei o e-mail de Barbara para Digby e tentei voltar a dormir. Não consegui, é claro, então saí da cama. Encontrei Digby do lado de fora do meu quarto, espionando minha mãe e Cooper brigando no andar de baixo.

— Olha seu e-mail — falei. — O que está acontecendo?

— Acho que eles estão brigando por alguma coisa que ela viu no noticiário — disse Digby. — Eles são sempre assim?

— Talvez nos últimos tempos? — Parecia mais uma discussãozinha do que algo sério para mim, então a angústia no rosto de Digby parecia exagerada. — Casais brigam... Por que você está tão preocupado? Não me diga que seus pais não brigavam... Eles são *divorciados*.

— Meus pais não brigavam assim. Eles viviam em uma tensão gélida. Nossa lixeira de recicláveis ficou cheia de garrafas vazias por meses. Aí, um dia, meu pai disse que a gente ia se mudar e que eu tinha duas horas para fazer as malas — disse Digby.

— Uau.

— Por outro lado, eu deveria ter imaginado. Ele tinha passado uma semana guardando as coisas dele em caixas — disse.

— Acho que eu esperava que minha mãe ganhasse a custódia.

— Foi quando você se mudou para o Texas? — falei.

— Acabamos no Texas, mas paramos em vários lugares, às vezes por semanas. — Ele apontou para seu casaco. — Aprendi a não levar muita coisa e comer sempre que podia, porque você nunca sabe quando vai parar. Isso *sim* é boa educação.

— Não. Isso é abuso infantil — retruquei. A gritaria lá embaixo ficou mais intensa. — Acho que é melhor a gente separar a briga.

Eles se acalmaram quando Digby e eu entramos na cozinha.

— Bom dia — falei.

Minha mãe me beijou e saiu.
— Tudo bem, Mike? — perguntei.
— Eu sempre soube que ela se incomodava com o que eu faço para ganhar a vida, mas ultimamente, sei lá... Parece que ela está procurando motivos para ficar irritada comigo — disse Cooper.
— O que aconteceu? — perguntou Digby.
— Eu estava contando a ela sobre uma apreensão de drogas que quase consegui fazer hoje e acho que ela pensou que eu estava animado demais — explicou Cooper. — Mas não é normal eu me sentir bem por conseguir perseguir um garoto vinte anos mais novo que eu? Eu o alcancei perto da escola.
— Drogas? — disse Digby. — De que tipo?
Cooper deu de ombros.
— Ele jogou as coisas fora durante a perseguição e não encontrei nada quando voltei pelo caminho. Peguei o cara, mas tive que soltá-lo.
— Ouvi dizer que o pessoal está comprando injetáveis — disse Digby.
— Esteroides, certo? — retrucou Cooper. — Também ouvi isso. Mas, como eu disse, não encontrei nada. Fiquei surpreso por ele não ter me despistado. O garoto era um ex-atleta... jogava futebol para a escola. Rob Silkstrom.
— Silkstrom? Não... — Digby tinha um olhar vago no rosto, o que significava que estava definitivamente tramando algo. — Esse foi antes do meu tempo.
— Ugh, ainda com essas palhaçadas de machão? — Quando minha mãe passou por Digby, sentiu o cheiro de algo, então se inclinou na direção dele. — Você está com cheiro de lavanda. O perfume da Zoe é de lavanda...
Eu detestava deixar Cooper sozinho, mas Digby e eu demos o fora antes que minha mãe pudesse nos interrogar sobre como meu perfume foi parar em Digby.

⁙

Digby saiu e eu voltei para estudar. Era terça-feira. O segundo dia da conferência dos professores. As provas do SAT eram no sábado. Estava na hora de arregaçar as mangas. Eu me debrucei sobre o livro e repassei os simulados. Horas depois, enquanto estava fazendo o último simulado, enfim caiu a ficha de que eu estava mesmo preparada para a prova.

Larguei meu lápis quando terminei. A sensação era de que meu coração ia explodir. Mas as comemorações não duraram muito porque, apenas alguns minutos depois, comecei a me preocupar por Austin não ter ligado. Os últimos tempos tinham sido uma confusão de desencontros e conversas desconfortáveis, então eu não sabia o que estava acontecendo.

Então, quando a campainha tocou e eu vi Austin na minha porta com um buquê de flores, fiquei tão aliviada e arrependida que comecei a chorar.

— Você está bem? Te liguei tantas vezes hoje — Austin começou. — Eu queria falar com você sobre uma coisa...

— Modo avião! Desculpa, Austin, esqueci que botei o celular no modo avião enquanto estava estudando.

A forma como todo o meu ser respondeu à sua presença surpreendeu até a mim. Tudo ficou muito claro. O que eu estava pensando ao arriscar tudo o que tinha com Austin para bancar a detetive com Digby? Austin tinha todos os motivos para estar com raiva de mim. Eu era uma namorada péssima, e ainda assim ali estava ele — com flores, inclusive.

Eu me joguei nele. Tinha arrancado sua jaqueta antes mesmo de fecharmos a porta. Quando chegamos ao sofá, a camisa já estava longe. Finalmente, pensei, este é O Momento. Eu não tinha certeza de quanto da empolgação que senti ao ver Austin era apenas um reflexo da emoção depois do meu estudo bem-sucedido, mas me senti pronta. Pronta para fazer o SAT e pronta para estar com Austin...

— Espera. Você disse que queria falar comigo sobre alguma coisa? — perguntei.
— O quê? — disse Austin. — Ah. Nada.
Ele me beijou de novo. Dessa vez, o beijo foi mais lento e menos frenético.
E então ouvimos uma batida forte na porta. Austin e eu ficamos imóveis.
— Ignore — falei.
— Ok — Austin disse.
Mas aí quem estava lá fora começou a bater com força na porta. Eu estava prestes a dizer a Austin para ignorar de novo quando a campainha começou a tocar repetidamente.
— Eu vou matar ele — disse Austin.
Eu levantei do sofá.
— Não é o Digby. Ele tem a chave.
Abri a porta e encontrei Sloane aos pulinhos, agitada.
— Uau — exclamei. — Até para tocar a campainha você é mimada.
— Eu não estaria aqui se não fosse uma emergência.
Sloane passou por mim e entrou na casa.
— Por favor. Entre — falei, irônica.
Ouvi Austin se apressar para vestir a camisa de novo.
— Como posso ajudar, Sloane?
— Você tem que vir comigo — disse ela.
— Oi? Estou no meio de um encontro — falei.
Sloane deu um aceno distraído para Austin.
— Ele pode esperar.
Ela me passou seu celular. Na tela, um pontinho azul se movia lentamente pelo mapa.
— Você... — Então me ocorreu que ela provavelmente não queria que Austin ouvisse a conversa. Falei: — Cozinha. — Para Austin, eu disse: — Um segundo. Coisa de garotas.
Na cozinha, Sloane perguntou:
— Você não contou para o Austin?

— Não. — falei. — E nem pra mais ninguém, se é isso que você vai perguntar agora.

Sloane ficou me olhando, surpresa.

— Ah.

Peguei o telefone dela.

— Isso significa que você ficou doida de vez e começou a perseguir Henry?

— Ele disse que ia trabalhar de novo, mas olha... É o centro da cidade — explicou Sloane. — Por que ele está no centro?

— Bem, tecnicamente, tudo o que você sabe é que o telefone dele está no centro da cidade... — argumentei. Ela me deu um olhar raivoso. — Tá bom. O que você quer que eu faça sobre isso?

— Venha comigo — disse Sloane.

— Leve seu motorista.

— Eu peguei um táxi até aqui — disse ela. — Eu não queria lidar com a minha mãe e Elliot.

— Então pegue um táxi para o centro — sugeri.

— Eu tentei. O taxista recusou.

Isso porque, de acordo com o ponto azul na tela, Henry estava em uma área especialmente barra-pesada chamada Downtown Core. Os negócios que existiam na Downtown Core original haviam saído de lá havia muito tempo, e o bairro era apenas uma memória de outros tempos assolada por crimes.

— Certo. Austin pode nos levar — falei.

Sloane agarrou meu braço.

— Não.

— Um segundo atrás, você achava que eu já tinha contado tudo a ele. Então por que se importa se contarmos agora? — perguntei.

— Eu só... não aguentaria se todo mundo ficasse sabendo.

Talvez fosse o choque de ver Sloane demonstrar uma emoção genuína ou talvez fosse o fato de que, apesar do pedido de desculpas, Austin tinha espalhado a notícia da minha visita anterior à casa de Sloane, mas eu disse:

— Tudo bem. Não vou dizer a Austin por que a gente vai sair. Mas, quando Henry ficar com raiva, é melhor você deixar bem claro para ele que eu avisei que era uma ideia idiota. Entendeu?

— Entendi. — Sloane se recompôs e disse: — Obrigada por isso, Zoe.

— Essa foi a primeira vez que você disse obrigada a alguém? — falei. — Pareceu que você estava colocando uma bola de pelo pra fora.

Voltamos para a sala.

— Austin... Eu tenho que ajudar a Sloane com um negócio rapidinho...

— Você vai sair? — perguntou Austin.

— Volto em quinze minutos — falei. — No máximo vinte.

Austin gemeu e socou uma almofada do sofá.

— Além disso, posso pegar emprestado o carro da sua mãe? — perguntei.

— Eu vim de ônibus — disse Austin.

— Não podemos levar um dos seus carros? — perguntou Sloane.

— Minha mãe foi para o trabalho com ele — falei.

— Sua família só tem *um* carro? — disse Sloane.

— Bem, o carro do Cooper está aqui... — falei. — Mas é da polícia...

— Ele está *aqui*? — perguntou Austin.

— Relaxa — falei. — Ele está dormindo lá em cima.

— Então vamos pedir o carro dele emprestado — disse Sloane.

— Não se incomoda um policial do turno da noite quando ele está dormindo...

Sloane foi até o nosso vestíbulo. Quando a alcancei, ela já havia vasculhado o pote de chaves e encontrado a de Cooper.

— Sloane.
— Você mesma falou. Vinte minutos, no máximo.
Sloane saiu pela porta.
Calcei as botas às pressas e peguei meu casaco. Quando já estava saindo, ouvi Austin dizer:
— Você não pode simplesmente chamar um táxi?

CAPÍTULO TREZE

Sloane ficou apertando o botão de destravar as portas da chave até o carro de Cooper se revelar na rua onde estava estacionado. Ela já tinha ligado o motor quando sentei no banco do carona.

— Você sabe que está roubando um carro de polícia sem identificação, certo? — falei.

— Roubando? — Sloane colocou o carro em marcha e acelerou. — O carro não é do seu padrasto?

— Meu padrasto? Não. Ele é só o namorado da minha mãe.

— Que seja. Ele não vai denunciar você — disse Sloane. Quando fiquei encarando-a em surpresa, ela acrescentou: — Além disso, é como você mesma disse. Não está identificado.

— Para civis. Outros policiais vão reconhecer um carro de polícia sendo dirigido por não policiais — falei.

— Se a gente dirigir rápido, talvez ninguém veja a gente? — disse Sloane.

— Eu não sei se você entendeu direito como isso funciona.

Sloane me entregou seu telefone.

— Onde ele está agora?

Demorei um pouco para descobrir. Era a parte de Downtown Core que as pessoas chamavam de A Selva. Downtown Core já era ruim o suficiente, mas A Selva era, como o próprio nome indicava, um ecossistema completamente diferente. Claro, Digby, Sloane, Felix, Henry, Bill e eu já tínhamos estado lá antes, quando saímos do baile de inverno para encontrar Marina Miller, a garota desaparecida que, acabamos descobrindo, só tinha fugido de casa. Entre Bill quase sendo atacada, Felix ficando preso em uma ambulância roubada, e Digby e eu sendo sequestrados e enfiados no porta-malas de um carro... digamos que o lugar despertava lembranças.

— Por que ele está na Selva?
— A Selva? — repetiu Sloane.
— Sim, lembra, ano passado... naquela noite — falei.
Sloane pareceu preocupada. Claramente, ela se lembrava.
— Talvez seja melhor mesmo acelerar — falei.

⁂

Depois de uma viagem tensa e silenciosa, Sloane e eu chegamos onde o ponto azul disse que precisávamos estar.
— Esquina noroeste, entre a Peco e a Gray. Aqui.
— Você sabe ler essa coisa? — perguntou Sloane.
Puxei o telefone para longe quando ela tentou pegá-lo.
— Ei. Que falta de educação. Estou lendo certo. — Eu levantei a tela para ela ver.
Nós olhamos ao redor. Duas esquinas tinham o aglomerado típico de serviços de desconto de cheques/agiota/loja de bebidas. Uma era ocupada apenas por ervas daninhas e um prédio caindo aos pedaços. Na outra, onde estava o ponto azul de Henry, havia uma loja de conveniência fechada com tábuas e uma lavanderia.
— Devemos entrar? — perguntou Sloane.
— Entrar onde? — disse. — O lugar está abandonado...
Foi aí que alguns adolescentes saíram da loja.
— Acho que está aberto — falei. — Vamos lá.
Abrimos as portas do carro e estávamos no meio do caminho quando ouvi um baque.
— O que é que foi isso? — Olhei para o chão por baixo do painel. Foi quando notei seus sapatos. Mais especificamente,

a altura dos saltos. — Sloane, que sapatos são esses? — Na verdade, toda a roupa de Sloane estava ainda mais chique do que o normal. — Que roupa é essa? Você vai para a boate mais tarde ou alguma coisa assim?

Sloane hesitou antes de responder.

— Saí de casa pensando que ia dar um tapa na cara de alguma biscate que rouba o namorado das outras. Claramente, estou bem vestida demais para isso.

— Certo... Muitas palavras e conceitos censuráveis nessa frase, mas vamos nos preocupar com isso mais tarde — falei.

— Apenas tente não quebrar o tornozelo.

— Então, o que foi que caiu?

Tateei pelo chão e encontrei um objeto retangular preto. Era um pente de pistola, cheio de balas. Nós duas arfamos e instintivamente fechamos as portas do carro.

— Coloca de volta — mandou Sloane.

— Colocar de volta onde? Nem sei de onde caiu. — Tentei o porta-luvas, mas não sabia o código.

— O que a gente faz?

— Acho que vou levar. — Coloquei o pente no bolso, abri a porta do carro e estava prestes a sair quando... — Espera. — Entrei de novo e fechei a porta. Sloane voltou também.

— O que foi?

— Deve ser uma péssima ideia andar por aí com um monte de balas — falei. — Talvez no porta-malas?

O dar de ombros de Sloane não me animou muito, mas saímos do carro e abrimos o porta-malas. Quando eu ia enfiar o pente da arma em um canto, no entanto, vi um pessoal nos observando de uma varanda próxima. De repente, senti que guardar as balas no porta-malas não era a melhor ideia.

— Cooper me mataria se isso fosse roubado.

Fechei o porta-malas e voltamos para o carro.

Estávamos olhando ao redor de dentro do carro, frustradas, quando alguém bateu na janela e quase nos matou de susto. Era Digby.

— Saiam logo, suas doidas — disse ele. — Abre a porta, fecha a porta, abre a porta, fecha a porta... Parecem duas alunas nervosas no primeiro dia na escola de palhaços.
Guardei o pente no bolso. Sloane e eu seguimos Digby até a loja de conveniência, que descobri ser mais limpa e mais iluminada do que imaginava. Henry estava lá dentro, sentado em uma banqueta em frente a um balcão voltado para a parede.
— Sloane? O que você está fazendo aqui? — perguntou Henry.
— O que *você* está fazendo aqui? — disse Sloane.
Virei para Digby.
— O que *você* está fazendo aqui?
— Vou dizer que o que *não* estamos fazendo aqui é traindo alguém — respondeu Digby.
— O que está acontecendo?
— Nada, é claro — disse ele. — Então podem ir para casa agora. Tchauzinho!
— Você achou que eu estava te traindo? — perguntou Henry.
— Por que você mentiu sobre estar indo trabalhar? — rebateu Sloane.
Henry parecia prestes a responder, então hesitou e olhou para Digby em busca de socorro.
— A gente veio comer — disse Digby. — É um daqueles restaurantezinhos hipsters com hambúrguer gourmet.
— É?
Parecia que o lugar não servia comida nenhuma havia pelo menos vinte anos.
— Ele está falando sério? — perguntou Sloane. — Eu não sei dizer.
— Certo. Então peça alguma coisa — falei.
— Estamos aqui porque...
Finalmente, Henry disse:
— Alguns caras do time estão tomando umas coisas.

— Esteroides? — perguntou Sloane.
— Isso.
— *Você* está tomando?
— Claro que não. A *maioria* de nós não toma. Mas esses caras vão estragar tudo pra todo mundo.
— Henry, sempre vai ter alguém usando *esteroides*. Os caras precisam ganhar músculo — disse Sloane. — Ainda mais agora. Os olheiros da faculdade vão chegar a qualquer momento.
— Não, quer dizer... alguns caras do time estão vendendo — explicou Henry. — E a gente pensou que, se conseguisse falar com o fornecedor deles...
Para Digby, eu disse:
— "Falar com o fornecedor deles"? É sério? — Para Henry, eu perguntei: — Falar com ele e dizer o que, exatamente?
— Hã... Pare?
— Você está de brincadeira comigo? — reclamei para Digby. — De jeito nenhum você é tão ingênuo assim.
— Vamos lá, Princeton, você sabe que não faço as coisas desse jeito. Nós vamos ter uma conversa com eles, Felix vai filmar tudo, então vamos entregar à polícia e eles vão cuidar de tudo — explicou Digby.
— Espera aí. A gente só vai à polícia *se* eles não aceitarem parar de vender para o pessoal do meu time — disse Henry.
— Se prometerem parar, nós apagamos tudo.
— Que bonito. — Digby deu um tapinha nas costas de Henry. — A esperança é a última que morre, meu amigo.
— Espera. Felix está *aqui*?
— Na lavanderia aqui do lado — informou Digby. — Ele ficou encarregado de ligar para a emergência se as coisas derem errado.
— Sozinho? Você deixou Felix sozinho? Aqui?
O telefone de Digby tocou.

— Alô?... Tá bom. — Digby desligou e disse: — Felix me pediu para dizer que está bem. — Ele apontou para mim. — Mas vocês duas precisam entrar no carro e ir embora daqui.

— Você vem comigo — disse Sloane para Henry. — Essa ideia é estúpida e perigosa. E como vai ser a próxima temporada se você botar *outro* colega de time na cadeia? Todos eles vão perseguir você, fora e dentro do campo.

— Sloane, não posso ficar sem fazer nada — disse Henry.

Ao meu lado, Digby gemeu.

— É tarde demais, de qualquer maneira. Aqui vamos nós.

Fiz minha melhor cara de paisagem quando Papa John, o defensive tackle que tinha quebrado os dedos, entrou na loja e cumprimentou Digby e Henry.

— Oi, Zoe, e aí? Austin está aqui? — perguntou Papa John.

Eu não sabia se era só uma pergunta casual ou se significava que Austin sabia daquela loucura de esteroides. Fiquei imobilizada.

— É melhor a gente não contar a Austin sobre isso, está bem? É Zoe que tem contatos para vender em Nova York — disse Digby.

Papa John não pareceu muito convencido, então Digby acrescentou:

— Ela precisa cobrir algumas despesas que não quer que Austin descubra. — Os olhos de Digby se moveram discretamente para a minha barriga, deixando Papa John imaginar o que quisesse com isso.

— E ela? — Papa John apontou para Sloane. — Não me diga que está precisando de dinheiro.

Sloane se aproximou de Henry e disse:

— Eu vou aonde ele for.

— Garota dedicada, hein? — falou Papa John com uma risada.

— É só você, John? — perguntou Henry.

— Não, meu fornecedor está lá fora. A quantidade que você precisa é maior do que o que eu tenho...

— Mas você é o único no time que está vendendo? — disse Henry.

— Que tipo de pergunta é essa?

— Ele ainda está tentando descobrir se pode conseguir mais barato na concorrência — explicou Sloane. — Deixa pra lá, Henry.

— É, vamos nessa — disse Digby.

Papa John nos encarou até que finalmente falou:

— Tudo bem. Lá fora.

Enquanto seguíamos Papa John para fora da loja, Sloane agarrou a mão de Henry e lhe lançou um olhar que dizia: *Controle-se*.

※※

O "fornecedor" de Papa John era um cara supermalhado que estava esperando encostado em um carro esporte com um palito de dente entre os dentes. Era tão clichê que eu teria rido. Se não estivesse com tanto medo.

— É *você*, Silk? — disse Henry. Eles trocaram aquele abraço de homem. — Não te vejo desde...

— O jogo dos veteranos — completou Silk.

Não sei se Digby se deu conta de que aquele era o mesmo Silkstrom com drogas que Cooper havia perseguido perto da escola. Se ele ligou os pontos, não demostrou.

Henry apresentou Silk para nós.

— Pessoal, este é Rob Silkstrom. Nós ganhamos duas vezes quando ele era quarterback.

— É ótimo fazer negócios com alguém que é de confiança. — Digby estendeu a mão para apertar a de Silk, mas a puxou de volta de repente. — Uau. Alguém viu isso?

Ficamos todos encarando Digby, que estava com os olhos arregalados e perturbados.

— Fui só eu, então? Tudo bem... Mas enfim, como eu ia dizendo, é ótimo tratar disso com um amigo do Henry — continuou ele. — A propósito, quem mais no time está dentro?

— Eu estou dentro e isso é tudo que você precisa saber — respondeu Silk. — Henry, o que houve com seu amigo? Por que ele está tão nervoso?

Digby estava olhando para sua mão trêmula, mas voltou à realidade e disse:

— Foi mal, cara. Acho que é minha hipoglicemia...

Peguei uma barrinha de cereais no bolso, abri e entreguei para ele, mas Digby não pegou.

— Ele está bem, sério. Só precisa de um pouco de... — Eu segurei a barrinha de cereais perto da boca de Digby para ele dar uma mordida. — Por favor, pode continuar...

Silk pareceu inquieto quando Digby apoiou o corpo no carro atrás dele.

Henry insistiu:

— Está tudo bem, Silk. Estamos aqui para comprar. Vamos lá.

Silk pensou um pouco antes de abrir o porta-malas, pegar uma bolsa de ginástica e mostrar vários sacos Ziploc grandes com frascos de vidro âmbar e comprimidos.

Digby apontou para os frascos rotulados em uma língua estrangeira.

— Isso é híndi? — perguntou.

— Tailandês — respondeu Silk.

Digby traduziu usando o celular.

— Decanoato de nandrolona.

Mas soava cético.

— Tenho produto americano, só que é mais caro. — Silk puxou outra bolsa e abriu. Os rótulos diziam TESTOSTERONA.

— Essa aqui é da boa, da Upjohn T. — Ele afastou a bolsa quando Digby estendeu a mão. — É o dobro do preço.

— Relaxa. Dinheiro não é o problema. — Digby olhou mais de perto, segurando os frascos de uma forma que, percebi, permitiria que Felix desse zoom nos rótulos.

— Espera aí. Eu te conheço... — Silk apontou para Digby e depois deu um tapa na cabeça de Papa John. — Por que você trouxe esse cara aí? Ele é um dedo-duro.

Henry se meteu entre eles.

— Está tudo bem, Silk. Não tem problema.

Digby, com sua suposta hipoglicemia claramente piorando, puxou um bolo de notas enroladas com elástico, mas acabou deixando cair. Eu peguei o dinheiro.

— Os policiais estavam errados. Eu não dedurei ninguém — disse Digby.

Silk agarrou Digby e começou a revistá-lo.

— Foi só um mal-entendido — insistiu ele.

— Um mal-entendido? Uma das maiores operações da Costa Leste acabou por sua causa — disse Silk.

— Nós estávamos lá para fazer um acordo. A expressão foi... — Digby fez um gesto vago.

— Você quis dizer "explosão", né? — falei.

— O que foi que eu disse?

Ele estava pálido e suado, com os olhos desfocados, e de repente desmaiou por cima do carro estacionado atrás de Silk. Eu não sabia qual era o problema, mas com certeza não era hipoglicemia.

Ainda assim, Digby e Henry passaram em suas revistas. Então chegou a minha vez.

— Ei, o que é isso? — Silk estava segurando o pente da arma que eu tinha enfiado no bolso. — Cadê a arma? — Silk tirou sua pistola da cintura e a segurou ao seu lado. — Cadê. A. Arma?

O escapamento de um carro próximo fez um estampido alto e todo mundo se assustou. Foi como o tiro de largada para a enxurrada de caos que veio a seguir.

Silk, claramente ainda com os reflexos dos tempos de jogador tinindo, deu uma coronhada no rosto de Henry e o jogou no banco de trás do carro esporte. Papa John tentou arrancar a bolsa com os sacos de comprimidos das mãos de Digby.

Então Silk deu partida. Papa John abandonou a briga pela bolsa e mal teve tempo de pular no banco do carona antes de o carro disparar, o porta-malas ainda aberto.

Sloane e eu vimos os dois dobrarem a esquina, nos entreolhamos e começamos a gritar.

CAPÍTULO CATORZE

Felix saiu correndo da lavanderia e veio se juntar ao nosso episódio de pânico na calçada.
— O que aconteceu?
Digby tentou dizer "Eles levaram Henry", mas, a essa altura, estava falando tudo embolado.
— Por que você parece bêbado? — perguntei. — Qual o seu problema?
— Temos que chamar a polícia — disse Sloane. — O que eles vão fazer com Henry?
— Ah, *peraí*. — Lembrei que o celular de Sloane ainda estava no meu bolso. Liguei e encontrei o ponto azul. — Eles estão subindo.
— Subindo? — perguntou Felix.
— Me dá isso! — Sloane pegou seu telefone e ligou para a emergência.
Digby cambaleou em minha direção.
— Ela quer dizer nor...
— Digby, o que aconteceu com você? — perguntei.
Felix se inclinou na direção de Digby para evitar que ele escorregasse para o chão.
— Acho que a gente deveria levar ele para um hospital — disse Felix.
Digby não conseguia manter a cabeça firme, e sua respiração estava irregular. Ele puxou um frasco de remédio do bolso do paletó.

— Quantas coisinhas laranjas?
— Coisinhas laranjas? — Sacudi os comprimidos e contei.
— Tem oito aí? — perguntou ele. — Mas... Acho que sei qual vai ser a resposta.
— Sete — falei.
— Eles me colocaram na espera — disse Sloane. — Por que a emergência tem uma *espera*?
— Acho que estou tendo uma reação ao meu remédio... — disse Digby.
— Você não está tendo uma overdose, né? — perguntei.
Digby balançou a cabeça e disse:
— Desculpe, Princeton. Eu cuido disso. — Então ele se debruçou na lateral do carro e vomitou.
De repente, Felix gritou:
— Estão batendo nele. Estão espancando Henry.
— O quê? Como você sabe disso?
— Transformei o telefone dele em um microfone secreto.
— Felix tirou os fones de ouvido de um aparelhinho. O som estava abafado, mas dava para ouvir Henry sendo agredido e gritando entre os golpes: "Eu consigo pegar sua bolsa de volta! Eu consigo pegar sua bolsa de volta!"
— Bolsa? — questionou Sloane.
Digby mostrou a bolsa de ginástica que Papa John deixara para trás.
— Vão para o carro. — Sloane desligou a chamada para a polícia e correu de volta para o carro de Cooper com Digby, Felix e eu logo atrás.
Sloane se sentou atrás do volante, e eu fui para o banco do carona, enquanto Digby e Felix pularam no banco de trás.
— Ah, cara, isso é incrível. — Felix pôs o cinto. — A gente está *de volta*.
— Não, Felix — falei.
— Zoe, você indica o caminho. — Sloane jogou o telefone para mim e ligou o carro.

— Eles entraram na interestadual. — Mostrei o ponto azul na tela para Sloane. — Eles estão indo para o norte.

Ela arrancou tão rápido que bati a cabeça no vidro da janela.

— Sloane, é melhor você ir mais devagar...

Mas ela continuou acelerando, e logo estávamos na rampa da rodovia, ganhando velocidade.

Depois de alguns quilômetros de distância, Digby disse:

— Estamos indo para Niverton?

— Niverton é a próxima saída. — falei. — Por quê?

— É melhor você se acalmar, Sloane... — disse Digby.

Mas era tarde demais. Um carro de polícia preto e branco irrompeu dos arbustos altos e nos iluminou com os faróis.

— E agora? — falei.

Digby se sentou e começou a botar o cinto de segurança com dificuldade.

— Mais rápido, Sloane. — Digby finalmente conseguiu prender o cinto, com a ajuda de Felix. — O mais rápido que puder. Ultrapasse o limite de velocidade.

— O quê?

— Vai — falei.

Sloane agarrou o volante com força e acelerou.

No espelho, dava para ver a patrulha mantendo o ritmo.

— Mais rápido — insistiu Digby. — O mais rápido que conseguir.

Sloane pisou mais fundo no acelerador.

— Agora liga a sirene — disse Digby.

— O quê?

Digby apontou para o interruptor no painel entre mim e Sloane.

Era um clássico momento do Planeta Digby de insistir na loucura: tentar evitar as consequências de se passar por um policial fingindo ser policial *ainda mais*. Acionei o interruptor e as luzes da nossa traseira e da grade começaram a piscar alternadamente.

— Agora acelere de novo — disse Digby.
Sloane obedeceu e, desta vez, a patrulha não seguiu.
— Como você sabia que eles iam estar lá? — perguntou Felix.
Os olhos de Digby estavam fechados quando ele respondeu:
— ... o ponto de patrulha mais famoso da interestadual...
— Então pegou no sono.
— Silk acabou de sair da interestadual — informei. — Pegue essa saída, Sloane. Aí vira... Ah, espera um pouco.
— O quê? Virar onde? — Sloane apontou para a bifurcação na estrada à frente. — Esquerda ou direita?
— Espera.
Se virássemos à direita, seguiríamos o carro de Silk por uma estrada sinuosa. Mas, se pegássemos a estrada mais direta à esquerda, passaríamos na frente deles e cruzaríamos o caminho adiante. Havia apenas a questão da ligação entre as duas vias que eu não conseguia distinguir no mapa...
Sloane tirou o telefone da minha mão.
— Viro à direita? Pego a direita, é isso?
— Espera. Pega o atalho — falei. — Vai pela esquerda.
— Atalho? *Que atalho?* — Sloane estava dirigindo enquanto mexia na tela com uma das mãos. — Não estou vendo atalho nenhum!
Tentei comunicar urgência.
— Nós vamos perder a saída. *Sloane.* A gente vai passar direto!
— Zoe, que atalho?
— Sloane! Anda logo!
Sloane e eu estávamos gritando naquele momento. Também estávamos prestes a perder a entrada, então tomei uma decisão. Puxei o volante e fiz a curva eu mesma, quase nos tirando da estrada.
Sloane recuperou o controle do carro e reclamou:

— Meu Deus, você quase matou a gente.
— E agora? O ponto azul parou. — Fiquei com medo de que o telefone de Henry tivesse ficado sem sinal. — Felix, o que está acontecendo? Você consegue ouvir alguma coisa?
— Eles estão gritando com Henry para sair do carro — respondeu ele.
— Certo, Sloane, atravesse esse campo — falei. — Henry está na estrada do outro lado.
Sloane apontou para a vegetação a que eu me referia e disse:
— Não é um campo. É uma floresta.
Certo, tinha mais árvores do que o mapa me levara a acreditar.
— Não segundo isto aqui...
— Tira a cara desse telefone idiota e olhe para as *árvores* bem na nossa frente — disse Sloane.
— O quê, essas mudas? — falei.
— Mudas? São *árvores* — insistiu Sloane.
— Sloane, eles estão espancando Henry — disse Felix.
Fiz menção de agarrar o volante outra vez.
— Nem. Pense. — Sloane saiu da estrada sem a minha interferência, mas quando pegamos o terreno irregular e passamos a serpentear entre as moitas, eu a senti hesitar e desacelerar, o que me deixou frustrada, já que eu conseguia ver a estrada mais à frente.
Então empurrei a perna dela para baixo. O carro disparou adiante.
No fim, a realidade estava em algum lugar entre as nossas duas expectativas. O que o carro atravessou foi um denso matagal de plantas que não eram simples mudas, mas que também não eram árvores ainda. A sensação foi de que gritamos por um tempão, mas, assim como o mapa prometera, quando saímos do outro lado estávamos na estrada, seguindo em direção ao carro de Silk, mais à frente, parado depois de uma pequena ponte.

— Isso. Foi. Fantástico — disse Felix.

Sloane segurou o volante com uma das mãos e começou a me bater com a outra, mantendo os olhos fixos à frente.

— Se me atrapalhar quando estou dirigindo de novo, eu vou te matar.

— É o *seu* namorado que estamos indo resgatar, minha filha. — Eu bati nela de volta. — Para com isso. Continua dirigindo.

— Ah, Zoe? — Felix apontou para o para-brisa, por onde podíamos ver Silk de pé se assomando sobre Henry, caído no chão.

— Ai, meu Deus — disse Sloane, pisando mais forte no acelerador.

— Precisamos de um plano. — Olhei para Digby, mas ele estava em um estado inútil, gemendo no banco de trás. — Certo. A gente vai até lá e para o carro. Digo a eles para deixarem Henry ir embora se quiserem a bolsa. Pego Henry, *aí* entrego a bolsa para eles... você fica no carro com o motor ligado. Porque o carro é uma arma. Digby me disse isso uma vez — falei. — O que acha?

— Bom plano. Bom plano. Só que... Zoe? — A voz de Sloane estava aguda de tensão. — Está preso. O pedal está preso.

— O quê? Do que você está falando? — perguntei.

Sloane sacudiu a perna direita dramaticamente para me mostrar.

— São esses seus sapatos idiotas — falei.

— É porque você pisou no meu pé — disse Sloane.

— Certo, não precisa entrar em pânico. — Eu me enfiei debaixo do volante, onde vi o calcanhar de Sloane preso sob o pedal do acelerador. Puxei a perna dela. — Nossa, está preso mesmo.

Eu me sentei. Estávamos chegando perto de Silk, que batia em Henry.

— Ai, meu Deus, vão matar Henry — disse Sloane. — Vão matar ele!

Parecia mesmo que iam.

— Certo, plano B. Felix. Quando chegarmos perto o suficiente, quero que você abra o vidro e jogue a bolsa de ginástica, ok? Você entendeu?

— Entendi. — Felix soltou o cinto e a última coisa que vi antes de voltar para baixo do painel para tentar soltar o pé de Sloane foi Felix estendendo a mão em direção à bolsa. Eu estava lutando para deslizar o calcanhar de Sloane para fora quando ela começou a buzinar com vontade. Tentei me reerguer, mas o braço de Sloane me impedia. Quando finalmente consegui me endireitar no banco, Felix já tinha jogado a bolsa de ginástica pela janela. Ao vê-la voar para fora do carro, percebi que havia algo peculiar nela. E, assim que a vi acertar o rosto de Papa John e derrubá-lo como se ele tivesse levado um tiro, percebi qual era o problema.

— *Felix*. Era a bolsa errada — falei.

— O quê? — Felix pegou a bolsa de ginástica de Silk no chão do carro. — Uau. Elas são idênticas. — Felix apontou para a janela. — O que tinha *naquela*?

— Era a bolsa de ginástica de Austin — falei. — Ele deve ter esquecido no carro na sexta.

— Nós temos que voltar! Preciso salvar Henry!

Antes que eu pudesse impedi-la, Sloane puxou o volante para virar o carro. Com o pé ainda preso no acelerador, ela nos fez girar.

Quando Sloane conseguiu recuperar o controle do volante, ainda estávamos indo a oitenta quilômetros por hora no sentido errado. E Sloane ainda estava gritando.

— Pare de gritar, dirija em linha reta, e eu vou soltar seu pé. — Eu me abaixei. Mais alguns puxões inúteis e eu finalmente consegui abrir o zíper de sua bota. Quando o pé ficou

livre, o calcanhar se soltou com facilidade de debaixo do pedal. Ela diminuiu a velocidade e se virou.
 Quando voltamos a ver Henry, o cenário da briga havia mudado. Papa John estava caído no chão, inconsciente. Para um observador distraído, o rosto ensanguentado de Henry parecia um mau presságio, mas, na verdade, ele tinha colocado Silk na defensiva. Porém, isso não ficou evidente para Sloane, e seu grito foi de puro terror. Antes que eu pudesse detê-la, ela pisou no acelerador, avançando na direção de Silk, sentando a mão na buzina. Silk e Henry se separaram e correram em direções opostas. Quando finalmente paramos, Silk tinha voltado para o carro e fugido.
 Sloane, Felix e eu corremos até Henry.
 — Você está bem? — falei.
 — Bem, tentei pedir a Silk para parar de vender para o pessoal do time. Mas ele não aceitou muito o meu ponto de vista — disse Henry.
 Abaixei-me para examinar Papa John mais de perto.
 — O que aconteceu com Papa John? — falei. — Você nocauteou ele?
 — Ele caiu quando foi acertado pela bolsa. — Henry apontou para os equipamentos de treino de Austin espalhado pelo chão. — Provavelmente foram as tornozeleiras.
 — E, em sua defesa, eles bateram no Henry primeiro. E muito — disse Felix. — Eu ouvi tudo.
 — A gente deveria ir atrás de Silk — disse Henry.
 — Você deveria ir é para o *hospital*, Henry, e fazer uns exames. Seu olho está fechado de tão inchado. — Olhei para Sloane em busca de apoio, mas ela estava apenas olhando para Henry com uma expressão pétrea. — Sloane?
 Sloane disse:
 — Nós quase morremos... — Ela correu até Henry e lhe deu um tapa no peito.

— Certo, Sloane, talvez você devesse relaxar um pouco — falei.

— Por que você não cuidou da sua vida, Henry? — Sloane estava gritando. — Por que não chamou a polícia, já que você se importava tanto? Ou contou ao treinador? Como pôde se colocar nessa situação? Colocar *a gente* nesta situação?

— Porque, meu bem, quando eu faço uma denúncia, isso começa um processo. A Associação de Atletismo assume. Depois que isso começa, tem que ir até o fim — disse Henry. — Eu tive que pensar nos caras. — Ele se aproximou de Sloane e tentou segurar sua mão. — Eles vão perder a elegibilidade no último ano...

Sloane deu um tapa tão forte em Henry que ofeguei de surpresa. Ela estava prestes a bater nele de novo, mas peguei sua mão e a arrastei para longe. Eu a segurei até ela se acalmar e parar de xingar.

Digby saiu do carro e cambaleou até nós. Ele olhou para Papa John desmaiado no chão, o sangue no rosto de Henry e para mim, segurando Sloane em um abraço de urso.

— E aí? — perguntou Digby. — O que foi que eu perdi?

CAPÍTULO QUINZE

Sloane e eu deixamos Digby e Henry no pronto-socorro e levamos Felix para a casa. A volta foi uma odisseia tensa. Austin ia me matar. Em determinado momento, quando cometi o erro de ligar o rádio, Sloane me lançou um olhar tão venenoso que senti um arrepio de medo. Nem cogitei ficar preocupada com o que Cooper diria sobre pegarmos o carro dele emprestado até que viramos na minha rua e o encontramos parado na vaga vazia, uma caneca fumegante de café na mão e uma expressão perplexa no rosto.

— Que isso? — perguntou Cooper quando saímos do carro. — O que você fez com o meu carro?

Só então percebi que seu carro estava coberto por inúmeros arranhões.

— Ah... deve ter sido quando passamos por aquelas árvores.

— Você não quer dizer "mudas"? — disse Sloane.

Uma risadinha me escapou.

— Não tem a menor graça. Você passou por árvores com o meu carro? Ele é propriedade do departamento — disse Cooper. — Zoe. Explique-se.

— Fui eu. Eu a fiz pegar o carro — disse Sloane. — Tivemos uma emergência.

Cooper olhou para mim.

— Sim, uma... — falei.

— Digby teve uma reação aos remédios e precisamos levá-lo ao hospital — disse Sloane.

— Ele está bem? — perguntou Cooper. — Onde ele está?

— No St. Luke. Ele está bem, mas vai ter que passar por uma avaliação psicológica. — Eu murmurei a última parte.

— E não ocorreu a vocês ligar para a emergência, ô inteligências raras?

Lembrei que Digby me disse uma vez que as pessoas tendem a acreditar em qualquer coisa que você disser se for parecida o suficiente com coisas que elas mesmas dizem.

— Eles nos colocaram em espera. Cortes no orçamento, acho.

— Malditos cortes. Alguém vai acabar morto por causa disso — disse Cooper. — Mas ainda assim. Uso não autorizado de veículo, passando-se por policiais, dirigindo sem carteira... — Ele bateu no teto do carro. — Sem falar nas várias infrações que cometerei quando acobertar vocês duas, porque é claro que não posso prender a filha da minha namorada e a filha do nosso próximo congressista... Sim, eu sei quem você é. — Cooper inspecionou o carro e, quando abriu a porta de trás, tive vontade de comemorar por ter tido a presença de espírito de deixar a bolsa de esteroides com Henry.

Mas então Cooper perguntou:

— O que é isso aqui?

Meu coração parou quando vi Cooper segurando um saco de comprimidos que, provavelmente, tinha caído da bolsa de ginástica de Silk.

— São esteroides — disse Cooper.

— Sério? Tem certeza...?

— O meu trabalho é saber dessas coisas, Zoe. De onde veio isso? — Cooper apontou para a bolsa de ginástica de Austin no banco de trás, recolhida às pressas mais cedo. — Estava na bolsa?

— O quê? Claro que não — falei. — Talvez já estivesse aí? Por causa de um dos seus casos?

Cooper examinou o saco de comprimidos com mais atenção. Felizmente, minha mãe chegou e estacionou logo atrás de nós.

— O que está acontecendo? — perguntou.

— Zoe e os amigos resolveram roubar meu carro e arranharam a lataria toda. — Quando minha mãe não pareceu chocada o suficiente, Cooper acrescentou: — Propriedade da polícia, aliás. — Ele apontou para mim e disse: — Você está de castigo, mocinha.

Considerando o que tínhamos acabado de aprontar com o carro dele, ficar de castigo me pareceu um ótimo negócio. Minha mãe, no entanto, não gostou.

— Espera aí. Mike, posso falar com você um segundo?

Cooper ergueu as mãos, frustrado, e seguiu minha mãe para dentro de casa.

— Precisa de uma carona? — perguntei.

— Posso chamar um carro. — Sloane balançou o telefone na minha direção, mas então sua expressão ficou toda tristonha.

— O que foi? Você está bem? — perguntei.

— Acabei de lembrar que meus pais estão em um evento de campanha em Albany — disse ela.

— Você vai ficar sozinha naquela casa enorme hoje à noite?

— Bem, os funcionários vão estar lá... — disse ela.

— Chama suas amigas.

Ela assentiu, mas o olhar inexpressivo me disse tudo o que eu precisava saber sobre o estado de suas amizades.

— Ou... se quiser entrar... Eu posso esquentar a sopa de lentilhas...

— Tudo bem. — Ela passou por mim e seguiu até a frente.

Assim que Sloane colocou a mão na maçaneta, porém, a porta se abriu. Levei um segundo para processar que Charlotte e Allie estavam lá em casa.

— Espera, a gente tinha marcado alguma coisa? — perguntei.

— Não mais — disse Charlotte. — Oi, Sloane.

— Sim — disse Sloane, e entrou.

— Então, Sloane Bloom agora frequenta a sua casa? — perguntou Charlotte.

Allie apontou para a bolsa de ginástica de Austin, que eu estava carregando.

— Essa bolsa é da Sloane? Vocês vão experimentar roupas?

— O quê? Não. Se a bolsa fosse da Sloane, por que eu estaria carregando?

Austin veio até a porta.

— Ah, oi, a bolsa é minha. Eu estava procurando.

— Austin. Me desculpe por ter demorado tanto... — falei. — Uma coisa foi acontecendo atrás da outra e aí... tivemos que deixar Digby no hospital...

— Digby? Ele estava com você? Mas você não disse que Sloane precisava... — disse Austin. — Quer saber, não importa. Por que ainda estou surpreso?

— Por favor, Austin, fique para o jantar... Eu posso explicar tudo — falei.

— Na verdade... nós três íamos sair para comer alguma coisa — disse Austin. — Você quer...?

— Mas você tem visita — disse Allie.

— Pois é... — Charlotte revirou os olhos e soltou um suspiro. Eu não podia culpá-la pela hostilidade. Depois de todo o tempo que passamos reclamando de Sloane, não havia explicação satisfatória para sua presença na minha casa.

— Talvez amanhã? — falei.

Charlotte deu de ombros e saiu.

Allie me abraçou e disse:
— Até.
Austin me beijou e disse:
— Me liga mais tarde?

++++

Servi um copo d'água para Sloane e fiquei pensando como era irônico que, poucos dias antes, ela teria pisado nos meus dedos se me encontrasse pendurada em um penhasco, e agora ali estava eu, fazendo seu jantar. Coloquei a sopa no fogão ao som da discussão entre minha mãe e Cooper. Ele a seguia de cômodo em cômodo enquanto ela desfazia a pasta de trabalho e se acomodava. Depois que minha mãe gritou uma série de palavrões particularmente criativos, pedi desculpas a Sloane, que apenas ergueu os olhos do telefone e disse:
— Qual a senha do Wi-Fi?
Minha mãe e Cooper entraram na cozinha com uma explosão.
— Você está pegando no pé da Zoe porque está frustrado com o trabalho — disse minha mãe. — Não que eu queira imaginar como seria um seguidor da cultura policial satisfeito com o trabalho.
— "Seguidor da cultura policial"? Sério? Do jeito que você fala, ser policial parece parte de uma conspiração do mal. E não estou pegando no pé dela, não vou nem cobrar pelo conserto dos estragos que ela fez — disse Cooper. — É por isso que estou com raiva. Ela está me forçando a infringir as leis para protegê-la das consequências.
— Vamos deixar essa racionalização policial fascista para lá e falar sobre como você anda infeliz desde que sua antiga parceira, Stella, foi embora — disse minha mãe. — Não me diga que você estava de fato dormindo com sua esposa do trabalho?

— Por que você sempre volta nisso? Stella era minha parceira — disse Cooper. — Nem todo mundo é que nem seu ex-marido, Liza. Nem todo homem fica correndo atrás de qualquer rabo de saia no trabalho. Desculpe, Zoe, não quis ofender.

— Claro que ela está ofendida. E *"de castigo"*? — disse minha mãe. — Não desconte sua agressividade nela.

— Disciplina não é agressividade, Liza.

— Não quero ser sugada para essa conversa — falei para Sloane.

Abri dois sacos de salada pré-pronta, misturei uns cranberries em passas, croutons e o dobro da quantidade normal do molho de salada mais chique, e peguei dois garfos.

— Ela não precisa ser disciplinada por você, Mike — disse minha mãe. — Ela já *tem* pai.

Desisti da sopa. Desliguei o fogo e levei Sloane para o meu quarto.

— Hum. — Sloane andou pelo cômodo, examinando meus livros, olhando meus pôsteres. Eu me senti exposta. — Você gosta de arquitetura Bauhaus?

Ela apontou para um cartão-postal que eu havia colado na parede.

— Adoro.

— Eu também. O chato é que minha família só mora em falsos castelos americanos. — Sloane mostrou a língua.

— Isso é em Tel Aviv. Parece que tem um montão de edifícios no estilo Bauhaus lá — falei.

Ela andou um pouco para um lado e para o outro antes de finalmente perguntar:

— Então... por que você está sendo tão legal comigo?

— Oi? — falei. — Porque eu sou legal.

Sloane riu de mim.

— Quer dizer, você veio almoçar por causa do Digby, mas não precisava vir comigo hoje. Você nem sabia que ele ia estar lá.

— Em primeiro lugar, eu fui hoje porque você roubou o carro de Cooper e, como você pode ver... — eu apontei para o andar de baixo, onde minha mãe e Cooper continuavam discutindo — ... quem se ferra sou eu. E, em segundo lugar, eu fui almoçar porque você me encurralou no banheiro e parecia muito chateada. Eu queria ajudar.

— É mais provável que você quisesse me ver sofrer. — Sloane olhou para mim, me desafiando a contradizê-la. — O que você tem com Digby, afinal?

— Nada — falei. — Estou ajudando ele a procurar a irmã. Além disso, eu namoro o Austin. E Digby está saindo com Bill...

— Sério? Ela é exagerada demais — disse Sloane. — Sabe, é apenas uma questão de tempo até você e Digby ficarem juntos de verdade.

Eu tentei manter meu rosto inexpressivo.

— Tá bom, Sloane.

Ela se sentou na minha cadeira e apontou para seus pés.

— Posso? — Ela soltou um gemido entre a agonia e o êxtase ao abrir o zíper e tirar as botas.

— Essas botas são realmente idiotas — comentei.

— Tão idiotas. — Sloane mexeu os dedos dos pés. — Quer experimentar?

— Sim, por favor. — Comecei a desamarrar meus coturnos. Nem perguntei qual era o tamanho dela. — Quanto elas custaram?

— Dois mil — respondeu ela.

Eu jamais gastaria tanto dinheiro em coisas para cobrir os meus pés, mas o zíper deslizou silenciosamente por cima das minhas panturrilhas e o couro era tão brilhante quanto látex.

Desfilei na frente do espelho, ficando apenas ligeiramente envergonhada quando ela disse:

— Não são tão idiotas agora, não é?

— Meu cérebro está dizendo *capitalismo, objetificação das mulheres, blá-blá-blá*. Mas o resto do meu corpo está *caraca, estou ótima com essas botas* — falei. — E agora entendo por que você tem um andar tão arrogante. É natural com estes sapatos.

— Vou tentar não me sentir ofendida — disse ela.

— Eu estava elogiando sua postura.

— Aham, tá bom. — Sloane apontou para meus coturnos. — Posso?

Ela calçou meus sapatos.

— Até que são legais. — Ela deu alguns chutes de karatê.

— Tipo, a garota perfeitinha sumiu. São melhores até do que tênis para manter o equilíbrio.

— A biqueira de metal age como um peso — expliquei.

— Quer trocar? Minhas botas pelos seus coturnos?

— Você está perturbada da cabeça mesmo, hein? — falei. — Meus coturnos custaram cinquenta dólares na promoção.

— As minhas também estavam na promoção. Custavam *quatro* mil antes.

— Sloane, você pode ficar com eles, mas não posso aceitar suas botas de quatro mil dólares.

— Não, é sério, eu não consigo nem olhar para elas depois de hoje. Juro por Deus, pensei que a gente ia morrer naquele carro. — Sloane apontou para um dos meus livros de estudo para os SATs e disse: — Igual ao meu. Você vai fazer a prova no próximo sábado? Acho que todo mundo vai. — Ela me encarou, me avaliando, antes de perguntar: — Acha que vai se sair bem?

Lutei contra meu impulso inicial de dizer que não e depois reclamar de não estar preparada. Curiosamente, senti que Sloane era a única pessoa para quem eu não precisava mentir sobre isso.

— Acho que sim, na verdade. Acho que vou.

— Acho que vou me sair bem também — disse ela.

Era estranho dizer aquilo em voz alta. Nós duas rimos.
— Isso não foi super mal-educado? O que a gente acabou de fazer? — perguntei.
— Né? A gente deveria ser humilde... terminar todas as frases em tom de incerteza...? — Ela exagerou no tom interrogativo. — Porque ser confiante *não* é legal. — Ela me viu rir ainda mais e perguntou: — Qual é a graça?
— Pensar em você mentindo para ser "legal" é...
— É o quê? Eu sou legal com as minhas amigas.
— Suas amigas? Elas têm medo de você. A escola inteira morre de medo de você — falei.
— Tanto faz. Você não me conhece e é muito injusto decidir que não sou legal se baseando só em como eu te tratei quando você estava tentando roubar o meu namorado — disse ela.
— O quê?
— Você vai fingir que não?
Nem tentei.
— Muito bem. Eu neguei até a morte quando Marina me fez a mesma pergunta. — Sloane se inclinou para a minha mesa e começou a brincar com minhas maquiagens. — Você vai à festa do Kyle Mesmer depois?
Kyle Mesmer e sua casa do lago, uma cúpula de prazer. Eu não fui à última festa, que acabou se tornando uma lenda instantânea, sobre a qual as pessoas *ainda* falavam meses depois.
— Sinceramente? Prefiro assistir a uns vídeos no YouTube e mergulhar em uma montanha de batata frita — falei. — Mas Austin quer ir.
— Como estão as coisas com você e Austin, afinal?
— Bem. Bem... — falei. — Ele não gosta de Digby.
— Ah. Que surpresa.
E então o peso de não contar a ninguém por meses finalmente me quebrou.

— Digby e eu nos beijamos.

Sloane ficou literalmente boquiaberta.

— *Eu sei* — falei.

— E aí?

— Não sei. Foi em novembro. Ele me beijou do nada, entrou no ônibus e não mencionou isso desde que voltou — falei.

— Ele te mandou alguma mensagem quando estava no Texas?

— Não.

— Você o beijou de volta?

— Não sei. Acho que sim. Mas talvez não. Eu fiquei meio paralisada — falei.

— Certo. Mas aí ele desapareceu e nunca mais entrou em contato com você... — disse ela. — Como você se sente agora? Você gostaria de tê-lo beijado de volta ou está aliviada por talvez não ter feito isso?

— Não sei. Talvez a segunda opção? Mas se eu o tivesse beijado de volta, *talvez* ele não tivesse entrado no ônibus... — Eu recuperei um pouco do meu bom senso. — Por favor, não conte a ninguém. Ninguém mais sabe.

— Austin não sabe?

— Claro que não — falei. — Então... nem pro Henry, tá?

— Bem, obviamente, considerando que Henry e eu não estamos tão bem — disse Sloane.

— Certo. Desculpe — falei. — Mas você tem que admitir... o que ele está tentando fazer pelo time é... — Eu queria usar a palavra "nobre", mas Sloane não parecia estar no clima para ouvir isso.

— Eu não consigo ficar assistindo enquanto Henry joga tudo fora. Tudo tem que se alinhar perfeitamente para a próxima temporada, para que ele consiga entrar na Primeira Divisão da universidade — disse Sloane. — Ele é um dos favoritos e agora vai arriscar o nosso futuro...

— Um segundo. Você acabou de dizer "o *nosso* futuro"? Sloane, você acha mesmo que você e Henry são... Para sempre? — Tracei um coração no ar.

— Não sei por que achei que poderia ter uma conversa de verdade com você.

— Ah, me poupe. Você acha que você e Henry vão se casar? Isso é ridículo. Vocês estão no colégio.

— Claro que só depois da faculdade — argumentou ela.

— Depois que ele for convocado para a NFL.

— Claro, por que não?

— Essa história está ficando cada vez mais louca, Sloane.

— O que há de louco em saber quem é a pessoa certa para mim? — questionou Sloane. — Não sei por que estou surpresa por você não entender isso. Você está namorando com Austin e brigando com Digby como se fossem casados.

— Não entendi o que você quer dizer com *isso*.

— Eu quero dizer que você está se enganando se acha que essa situação com Digby não é um problema.

Tive um breve lampejo de pânico. Ela interpretou minha expressão corretamente.

— Ah, relaxa. Eu não vou contar a ninguém sobre "o beijo". — Ela gesticulou, fazendo aspas no ar.

— Obrigada. — Tirei as botas de Sloane e as coloquei ao lado dos pés dela. Ouvi o telefone da minha mãe receber uma mensagem no outro cômodo.

— Não, eu estava falando sério. Pode ficar.

— Eu também estava falando sério. Não posso aceitar suas botas. É demais. Eu estaria me aproveitando.

— Eu já disse, não quero.

No cômodo ao lado, o telefone da minha mãe recebeu outra mensagem.

— E estou dizendo que *eu* me sentiria mal se aceitasse um presente tão caro de você. Como se eu estivesse deixando você comprar minha amizade...

— Oi? Me deixando comprar sua amizade? Você está insinuando que eu compro meus amigos?
— O quê? Quando eu disse isso?
— Você não precisou dizer *com todas as palavras* para eu saber que...
— Na verdade, eu acho que precisava, sim, dizer isso antes de você sair me acusando...
— Além disso, por que eu precisaria comprar você? Tenho muitas amigas — interrompeu Sloane.

Meu cérebro formou uma resposta venenosa tipo: "Então por que não foi uma das suas amigas que ajudou você a atravessar a cidade para ir espionar seu namorado?" Mas, antes que eu pudesse lançar minha tirada, ouvi o telefone da minha mãe receber mais uma mensagem. E outra. Achei estranho, porque Cooper e eu estávamos em casa então não havia mais ninguém que enviaria mensagens para minha mãe com tanta urgência, a menos que fosse uma emergência de verdade.

— Com licença — falei.

Mais mensagens chegaram e eu fui seguindo os alertas até o celular, que estava no bolso do suéter que minha mãe tinha usado naquele dia.

Hesitei pelos três segundos obrigatórios antes de pegar o telefone e invadir a privacidade de minha mãe. Apertei o botão do meio e vi que a tela estava cheia de mensagens do meu pai. Eram todas variações de "Você está bem?" e "Ei, cadê você?".

— Mas. Que. Merda. É. Essa? — falei.

Digitei o código da minha mãe, porém, para minha surpresa, tinha mudado. Desde sempre, minha mãe usava os mesmos quatro números para tudo, do caixa eletrônico ao cadeado do armário da academia, então essa mudança agora era estranha.

E então outra mensagem chegou.

Dizia: "Bora Bora?" A seguinte dizia: "Vamos fazer uma viagem de comemoração".

Eu não precisava ligar para o número que tinha mandado a mensagem. Relembrei as brigas mais recentes entre minha mãe e Cooper, e notei o estilo de argumentação de jogar lenha na fogueira, típico do meu pai, por trás de cada uma delas. Antes que eu pudesse olhar mensagens mais antigas, porém, minha mãe apareceu no armário e me flagrou.

— Zoe? O que você está fazendo?

— O que *você* está fazendo, mãe?

— Imagine o ataque que você daria se eu fizesse isso com você — disse ela. — *Não acredito* que você resolveu fuçar meu telefone.

— E eu não acredito que você vai me fazer passar por essa palhaçada entre você e meu pai de novo.

— Que palhaçada? Não é nada — disse ela. — Estamos tentando ser amigos.

— Meu pai não tem amigos — falei. — E Bora Bora? Mike sabe sobre essa sua *amizade*?

— Não use esse tom comigo. Não quando você está fazendo a mesma coisa com Austin, só que é pior ainda, porque Mike é adulto, e Austin é só um pobre coitado burro que não tem a mínima chance, porque você gosta mesmo é de sociopatas brilhantes...

— Como o sociopata brilhante com quem você estava trocando mensagens?

— Vinte anos não somem da noite para o dia só porque você se divorciou.

— Acorda, mãe. — Até eu fiquei surpresa com o barulho do vidro se quebrando quando esmaguei o telefone dela na parede. Entreguei a ela o celular completamente destruído.

— Vai por mim. Acabei de te fazer um favor.

Quando voltei para o meu quarto, Sloane estava vestindo o casaco.

— Você está indo embora?

— Meu motorista está chegando. Vou esperar lá embaixo — disse ela.
— Você pode ficar com meus sapatos, Sloane.
— Não, obrigada. Cinquenta dólares, não foi? Tenho certeza de que posso comprar meus coturnos furrecas também.

Eu a segui até o corredor.

— Ei, Sloane.

Ao contrário do que acontece nos filmes, ela não parou de andar quando a chamei. Então, só para aumentar o nível de drama, meu telefone tocou.

— Austin... posso te ligar depois?

Minha mãe saiu do quarto, acenou para o meu telefone e disse:

— Precisa que eu retribua o favor?

⁂

Minha mãe me seguiu até a cozinha e ficou me olhando preparar um sanduíche.

— Não é o que você pensa — disse ela finalmente.

— Claro que é — falei. — E, por favor, não tente me dizer que é complicado, porque... eca.

— Bem, Zoe, não é tão simples quanto escolher entre o garoto incrível do ensino médio número um e o garoto incrível do ensino médio número dois — disse minha mãe. — Seu pai e eu temos toda uma história.

— Você não percebe que ele só está atrás de você de novo porque agora seria um caso, certo? Ele estaria traindo Shereene. Com você — falei. — E você estaria traindo também. Como é trair alguém?

— Por que *você* não me diz? O que tem achado, Zoe?

— Meu Deus, mãe. Até parece que é a mesma coisa.

— E não é? — perguntou ela. — Por que você ganha uma exceção ética quando passeia pela cidade com Digby?

— Ele está saindo com outra pessoa. — Eu odiava dizer isso em voz alta. — Digby está saindo com outra pessoa. Ele não gosta de mim desse jeito.

Pelo menos isso fez minha mãe mudar de atitude na hora.

— Ah, Zoe, sinto muito...

Nós duas no sobressaltamos quando Cooper entrou na cozinha e perguntou:

— Sente muito pelo quê?

Nada parece mais estranho do que duas pessoas respondendo "Nada" e correndo em direções opostas. Que foi exatamente o que fizemos.

CAPÍTULO DEZESSEIS

Acordei e comecei a mandar mensagem para todo mundo para me orientar. Henry tinha sido liberado logo depois de estar com todos os curativos prontos. Ele contou que estava bem, mas não resistiu e mandou uma selfie dos hematomas horríveis no rosto. Henry também me informou que Digby ainda estava sob observação no hospital porque até mesmo acidentes com remédios psiquiátricos precisavam de acompanhamento. Enquanto isso, as respostas de Austin foram monossilábicas, e seu telefone estava de novo fazendo aquela coisa irritante de ficar corrigindo meu nome para Zero. Charlotte respondia minhas mensagens apenas com emojis. Allie confirmou que Charlotte ainda estava chateada por eu tê-las dispensado para passar tempo com Sloane na noite anterior. Felizmente, Allie parecia estar de bem comigo; ela até me tranquilizou de que tinham se divertido no jantar.

    A essa altura, ocorreu-me que eu poderia simplesmente matar aula. Quer dizer, era quarta-feira, faltavam só três dias para os exames dos SATs, e eu estava começando a achar que meu tempo seria mais bem gasto estudando em casa. Além disso, eu não precisaria lidar com o drama. Então me dei conta de que estava me entregando à preguiça sedutora, o que tinha me causado problemas de faltas crônicas no meu segundo ano na antiga escola. Eu me levantei da cama e fui me arrumar para a escola.

✢✢✢✢

    Eu estava na cozinha embrulhando um sanduíche quando olhei pela janela e vi que algum idiota tinha derrubado nossas lixeiras. Pedaços de papel voavam por todos os lados. Nossa vizinha, Helen Breslauer, estava olhando diretamente para mim da janela da sua cozinha quando ergui o olhar. Ao ver meu olhar fixo nela, Helen apontou para mim e murmurou: *É seu*. Respondi: *eu sei, Sra. Breslauer, eu sei*.
    Demorou uma eternidade, mas finalmente consegui colocar tudo de volta nas lixeiras. Pela janela, tive um vislumbre de Digby dentro de casa, segurando uma pilha grossa de pastas de arquivo antigas com o logotipo azul do Departamento de Polícia de River Heights nas capas. Claramente, ele tinha sido o responsável pela grande bagunça que eu estava limpando agora ao roubar o material de nossa lixeira de reciclagem. Então eu o vi desembrulhar o sanduíche que eu tinha acabado de preparar e começar a comê-lo, com direito a um longo gole direto no gargalo da garrafa de leite.
    Nada disso teria sido especialmente estranho se ele não tivesse acabado de me mandar uma mensagem alguns minutos antes para me informar que ainda estava no hospital, esperando o psiquiatra responsável aprovar sua avaliação psicológica obrigatória.
    Mandei uma mensagem para ele:
    "E aí, está fazendo o quê?"
    Eu o observei digitar sua resposta enquanto se dirigia para a porta dos fundos, ainda carregando o leite:
    "Esperando pela comida do hospital. [Emoji de pizza.]"
    Mandei de volta: "Mentiroso".
    Eu estava digitando uma elaborada mensagem dizendo que ele tinha sido pego no flagra quando ele respondeu:
    "Tenho que ir, o médico chegou."
    Então vi Digby desligar o telefone, sair pelos fundos e seguir pelo beco.

Era confuso e irritante vê-lo mentir para mim daquele jeito. A aula começaria em vinte minutos. Estava na hora de tomar uma decisão.

— Droga.

Fui me esgueirando pelo beco, mantendo distância suficiente para que Digby não me visse atrás dele. Houve um pequeno contratempo quando tive que me esconder atrás de uma lata de lixo, mas cheguei ao ponto de ônibus do minishopping sem que ele notasse minha presença. Eu estava escondida atrás da porta de uma loja, ainda bolando um plano, quando o ônibus chegou.

— E agora?

Observei Digby subir e se sentar mais para a frente. Mal me dando conta do que meus pés estavam fazendo, corri para o ônibus e pulei pelas portas traseiras assim que começaram a se fechar. Fiquei esperando o motorista gritar comigo e me mandar pagar a passagem, e foi só depois que o ônibus percorreu alguns quarteirões que me permiti respirar de novo. Puxei o capuz para cima e me curvei para a frente.

Os pontos de ônibus foram passando e Digby não se virou para trás. Depois de um tempo, relaxei e notei que estávamos indo para o sul, na direção dos conjuntos empresariais recém-construídos. Fiquei aliviada por ele não estar a caminho da casa de Bill. Eu não tinha considerado essa possibilidade até o ônibus começar a andar.

Não percebi o quanto me distraí até que, de repente, olhei para cima e vi que Digby não estava mais em seu assento. Atravessei o corredor, verificando o rosto das pessoas, e quando confirmei que Digby havia, de fato, descido, toquei a campainha, saí do ônibus e saí correndo de volta para o ponto anterior. Estávamos em uma área chamada Smart Park, a tentativa de algum desenvolvedor de River Heights de fazer o parque industrial parecer mais moderno e tecnológico do que de fato era. Procurei nas ruas próximas do ponto de ônibus, mas não o encontrei. Ao meu redor havia gramados bem cuidados, construções de vidro e concreto de uma elegância genérica e estações de carregamento de veículos elétricos. Mas nada de Digby.

Parei perto de um homem de terno que estava fumando um cigarro em frente a uma das portas.

— Com licença, você viu um rapaz... alto, magro, da minha idade... Vestindo um terno?

Ele riu.

— Com certeza. Umas setecentas vezes só hoje.

E era verdade; aquele lugar estava cheio de jovens de terno.

Eu me afastei e andei por um momento até que me dei conta de onde Digby estaria. Consultei o e-mail de Barbara e busquei o endereço do escritório de advocacia. Era só dobrar a próxima esquina. Fui naquela direção e, a um quarteirão de distância, ouvi Digby gritar:

— Ei, Princeton.

Ele surgiu de entre dois prédios, ainda segurando as pastas de Cooper que havia retirado da reciclagem.

— Uma dica, Princeton: quando for seguir alguém, não fique distraída, sonhando acordada — disse ele. — O que você está fazendo aqui? Ficou preocupada comigo?

— Você teve todo aquele drama da overdose e aí eu descubro que está em casa, mentindo sobre onde está... É tudo muito aleatório. Claro que fiquei preocupada — falei. — E por que você está tão alegre?

— Nada como passar a noite sob internação involuntária para começar a apreciar as coisas boas da vida.

— O que aconteceu?

— Tomei Lexapro demais sem querer, o que causou algo chamado síndrome serotoninérgica... — contou ele. — Eles me deram ciproeptadina. Não foi nada de mais.

Ele revirou os olhos de maneira estranha.

— O que foi isso?

— Talvez eu ainda esteja com um pouco de visão dupla — disse ele. — É um efeito colateral.

— Você acha que deveria estar andando por aí desse jeito?

— Acho. Além disso, é *você* quem está tremendo. — Digby tirou o paletó e o colocou em volta de meus ombros. De repente, ele estava bem perto de mim, e passei a ter a sensação de que estava me esquecendo de alguma coisa. Além do casaco, claro. — Vamos tirar você desse frio — disse ele.

Seu rosto estava a poucos centímetros do meu, e ele estava me olhando nos olhos. Em vez de me sentir exposta, como costumo me sentir quando Digby fixa sua atenção em mim, desta vez senti que ele estava me deixando ver dentro dele também. Eu não queria quebrar o feitiço, mas estava morrendo de vontade de saber o que ia acontecer a seguir.

— Digby...? — comecei, sem saber o que diria a seguir. Felizmente, um alerta de mensagem soou.

Nós dois olhamos para nossos telefones.

— É o meu — disse Digby. Ele começou a digitar uma mensagem. — Me deixe só dizer a Bill que consegui sair bem.

— Você não precisa pedir a minha permissão.

— Não estava pedindo.

Apontei para o monte de papéis que ele carregava.

— Por que você pegou o lixo de Cooper?

— Vou usar para conseguir entrar no escritório de advocacia. — Quando eu não disse nada, ele acrescentou: — Você não vai tentar me convencer a desistir?

— Eu conseguiria?

Digby balançou a cabeça e pegou um walkie-talkie. Ele pendurou um cordão azul do crachá do departamento de polícia de River Heights em volta do pescoço. Fiquei chocada ao ver que ele tinha as credenciais oficiais do departamento.

— Por que você tem isso?

— Eles estavam precisando de estagiário. Fui no domingo, depois de conversar com Cooper — disse ele. — Só mais uma coisa. Vitaminas.

Durante a nossa espera na fila da loja de sucos, Digby me explicou seu plano de fingir entregar pacotes e, de alguma maneira, causar uma distração que o deixasse sozinho no escritório.

— Uau. Esse plano parece meio idiota — falei.

— Os melhores sempre parecem... Se você chegar lá com tudo planejado nos últimos detalhes, até os diálogos, só vai se atrapalhar quando a coisa não sair do jeitinho que planejou. E a coisa *nunca* sai do jeitinho que você planejou. — Vendo minha expressão duvidosa, ele disse: — Só confia, Princeton.

Quando chegamos ao escritório de advocacia, minha mão estava dormente por ter que equilibrar um monte de envelopes e a minha vitamina, e estava tão preocupada em tentar não derrubar tudo quanto em conseguir aplicar o golpe que estávamos prestes a dar. A porta do escritório não tinha nenhum tipo de placa de identificação, apenas um teclado magnético, uma câmera acima e uma placa que dizia FAVOR TOCAR O INTERFONE. Quando Digby obedeceu, uma voz disse:

— Sim?

— Entrega para J. Book? — disse Digby.

Houve um arfar de surpresa, o barulho de uma corrida frenética e um zumbido quando a porta foi aberta.

A sala em que entramos era agressivamente discreta e vazia: apenas uma mesa, duas cadeiras e uma estante. Exceto pelo computador, impressora, papel e material de escritório, quase não havia indicação de que alguém de fato trabalhava ali. Uma porta lateral era o indício do escritório da chefia.

A assistente que nos atendeu pelo interfone estava pegando documentos às pressas e enfiando-os em envelopes, em seguida empilhando-os em uma caixa de entrega.

— Já é quinta-feira? — disse ela. — Eu não estou com tudo pronto. Pode esperar enquanto imprimo o resto? Espera. Cadê o Dex? Ele foi demitido?

Digby ergueu seu crachá policial.

— Hum... é quarta-feira e não tem nenhum Dex onde eu trabalho.

A assistente suspirou e relaxou.

— Polícia? Por que isso?

Digby deu de ombros.

— Eu só faço as entregas — disse ele. — Você pode assinar? Ou precisamos esperar seu chefe? Ele está vindo?

— Ah, ele não... — disse a moça. — Eu posso assinar.

Digby deu um passo em direção a ela, tropeçou e derramou a vitamina na roupa da assistente. Quando finalmente parou de gritar e praguejar, ela disse:

— Ok. Saiam. Por favor, esperem no corredor enquanto vou ao banheiro me limpar.

— Sério? — perguntou Digby.

— Sim, sério — disse a assistente. — Desculpe. Não posso deixar ninguém sozinho aqui.

— Tudo bem — disse Digby.

A assistente puxou a bolsa de um gancho perto da porta, pegou um cartão magnético na mesa e o guardou no bolso do blazer.

— Só vai levar um segundo.

Digby e eu saímos para o corredor antes dela, mas, assim que a porta se fechou atrás de nós, Digby se virou de maneira abrupta e esbarrou na minha mão, derramando a minha vitamina na assistente.

— Mas que merda, qual é o problema de vocês dois?

— Perdão. Eu só ia perguntar onde consigo comprar outra vitamina — disse Digby. Ele largou os envelopes e começou a enxugar a jaqueta dela com o guardanapo antes enrolado no copo. Eu percebi, mas a assistente nem reparou quando Digby tirou o cartão magnético do bolso dela.

Quando ele começou a secar a área do peito, a recepcionista deu um tapa na mão dele e disse:

— Ok, obrigada. Já chega.

Ela partiu a passos rápidos em direção ao banheiro.

Assim que ela virou o corredor, Digby usou o cartão magnético para abrir a porta.

— Não temos muito tempo — disse ele.

— O que você está procurando? — Abri a outra porta, que dava para uma sala vazia. — Uau. Este é o escritório de advocacia mais estranho que já vi. Era para ter arquivos para todo o lado. Cadê o trabalho?

Digby inseriu um pen drive no computador da assistente e começou a copiar arquivos.

— Olha só. — Ele apontou para as pastas na tela. — Olha os nomes. EverFries, Corner Bay Corp, Gilder Bay. E dá só uma olhada nos valores relacionados às contas.

Os números nas páginas pelas quais Digby rolou ficavam pelo menos na casa das dezenas de milhões.

— São empresas grandes... Você acha que uma delas teve algo a ver com o sequestro de Sally?

— Aposto que todas essas empresas são, na verdade, fantoches corruptos controlados pelo mesmo cara — disse Digby. — Não sei se têm alguma coisa a ver com Sally. — Ele pegou o pen drive e o ergueu. — Vamos descobrir.

Depois que a cópia foi feita, Digby começou a fechar as pastas que tinha aberto e deixar a área de trabalho ao seu estado original. Mas então mudou de ideia e começou a reabrir as coisas.

— O que você está fazendo? Ela já vai voltar — falei. — Ela vai saber.

— Estou contando com isso. Quero ver o que ela vai fazer em seguida — disse. — Ligue para o meu número.

Eu liguei e ele atendeu. Depois de conferir que a ligação estava boa, abriu a janela e colocou o telefone no parapeito externo, logo atrás do painel de vidro.

Deixamos a porta do escritório aberta e fugimos pela porta dos fundos. Colocamos a chamada no viva-voz e ouvimos quando a assistente voltou, entrou em pânico ao perceber o que havia acontecido, e então pegou o próprio telefone e fez uma ligação.

Seu nervosismo era claro, porque ela ligou errado duas vezes, então deu um tapa na mesa antes de finalmente acertar na terceira tentativa. Sua voz estava trêmula quando a pessoa do outro lado da linha atendeu.

— Sr. Brook? Temos um problema. Duas pessoas invadiram... Dois adolescentes fingindo ser portadores... N-nada... físico. Mas acho que abriram meus arquivos. Deixaram documentos sobre a propriedade de Irving abertos na tela. — Ela ficou em silêncio por um longo tempo. — O lugar todo? Limpo ou...? — Ouvimos enquanto ela abria e fechava gavetas. — Entendi. Sim, tudo bem. Esta tarde. Vou ligar para eles agora mesmo.

Ela desligou e discou de novo. Desta vez, estava mais calma e tudo o que disse foi:

— Para 152 Irving. Para hoje. O serviço completo.

Então desligou.

Depois de alguns minutos de ruídos de escritório normais depois, desligamos.

— É o endereço do Manda Bala. — falei. — Espera. Ela não vai nem ligar para a polícia para denunciar que invadimos o computador dela?

Digby pegou o celular do parapeito da janela e nos desfizemos de nosso lixo reciclável a caminho do ponto de ônibus.

— Precisamos de um Batmóvel — disse ele.

Para minha surpresa, ele fez sinal para um ônibus que ia em direção ao centro da cidade.

— Nós vamos agora?
— Você ouviu a ligação. Eles vão "limpar" tudo.
— O que isso significa?
— Significa que é melhor a gente ir logo — disse ele.

CAPÍTULO DEZESSETE

Voltamos para a rua Irving, 152 — a antiga boca de fumo e possível covil de sequestradores, agora lar de Mary e Al, os dois produtores de aguardente ilegal com tendências violentas, que, desta vez, com certeza estavam em casa.

Digby logo começou a falar, considerando as diferentes estratégias para invadir o local. No meio da conversa, porém, meu telefone apitou com uma mensagem de Austin me pedindo para guardar um lugar para ele no almoço. Comecei a escrever uma resposta quando Digby parou de divagar.

— Você tem algum compromisso?

— Olha, eu acho que há um jeito fácil de fazer isso — falei.

— Qual? — perguntou ele.

Eu sabia que ele tentaria me impedir, então apenas andei até a porta. Foi a vez de Digby me impedir.

— O que você está fazendo, Princeton?

— Você está pensando demais, Digby — falei. — Nem tudo exige um plano mirabolante idiota. Aposto que a gente só precisa perguntar.

— Princeton, esta pode ser nossa última chance de ter acesso a este lugar. E este lugar pode ser meu último elo com minha irmã — disse ele.

Isso me abalou.

— Digby — falei.

— Uau. — Ficou sério demais. Ele balançou a cabeça e disse: — Ou pode não ser nada, porque qualquer evidência

que já existiu aqui deve ter desaparecido a esta altura. Tem certeza de que sabe o que está fazendo?
Eu assenti.
— Quer dizer... Acho que sim.
Ele disse:
— Então tudo bem.
Caminhei até a porta da frente, peguei uma nota de cinco dólares e toquei a campainha. Mary atendeu a porta. Ela não me reconheceu de primeira, mas quando isso aconteceu, seu rosto se transformou em pedra e ela disse:
— Vá embora. Uma vez já foi o bastante. Não vou te dar mais dinheiro.
— Por favor. Não queremos dinheiro. Aliás, aqui. — Estendi a nota de cinco dólares. — Eu gostaria de te devolver.
— E então levantei uma nota de vinte dólares. — Com juros.
Mary abriu um pouco a porta, mas quando foi pegar o dinheiro, afastei minhas mãos, tirando-as de seu alcance.
— Mas... — falei.
— O quê? — disse Mary.
— Na última vez que estive aí dentro, perdi o broche da minha mãe — falei.
— Não encontrei nada — retrucou ela. Mary fez menção de pegar as notas novamente, mas eu as afastei mais uma vez.
— Podemos procurar? — perguntei.
— Ah, tá bom. Não vou deixar dois viciados entrarem de novo — disse ela. — Fique com seu dinheiro. — Ela tentou bater a porta na nossa cara, mas, felizmente, eu consegui passar a biqueira de aço do meu coturno pela soleira, então a porta se abriu.
— Então, o que acha de eu chamar a polícia e conversar sobre aquela pequena máquina de bebidas caseira na sua sala de estar?

Ouvi a respiração de Digby falhar.

Mary se moveu para o lado e tentou agarrar o dinheiro quando entramos, porém, mais uma vez, eu afastei as notas e disse:

— Você vai receber quando a gente for embora.

— Não roubem nada — disse Mary.

Olhei as pilhas de lixo e disse:

— Vou tentar me controlar.

⁂

— Você procura daquele lado e eu procuro aqui — disse Digby. — E, Princeton, comece perto dos cantos.

— O quê? — perguntei. — Por que pelos cantos?

— Porque, quando as pessoas estão com medo, elas em geral... — Digby imitou uma pessoa se encolhendo com os punhos cerrados na frente do rosto — ... no canto.

Era até difícil imaginar que tipo de peças o cérebro de Digby pregava em si mesmo para que ser capaz de imaginar tal coisa. Percebi naquele momento que ele encontraria Sally ou enlouqueceria tentando.

Percorremos o perímetro do cômodo, mas logo ficou óbvio que, mesmo que houvesse alguma coisa para encontrar, já havia sido apagada pelos ciclos de depósito e erosão dos pertences de Mary e Al. Digby apontou para uma porta que dava para os fundos e perguntou a Mary:

— Podemos olhar ali?

— Você não me disse que estava procurando alguma coisa que deixou cair? Não vai ser lá que vai estar... — disse Mary.

— Ninguém entrou aí nos últimos sete anos em que estive aqui. Eu nem tenho a chave.

Joguei os vinte e cinco dólares que eu vinha usando de isca em uma mesa próxima e disse:

— E pode ganhar mais cinquenta depois que a gente der uma olhada lá dentro.

Digby arrombou a fechadura e abriu a porta. A sala estava cheia de pilhas de lixo e tivemos que abrir caminho à nossa frente com as mãos.

— Bem, suponho que a boa notícia é que temos mais chances de encontrar algo aqui porque claramente... — empurrei uma pilha alta de jornais — ... ninguém limpa este lugar há anos.

Nós nos separamos e recomeçamos nossa busca. Eu não sabia nem o que estava procurando nem o que estava vendo ali. Era só lixo. Ruínas de móveis carcomidos. Pilhas de papel prontas para a reciclagem se decompondo. Tentei não pensar muito nos ruídos estranhos que minhas botas faziam quando caminhei até a parede. Iluminei a parede com a lanterna do meu celular, tentando entender o que chamava a atenção em um lugar tão estranho quanto aquele. E foi então que encontrei.

Rabiscos de cores vivas logo acima do rodapé onde as paredes se encontravam no canto. Contra a paleta de cores suja e infeliz do aposento, os tons de laranja, vermelho e rosa dos rabiscos eram dignos de nota.

— Digby — chamei. — Aqui.

Ele veio correndo e iluminou o local que indiquei. Então ficou em silêncio.

— No canto. Bem onde você disse que estaria. — Eu ajudei Digby a tirar o lixo bloqueando os desenhos para que ele pudesse olhar com mais atenção. — É dela?

Digby olhou fixamente.

— Não sei. — Ele tirou fotos dos desenhos de círculos desiguais com linhas onduladas seguindo-os. Havia triângulos flutuando entre eles. Digby arranhou um dos desenhos, estudando o material sob sua unha. — Giz de cera.

Ele iluminou a outra parede no canto, onde havia mais desenhos. Estes, porém, eram sinistros: dois círculos pretos, um círculo menor dentro de outro maior, com uma cruz no meio.

— Todos os desenhos são parecidos, mas estes aqui — ele apontou para os círculos e cruzes pretos — estão mais perto do rodapé, como se ela não quisesse que ninguém visse.

— Ela só tinha quatro anos — falei.

— Ela não era uma criança normal.

— Então você *acha* que são dela.

— Não sei o que pensar. — Digby balançou a cabeça. — Claro que quero acreditar nisso, mas... — Ele de repente se endireitou e começou a fungar. — Está sentindo esse cheiro?

Eu farejei o ar.

— Não... — E então também senti. — Tem alguém fumando?

Digby e eu voltamos por entre as pilhas de lixo até o corredor, onde, assustadoramente, o cheiro de fumaça ficou mais forte.

— Incêndio? — perguntei.

Digby não respondeu, mas quando chegamos ao final do corredor ele tocou a maçaneta com as costas da mão, então estava óbvio que ele suspeitava que havia fogo. Quando abriu a porta, fomos atingidos por uma rajada de ar tão quente que nos fez recuar.

No cômodo principal, uma sólida parede de fogo bloqueava nosso acesso à porta principal.

— Tem outra porta deste lado. — Digby quase não conseguiu falar de tanto que tossia.

— Digby! Olha! — Apontei para Mary, caída de bruços no chão, não muito longe de nós. Fomos tropeçando até ela. Quando conseguimos chegar à porta lateral, estávamos quase mortos de cansaço por arrastá-la. Empurramos o lixo que encobria a porta e começamos a tentar abri-la com empurrões. Eu ficava mais fraca a cada golpe. A sensação era a de me afogar, e minha garganta queimava mais a cada respiração.

Atrás de nós, uma das garrafas de aguardente explodiu. O álcool pegou fogo e começou a se espalhar em nossa direção. De repente, percebi que estávamos basicamente em um depósito de combustível.

Então, quando eu estava prestes a desmaiar, ouvi os jatos de um extintor de incêndio. Uma mulher com uma bandana amarrada no rosto estava vindo em nossa direção, apagando o fogo conforme se aproximava. O extintor acabou e ela o jogou fora, com um gesto para que nos afastássemos da porta. Digby ainda estava batendo na fechadura, então tive que empurrá-lo para o lado. Assim que saímos da frente, nossa salvadora sacou a arma, destruiu a fechadura com dois tiros e abriu a porta com um chute.

Nós saímos cambaleando. Suguei um pouco de ar, mas entrei em pânico de novo quando ainda assim não consegui recuperar o fôlego. A essa altura, nossa salvadora havia removido a bandana para revelar que era, na verdade, a antiga parceira de Cooper, a detetive Stella Holloway, que tinha corrido para o prédio em chamas para nos salvar.

Holloway carregou Mary para fora do prédio e, depois de colocá-la no chão, tirou uma garrafa de água do bolso do casaco e jogou para nós.

— Lavem a boca. Vai ajudar. Respirem fundo, crianças.

E então, de forma preocupante, ela não guardou a arma e, em vez disso, foi contornando o prédio até a frente, parecendo estar esperando problemas.

Finalmente, ouvimos as sirenes dos bombeiros, e Holloway voltou, guardando a arma. Ela estava acompanhada por paramédicos.

— Foi por pouco — disse Digby.

— É — consegui sussurrar antes de desmaiar.

CAPÍTULO DEZOITO

Quando acordei, estava em uma maca no pronto-socorro, com uma máscara de oxigênio no rosto. Olhei para o lado e vi Digby na outra maca, discutindo com uma enfermeira que não precisava mais da máscara. Minha cabeça parecia cheia de hélio, e minha visão estava borrada nos cantos.

A policial Stella Holloway entrou e disse:

— Bem, lá estou eu, de vigia no meu carro, quando vocês dois chegam bem no meio da minha tocaia, entram no prédio e, logo em seguida, dois gângsteres tamanho família aparecem e começam a botar fogo no lugar. Agora, dada a nossa história, acho que não deveria mais me surpreender, mas ainda assim, tenho que perguntar... — Ela se sentou ao meu lado. — O que vocês dois estavam fazendo?

Eu estava com medo de perguntar.

— Mary está bem?

— Ela foi internada, mas está bem — disse Holloway. — Ainda vou indiciá-la por fabricação clandestina mesmo assim.

— Zoe?

Minha mãe entrou com o nosso médico. Sua preocupação foi instantaneamente substituída por raiva quando ela viu Holloway debruçada por cima de mim na cama.

Minha mãe e Holloway trocaram cumprimentos tensos e se encararam enquanto o médico nos dava alta e explicava como a leve inalação de fumaça poderia nos afetar nos próximos dias.

— Posso falar com Zoe e Digby? — pediu Holloway.
— Eles estão presos? — disse minha mãe.
Holloway pareceu surpresa.
— Não, claro que não. Até onde posso dizer, eles são vítimas...
— Não estou entendendo. Achei que você não estivesse mais trabalhando para a polícia — interrompeu minha mãe.
— Sou detetive do escritório do procurador distrital do condado de Nova York agora — explicou Holloway. — E eu preciso mesmo perguntar a eles...
— Bem, claramente eles não estão em condições — minha mãe insistiu. — Talvez você possa falar com o *Mike* mais tarde.

Achei estranha a hostilidade da minha mãe, mas o acanhamento de Holloway ao ouvir o nome de Mike parecia a confirmação de alguma história mais complexa que eu ainda não sabia. Na maca ao lado, Digby murmurou um "ops", recolocou a máscara de oxigênio e se afundou no travesseiro.

Minha mãe mal falou com Digby ou comigo no caminho para casa. Foi um clima tenso, mas o embaraço de sentir minha mãe fervendo de raiva ao meu lado não foi nada comparado a ver meu pai explodir porta afora assim que chegamos em casa. Acho que minha mãe também não sabia que ele viria, porque soltou um grunhido e disse:

— Ai, meu Deus...
— Minha nossa. — Saí do carro e, como sempre, me senti culpada e na defensiva no instante em que meus olhos encontraram os do meu pai. — Pai? O que você está fazendo aqui?

Digby disse:
— E aí, Dick, faz tempo que não nos vemos...
— Cala a boca e se manda. — Meu pai apontou para Digby. — Você não mora mais aqui. Vá arrumar suas coisas. — Meu pai apontou para mim. — Você. Já para dentro.
— Tudo bem, tudo bem... Acho que é melhor a gente ficar calmo — disse minha mãe.

— Você não pode botar ele na rua — falei. — Para onde ele vai?

— Tenho certeza de que há abrigos no centro da cidade.

— Meu pai pegou algumas notas de cem dólares da carteira e as segurou na cara de Digby.

Digby ignorou o dinheiro e perguntou, olhando para mim:

— Zoe, você vai ficar bem aqui?

— Muito engraçado vindo de você. Essa é a segunda vez que você coloca minha filha no hospital. — Meu pai aproximou as notas ainda mais do rosto de Digby e as abanou. — Pegue o dinheiro e fique longe dela.

Quando Digby não aceitou a oferta, meu pai jogou as notas na direção dele. Nenhum dos dois desviou o olhar enquanto as notas voavam até o chão e pousavam na calçada.

— Isso é ridículo — falei.

Digby não ia ceder, então, para acabar com o impasse, minha mãe disse:

— Bem, se alguém vai bater em alguém, é bom andar logo com isso, porque estou ficando com fome. — Ela esperou um longo tempo e completou: — Foi o que eu pensei.

Ela entrou na casa e todos nós enfim a seguimos.

— Vou arrumar minhas coisas — disse Digby, e subiu.

Eu estava prestes a me sentar na sala quando meu pai disse:

— Sente-se.

Então, para contrariá-lo, fui até a cozinha e coloquei uma fatia de pão na torradeira. Ele me seguiu, esfregando os olhos em um gesto dramático que dizia o quanto eu o cansava.

— Faltam três dias para os SATs e aqui está você de novo, sabotando seu futuro... — começou ele.

— Primeiro de tudo, nós resgatamos uma mulher hoje. Se não estivéssemos lá, ela teria morrido naquele incêndio...

— O que você estava fazendo lá, para início de conversa? E você anda matando aula de novo?

— A escola ligou hoje de manhã — disse minha mãe.
— Estou muito preocupado com sua indiferença em relação ao seu futuro — declarou meu pai.
— Você não tem ideia do quanto eu já estudei... — retruquei.
— Você não tem estudado — insistiu meu pai. — Sua mãe disse que você está saindo todos os dias.
Eu sabia que estava me exibindo, mas disse:
— Terminei todos os simulados e fiz mais de cem testes online. Estou me preparando há meses. Estou pronta.
Meu pai bufou.
— Pronta? Duvido que você esteja pronta para uma escola Ivy League.
Aquele tapa na cara foi um excelente lembrete de por que você nunca deve negociar com terroristas.
— Por que você está aqui, afinal? Não poderia ter gritado comigo pelo telefone?
— Que bom que você perguntou — disse meu pai e saiu da sala.
Assim que ficamos sozinhas, perguntei à minha mãe:
— Você pediu para ele vir?
— Eu só comentei que você estava saindo muito nos últimos dias. Eu nunca o chamei para vir até aqui — disse minha mãe. — Eu sinto muito.
— Cadê o Mike? — perguntei.
— Está na academia. Espero que seu pai vá embora antes de ele voltar.
— Mãe, por que você está sussurrando? Esta é a *sua* casa — falei.
Meu pai entrou na sala com um enorme saco de lavanderia.
— O que é isso? — perguntei.
— Isto aqui — meu pai inclinou o saco e maços de notas caíram — são duzentos e setenta e cinco mil dólares. O custo

de quatro anos em Princeton. Na verdade, isso é quanto custava alguns anos atrás. Deve passar de trezentos mil quando chegar a sua hora, mas eu não queria ser dramático.

Percebi que, em seu esforço para não ser dramático, meu pai havia criado mais volume nos maços usando notas de vinte e não de cem dólares. Acho que não fiquei impressionada o suficiente, porque ele começou a detalhar os custos.

— Uma anuidade de quarenta e dois mil, dezoito mil para o quarto e refeições, taxas da faculdade, plano de saúde estudantil, livros, mesada, viagens... — Meu pai sentou ao meu lado. — Sabe, Zoe, eu não queria deixar você nervosa na véspera dos exames mais importantes que você vai fazer até o LSATs...

— Bem, obrigada, pai, não estou nada nervosa.

Meu pai continuou:

— Ouça. Você é jovem. É difícil pensar no futuro, porque o presente é muito divertido. — Ele fez uma pose e revirou os olhos. — Lalalala... a vida é um sonho...

— Do que você está falando? Eu penso no futuro o tempo todo.

— Mas você precisa acordar, Zoe.

— Eu estou acordada.

— Acorda! — disse meu pai.

— Sim, eu estou te dizendo... — respondi.

— Acorda! — Então ele bateu palmas bem alto na frente da minha cara. — Porque esta é a sua *vida*.

— Não, não é.

— Como?

— Não é a minha vida. Princeton era a sua vida. Os LSATs eram a sua vida. Você não sabe nada sobre a minha vida.

— Você quer dizer essa história de ficar por aí com garotos? — disse meu pai. — Isso é a sua vida?

— Não é melhor eu fazer isso agora do que ter um caso que vai arruinar meu casamento mais tarde? — perguntei.

Meu pai olhou para minha mãe e disse:
— Você deixa ela falar com você assim?
— Ela não está errada, Richard.
— Do que você está falando, Liza? Não foi você que me escreveu para dizer que estava preocupada? — Meu pai fez uma vozinha aguda e zombeteira e agitou as mãos. — Ai, Richard, a Zoe ainda não voltou para casa e ela não responde minhas mensagens. Ai, Richard, agora aquele garoto delinquente apareceu de novo e não vi a Zoe pegar num livro a semana toda...
— Isso é para ser a minha mãe? — perguntei.
— Ou esse teatrinho molenga é um insulto dirigido a todas as mulheres? — completou ela.
Meu pai disse:
— Ah, pelo amor de Deus, não transforme isso em mais um de seus discursos feministas...
A briga começou. Agora que meu trabalho estava feito, peguei minha torrada e café e entrei na sala de estar a tempo de ver Cooper entrar pela porta.
— Com quem sua mãe está gritando? — perguntou ele.
— Meu pai. Acho que é melhor você... ir lá para cima — falei.
— Mas eu preciso comer alguma coisa.
Dei a ele minha torrada e o café e subimos as escadas juntos.
— Então, Stella me ligou — disse Cooper. — Digby ainda está aqui?
— Ele está arrumando as coisas. Meu pai expulsou ele — expliquei.
— Vamos ver — disse Cooper, então bateu na porta do quarto de hóspedes.
— Oi, policial Cooper — cumprimentou Digby. — Pelo visto você já está sabendo.
— Você pode me dizer como conseguiu se enfiar na investigação de Stella?

— Você conhece um advogado chamado Jonathan Book? — perguntou Digby. — O escritório dele fica no parque empresarial do lado sul, sabe?

Por costume, Cooper pegou seu bloquinho e anotou o nome.

— Hã... não, acho que não conheço.

— Preciso de ajuda para procurá-lo no sistema.

Passei por Cooper e entrei no quarto de Digby.

— Caramba.

Acho que eu esperava encontrar uma enorme bagunça, mas as roupas dobradas em pilhas certinhas e os produtos de higiene pessoal guardados em saquinhos Ziploc foram ainda mais chocantes.

Cooper viu minha expressão.

— É com os certinhos que você realmente precisa se preocupar... São organizados, então são mais difíceis de pegar. — Para Digby, disse: — É claro que você sabe que eu estaria violando os direitos dele se começasse a investigá-lo sem motivo. Quem é o cara, afinal?

— Ele faz parte do conselho de uma empresa imobiliária que é dona e administradora de vários lugares na cidade... — explicou Digby. — Um deles pode ser o prédio onde minha irmã foi mantida depois de ser sequestrada.

— O quê? — Cooper ficou chocado. — Você tem certeza?

— Bem... Eu acho que sim. Talvez — disse Digby. — Com certeza talvez.

— Mesmo se for o prédio certo... não é crime ter inquilinos criminosos, Digby — argumentou Cooper. — Mas... Vou perguntar a Stella. Talvez ela tenha descoberto algo sobre ele enquanto trabalhava no caso. Fabricação e distribuição ilegal de álcool... Mas acho que você sabe disso. — Cooper fechou o bloco. — Serve?

Digby assentiu.

— Serve. — Ele estendeu a mão para Cooper. — Você sabe meu número.

Cooper disse:
— Quer que eu bata o pé? Você não precisa ir embora.
— Não. Está na hora. — Digby ergueu um saco vazio de Cheez Doodles. — Além disso, esta casa está oficialmente sem comida.
Acompanhei Digby escada abaixo até a porta.
— Sinto muito, Digby.
— Não tem problema, Princeton. Eu é que sinto muito que seu pai seja a pessoa que é. Mas, olhando pelo lado positivo, isto provavelmente vai facilitar as coisas entre você e Austin.
Austin. Eu não tinha respondido nenhuma das mensagens dele desde cedo.
Depois que Digby foi embora, voltei lá para cima e encontrei Cooper esperando do lado de fora do meu quarto. Ele apontou na direção dos gritos dos meus pais na sala. Fiquei feliz em ver que, ao contrário de suas discussões anteriores com meu pai, minha mãe estava brigando de volta.
— Por que eles estão brigando?
— Eles estão preocupados que eu não esteja pronta para o meu SAT no sábado, porque fiquei zanzando por aí com Digby na semana passada — falei.
— E aí? Você está pronta? — disse Cooper.
— Quer dizer, posso garantir que vou me sair bem? — Dei de ombros. — Mas estou pronta para fazer a prova.
Cooper olhou para mim com firmeza e por fim assentiu.
— Então tudo bem.
— Rá. Simples assim? — questionei.
— Claro. Por outro lado, eu não passei dezessete anos da minha vida me preocupando com você, então posso me dar ao luxo de manter a cabeça fria — disse Cooper. — Então, hã... você sabia que seu pai estava vindo?
Balancei a cabeça.
— Você tem um voo marcado para vê-lo no próximo fim de semana, então é estranho que ele esteja aqui, não é?

Dei de ombros de novo.

— Você disse que eles estão preocupados com você? Então estão se falando? O quanto eles têm se falado?

Fiquei em silêncio. Lembrei que uma vez Digby me explicou o que era uma delação indireta. Eu me perguntei se tinha acabado de fazer isso com o meu silêncio.

Um instante depois, Cooper disse:

— Desculpe... Eu sinto muito. Não foi uma pergunta apropriada.

E fugiu do local, envergonhado.

Eu ainda estava com fome, então voltei para requentar alguma coisa. A briga de meus pais sobre mim se transformara em um novo julgamento dos crimes passados que eles cometeram um contra o outro. Eu estava na pia, lavando pratos e pensando em como, perversamente, tanta gritaria me deixava nostálgica, e foi aí que o rosto de Digby de repente apareceu do lado de fora da janela na minha frente.

Abri a janela e joguei a esponja nele.

— Você quase me matou de susto. Esqueceu alguma coisa?

— Eu preciso de um favor — disse ele. — Vem comigo?

— O quê? — Apontei na direção dos gritos. — Acho que nem terminei de resolver os problemas da última coisa que fiz de errado.

— Por favor — pediu ele. — Estou indo para casa e não falo com minha mãe há anos. Eu estou nervoso. Me ajuda?

— Como *eu* vou ajudar? — perguntei. Mas seu olhar me dizia que aquele era um dos raros casos em que Digby não estava sendo nem um pouco sarcástico. — Está bem.

Fechei a janela e apontei para os fundos.

No caminho até as escadas, entrei na sala e disse aos meus pais:

— Vou deitar.

E, como sempre, eles estavam ocupados demais brigando pelo meu bem-estar para de fato prestar atenção em mim. Mesmo quando eu disse que ia dormir às cinco da tarde.

Entrei no meu quarto, tranquei a porta, subi no galho da árvore perto da janela e desci. Eu estava rastejando na direção de Digby quando minha mãe se virou e me viu. Nós duas congelamos. Depois de um segundo, porém, minha mãe se posicionou para que eu ficasse escondida do campo de visão do meu pai enquanto eu corria.

— Pena que sua mãe não consegue ficar longe de seu pai — disse Digby. — Ele é tão escroto e mesmo assim ela não consegue se afastar.

— Pois é — falei. — O que tem de errado com ela?

E corremos até o ponto de ônibus.

CAPÍTULO DEZENOVE

Percebi que não seria uma volta para casa normal quando ele nos fez entrar pela porta dos fundos e gesticulou para que eu subisse as escadas na ponta dos pés.

— Não sei por que, mas quando você me disse que ia para casa, presumi que seria pela porta da frente — falei.

Digby me levou até o quarto no final do corredor do segundo andar, fechou a porta e acendeu a luz. Depois que meus olhos se acostumaram à claridade, percebi que aquele devia ter sido o quarto de Sally. A poeira cobria tudo e o cômodo parecia estar intocado há anos. O caixilho da janela, notei, estava manchado com pó preto para impressões digitais.

Ele correu os dedos pelas lombadas dos livros infantis na prateleira antes de puxar o edredom que cobria a cama para revelar os lençóis.

— Achei que eu tivesse inventado isso — disse ele.

Não precisei comparar a estampa do edredom com a foto no telefone de Digby para confirmar que os balões e as tendas de circo nos lençóis de Sally se pareciam com os rabiscos de giz de cera que encontramos na parede do armazém.

— Meu Deus. Então eram *mesmo* os rabiscos dela naquela parede — falei. — Mas não os outros. Os círculos pretos com *X*s.

— Espere. Acabei de lembrar...

Digby caminhou pelo corredor até onde devia ter sido seu quarto de infância. Estava arrumado, o que teria sido uma surpresa se eu não tivesse visto o bom estado em que ele conservara o quarto de hóspedes. O interessante, porém, era que, em vez de coisas normais de menino, tipo pôsteres de robôs ou super-heróis, as paredes de Digby tinham coisas como uma tabela periódica e gráficos resumindo os reinados de reis ingleses e faraós egípcios. Eu senti como se estivesse tendo um vislumbre de como seu gênio maligno se desenvolveu.

Ele pegou o canivete e rasgou parte do papel de parede ao lado da cama. Havia mais triângulos e círculos em vários tipos de tinta.

— Ela começou a desenhar nas paredes assim que conseguiu segurar uma caneta...

— Foi por isso que coloquei papel de parede. — Nós dois nos sobressaltamos ao som da voz da mãe de Digby atrás de nós. Eu nem tinha ouvido a porta se abrir. — Porque era mais fácil de limpar. Mas o tiro saiu pela culatra, porque aí ela passou a achar que eu podia lavar todas as paredes da casa.

Eu nunca tinha visto a mãe de Digby de perto. Percebi pela primeira vez o quanto eram parecidos. Tinham os mesmos olhos de cachorrinho triste e o corpo comprido e desengonçado. Firme e sóbria, ela parecia uma pessoa totalmente diferente daquela que eu tinha visto no outono passado, bebendo champanhe de uma garrafa e acendendo uma fogueira improvisada no gramado.

— Philip? O que você está fazendo aqui? Encontrou alguma coisa? — disse a mãe de Digby.

— Talvez. Talvez eu tenha visto desenhos de Sally na parede de um prédio no centro da cidade — respondeu ele.

Sua mãe pareceu atordoada. Então disse:

— Preciso ligar para ele.

Digby se dirigiu ao espaço vazio onde sua mãe estivera momentos antes:

— E sim, estou bem, mãe. Que gentileza sua perguntar. Não nos vemos há anos...

Sentei na cama. Ele se largou ao meu lado e nós dois nos deitamos.

— Meu Deus, este dia não termina — falei.

— Ora... tem uma garota na minha cama — comentou ele. — Meu eu de onze anos acabou de comemorar.

— Sério? Você ainda consegue fazer piada? — perguntei.

— Quem é que está fazendo piada? Quantas vezes preciso te lembrar de como funciona a mente de um cara de dezessete anos? — disse Digby. — Estamos sempre prontos.

— Espera aí. Sua mãe disse: "Preciso ligar para ele"? — perguntei. — Quem é "ele"?

Quando Digby pareceu não querer sair da cama, eu insisti:

— Você não acha que a gente deveria ir descobrir?

— Acho. Eu só preciso de um segundo. É que... Não falava com minha mãe tinha anos...

Eu queria consolá-lo, mas já tinha visto Digby daquele jeito antes. Ele precisava se retrair por um tempo, então fiquei deitada ao seu lado, em silêncio.

— Certo — disse ele. — Vamos lá.

Entramos na cozinha no instante em que a mãe de Digby desligava o telefone.

— Mãe, precisamos conversar sobre Sally.

A mãe dele me cumprimentou:

— Sou Val. É um prazer conhecê-la, Zoe.

Ela apertou minha mão. Então foi até Digby. Sua mão pairou no ar antes de acariciar o braço dele.

— É o meu garoto... Orgulhoso demais para perguntar como eu sabia quem você é.

Digby desviou o olhar quando ela o abraçou.

— Acho que sei o que aconteceu com Sally depois que ela foi levada — disse ele.

Val se demorou no abraço e disse:

— Sim, querido, eu também.

Digby se afastou e lançou um olhar penetrante para a mãe. Então saiu da cozinha.

Val se virou para mim e perguntou:

— Você aceita um copo de leite com biscoitos... ou talvez pretzels? Na verdade, não está na hora de poupar esforços. Vou fazer Hot Pockets. Comprei alguns quando soube que Philip estava de volta à cidade.

— Você sabia que ele estava de volta? — perguntei. — Como?

— Pode ir. Vou preparar a comida.

Eu fui para a sala.

— Sabe quando você é criança e os adultos soletram as palavras para você não perceber que estão te levando para o M-É-D-I-C-O? — perguntou ele. — Acabei de perceber que os últimos nove anos da minha vida foram assim.

— Você está bem?

— Estou me sentindo um idiota por achar que sabia o que estava acontecendo.

Andei pela sala, fingindo examinar fotos e livros, enquanto Digby fumegava de raiva.

Val entrou com os Hot Pockets e caixinhas de achocolatado. Fiquei aliviada ao ver que Digby não estava chateado demais para comer. Ele deu uma grande mordida e, claro, queimou a língua. Quando lhe entreguei o leite achocolatado que já tinha aberto porque sabia que exatamente aquilo ia acontecer, Val segurou minha mão carinhosamente.

— Fico feliz que Philip tenha uma namorada cuidando dele.

— Nada disso. Zoe tem namorado — disse Digby. — Você conhece um homem chamado Book?

— Sabe, seria melhor se a gente esperasse. O negociador que estava nos ajudando naquela época está vindo. — Val espiou pela janela. — Ele vai chegar a qualquer minuto.

— Negociador? Tipo, um negociador de *sequestros*? — questionou Digby. — Então, durante todos esses anos você soube que era um sequestro por dinheiro? Então o que estamos esperando? Vamos chamar o FBI.

— Não é tão simples — disse Val.

— Sally morreu?

— Eles nunca nos deram nenhuma prova disso — respondeu Val.

— Mas também não há provas de que ela esteja viva? — Quando Val ficou quieta, Digby continuou: — Então, isso quer dizer que ela está morta. Vê se cresce, mãe.

Mesmo para Digby, aquilo era horrível.

— Cara, calma — falei.

— Provavelmente morta no fundo de um lago em algum lugar — insistiu Digby. Agora ele estava apenas sendo cruel. — Quanto eles queriam?

Val se sentou, olhando para as próprias mãos e chorando.

— Cala a boca. — Joguei a caixa de achocolatado nele. — Qual é o seu problema?

Digby se demorou limpando o achocolatado do rosto. Quando terminou, disse:

— Muito obrigado, Princeton. Acho que é o mais perto que chegarei de ser possuído.

— Por favor. Você fica exatamente assim quando está com fome — falei. — Por que você acha que eu sempre carrego barrinhas de cereal por aí?

A porta dos fundos se abriu. Digby foi olhar o corredor e disse:

— Ah, graças a Deus. Pelo menos nessa eu acertei...

Então Fisher entrou na sala. Sem ter mudado nada desde a última vez que o vi na loja, o Fisher na minha frente era um homem completamente diferente. Seu sorriso era quase envergonhado, mas havia uma dureza em seu rosto que eu nunca tinha visto antes.

— Fisher? — questionei.

— Quem é você de verdade? — perguntei Digby.

— Seus pais me contrataram — respondeu Fisher.
— Então por que nunca te vi antes?
— Seus pais não podiam deixar a polícia ou o FBI desconfiar de que estavam negociando pelo retorno de sua irmã sem eles — explicou Fisher. — Eu trabalhava nos bastidores.
— O quê? Por quê? O FBI tem negociadores — disse Digby. — Eles não podiam fazer a negociação?
— Philip, nove anos atrás, eu fazia parte de um grupo de pesquisa confidencial que prestava serviços ao governo. Seu pai e eu decidimos não contar a vocês até Sally ter idade suficiente para contar nossa história falsa corretamente — disse Val. — Quando Sally foi levada, recebemos um pedido de resgate pedindo o material sobre um de nossos projetos secretos.
— Mas você não podia simplesmente entregar uma pesquisa secreta do governo — disse Digby.
— Um amigo em Washington me colocou em contato com Fisher, e ele nos orientou em como agir... Nós fingimos cooperar com as autoridades, mas escondíamos o fato de que estávamos negociando para trazer Sally de volta... É por isso que não contamos à polícia ou ao FBI sobre o pedido de resgate — explicou Val.
— E o que aconteceu quando você não deu a eles o que queriam...? — perguntou Digby.
— Não, querido... Você não entendeu. Nós entregamos o material. Bem, nós tentamos — disse Val. — Fiz cópias do meu trabalho...
— Mãe. — Eu nunca tinha visto aquela expressão no rosto de Digby antes. Ele parecia mais assustado do que quando estava sob a mira de uma arma. — Isso é...
— Crime de lesa-pátria. É. Eu sei. — Val assentiu. — E seu pai tentou me impedir. Ele queria contar ao FBI. As coisas não foram mais as mesmas entre nós depois do que fiz.
— Mas e aí? Eles enganaram você? — perguntou Digby.
— Por que não devolveram Sally?

— Bem, o problema foi que não consegui roubar toda a minha pesquisa na noite em que invadimos o sistema e, quando tentei de novo, minhas credenciais tinham sido canceladas. Perses me fez tirar uma licença administrativa — disse Val. — Eles alegaram que era por mim... Pela minha saúde, segundo eles. Acho que suspeitaram que eu estava tentando roubar informações, mas, como não puderam provar nada...

— Mas no que você estava realmente trabalhando?

— Apenas... coisas teóricas. Uma invencionice minha, na verdade — disse Val. — Estávamos experimentando com o uso da nanotecnologia para substituir intervenções químicas em organismos biológicos. Administrar drogas com mais precisão, por exemplo...

— Ou armas biológicas — comentou Digby.

— Essa nunca foi nossa intenção — disse Val. — Era só uma proposta para conseguir financiamento, algo que eu nem esperava que fosse para a frente. Quer dizer, tudo começou com uma piada de física que Richard Feynman fez... FUN. Feynman's *Unbuildable* Nanorobotics, nanorrobôs *inconstruíveis*. Só que, de alguma maneira, as pessoas ficaram sabendo e começaram a falar nisso... Quer dizer, em geral para rir e dizer que o projeto estava fadado ao fracasso — explicou. — Cientistas são bem maldosos.

— Espera, só um segundo... nanotecnologia e química. Esse não é o trabalho do pai de Felix? — perguntei.

— Sim, eles repassaram o projeto para Timothy Fong depois que me colocaram de licença. Ele é bom, mas... — Val deu de ombros de uma forma que deixou claro o que ela achava disso. Então riu. — Não falei? Cientistas são maldosos.

— Você disse aos sequestradores que não conseguiu juntar todo o material para o resgate? — perguntou Digby.

— Entreguei a pesquisa que *de fato* tinha, mas com alguns... materiais extras para tornar a ideia toda mais coesa — disse Val.

— Você inventou algumas partes — traduziu Digby. — A vida de Sally dependia de você, e você entregou lixo para os sequestradores?

— Foi ideia minha. Duas semanas tinham se passado. Seus pais estavam começando a desabar — disse Fisher. — Eu tomei uma decisão.

— Você provavelmente causou a morte dela.

— Nós não sabemos que ela está morta, Digby — insistiu Fisher. — Nunca houve qualquer prova...

— O que foi, você ainda está tentando lucrar com a situação, amigo? Pode parar com isso. Ela morreu. Você fez minha irmã ser morta — disse Digby. — E se eu soubesse o que você mandou minha mãe fazer, jamais teria me dado ao trabalho de voltar aqui à procura de Sally.

Foi então que me dei conta de que a decepção e a raiva na voz de Digby eram o primeiro indício de que ele ainda tinha esperanças de encontrar a irmã viva mesmo depois de nove anos.

— Mas eu ainda sinto a presença da sua irmã, querido. Ainda sinto que ela está por aí. Mesmo que a situação pareça ruim... — disse Val. — Eu escolho dar ouvido aos meus sentimentos.

— Bem, *eu* escolho ser maduro. Que foi uma escolha que fiz há muito tempo, quando você e meu pai pararam de se importar comigo. — Para Fisher, Digby disse: — Então. Sally está morta. Agora, o que você pode me dizer sobre as pessoas que a sequestraram?

Val saiu da sala. Não estava mais chorando, mas ficou óbvio que estava saindo para fazer exatamente isso.

— Antes de entrarmos nesse assunto... — Fisher se virou para mim. — Eu te devo um pedido de desculpas, Zoe. Sinto muito por ter mentido para você.

— Por que eu, de verdade? — perguntei.

— Antes de ir embora no ano passado, Digby pediu cópias dos arquivos policiais do caso da irmã, e a requisição da detetive Holloway desencadeou um alerta que armei nove anos atrás — explicou Fisher. — E pensei: estou aposentado, esse caso sempre me incomodou... Vim para cá e fiz algumas perguntas. Descobri quem você era e tive certeza de que Digby te procuraria quando voltasse. Consegui um emprego como gerente para poder permanecer por perto. — Fisher colocou a mão no meu ombro. — Sinto muito. Quero que você saiba que, embora eu tivesse um objetivo, minha amizade com você é real.

— Quanto? — perguntou Digby. — Quanto meus pais te pagaram?

— Eu não fiquei com o dinheiro — disse Fisher. Ele sabia aonde Digby queria chegar com isso, porém, e completou: — Eles tiveram problemas financeiros porque perderam os empregos na Perses. E depois que a mídia terminou o circo, ambos também perderam suas habilitações de segurança, então tiveram dificuldade para conseguir até mesmo trabalhos normais.

Dava para ver que Digby não sabia de nada disso. Também dava para ver que ele detestava ser pego de surpresa na frente de Fisher.

— Me conta o que você sabe sobre Sally.

Fisher pegou algumas pastas grossas em sua bolsa.

— Aqui está o que eu tenho. Já ouviu falar da família De Groot? — Quando Digby negou com a cabeça, Fisher explicou: — O público sabe muito pouco sobre eles, mas têm um dedo em um pouco de tudo: petróleo, farmacêutica, defesa, agricultura, processamento de alimentos, telecomunicações, logística, seguros... É mais fácil dizer no que eles não investiram.

— Como uma família tão rica pode permanecer anônima?

— Eles usam sua influência para continuarem invisíveis. Pesquise no Google sobre a família Mars, é a mesma coisa. Eles têm gente trabalhando para mantê-los escondidos. Sem fotos nem entrevistas, apenas vários rumores insanos.

— Como o quê?

— Eles são uma antiga família holandesa de Nova York. Estão aqui desde os tempos pré-coloniais e são ricos desde o século XVI. E dizem que até agora os De Groots ainda falam holandês em casa. E tem outras lendas urbanas, como primos se casando. Ou que, desde os anos 1950, eles preservam os mortos criogenicamente — disse Fisher. — Várias coisas estranhas.

— E você acha que eles sequestraram Sally por quê? — perguntou Digby.

— Por um tempo, antes do sequestro de Sally, representantes da família De Groot estavam atrás da sua mãe, chamando-a para trabalhar para eles. Prometeram o tipo de financiamento e apoio que nem mesmo o governo poderia dar... — explicou Fisher. — Eles eram bem agressivos. É claro que não sabemos com certeza que foram eles os responsáveis, mas... a persistência deles era suspeita, e de repente pararam.

— Tem um advogado aqui na cidade. Jonathan Book. Ele administra uma holding... Várias, na verdade... Essa holding é proprietária e administradora do prédio onde eu acredito que Sally foi mantida depois de desaparecer. Encontramos esses desenhos lá. — Digby lhe mostrou as fotografias. — São parecidos com os desenhos no quarto dela.

— Onde fica isso? — perguntou Fisher. — Vamos até lá.

— O lugar pegou fogo — falei. — Com a gente dentro.

Digby mostrou para ele uma foto de Book que havia encontrado na internet.

— Essa foto é de pelo menos dez anos atrás, quando ele ainda era sócio da empresa em Nova York. Seria nessa época que você talvez o tenha encontrado. Reconhece?

— Jonathan Book? Book... — disse Fisher. — O rosto não, mas o nome, talvez. Me ajude a procurar. Talvez tenha uma carta em algum lugar... Escreveram para oferecer um emprego a Val em determinado momento.

Fisher e Digby se debruçaram sobre as pastas. Houve um estrondo na cozinha, mas Digby e Fisher nem desviaram o olhar. Não repararam quando levantei e fui até lá, onde encontrei Val no chão, chorando e recolhendo cacos de louça quebrada. Quando entrei, ela disse:

— Sempre imaginei que eles estivessem me vigiando... e pensei que, se vissem que eu tinha entregado tudo o que tinha e que não havia mais nada, soltariam a Sally — disse ela. — Destruí minha carreira... Minha família... Meu filho... Destruí minha sanidade, até... Mas quando soube que Philip estava de volta, tive esperanças de novo. Pela primeira vez em anos, fiquei esperançosa. Eu nem estou bebendo mais...

A mão de Val estava sangrando, então a levei até a pia.

— *Você* acha que eu vou reencontrar minha filha?

— Eu acho que... — Ela não queria me ouvir dizer nada além de sim. Mas a verdade é que, além de tudo pelo que ela já estava passando, minha sensação era a de que ela não precisava que eu mentisse também. — Digby está se esforçando ao máximo, e ele é muito bom nesse tipo de coisa.

— Ele confia em você. Eu sei. — Val sorriu. — E Fisher disse que acha que vocês dois podem...

— Não, não... nós somos só amigos — falei. — E acredite em mim... isso já é cansativo o suficiente.

Val suspirou.

— Imagino que não seja fácil ser amiga de Philip. — Eu não falei nada, então ela continuou. — A questão é que, quando Sally desapareceu, acho que todos esqueceram que Philip também era só um garotinho. Especialmente o pai dele... Nos dias depois que Sally desapareceu, Joel o torturou. — Toda a sua linguagem corporal mudou quando ela imitou o ex-marido gritando com Digby. — "O que você viu, Philip? Como você não ouviu nada estando no quarto ao lado, Philip? Lembre-se de *alguma coisa*, Philip. *Tente*, Philip. Se esforce *mais*." E eu estava tão arrasada por Sally que não protegi meu filho...

A mão de Val finalmente parou de sangrar e eu a ajudei a se secar.

— Obrigada, Zoe — disse ela, parando de chorar. — Obrigada por cuidar dele.

— Hã. É melhor eu... — Apontei para a sala de estar e saí correndo.

++++

Fisher e Digby ainda estavam examinando a pilha de papéis. Fiquei observando os dois por um tempo até que a bagunça começou a me incomodar. Então fui recolher as folhas que eles tinham deixado cair.

— Eu poderia jurar que vi esse nome em algum lugar — disse Fisher. — Talvez em uma dessas matérias de jornal?

— Não. Senão teria aparecido no Google — rebateu Digby.

Eu estava organizando os papéis caídos em uma pilha de descarte quando encontrei um folheto de OPI de uma das empresas dos De Groot que havia oferecido um emprego à mãe de Digby. Por hábito, virei para a última página. Então encontrei algo.

— Digby — chamei. Quando ele começou a falar com Fisher em vez de prestar atenção, enfiei o folheto bem na cara dele. — Olha. Olha só quem eram os advogados nesse negócio dos De Groot.

Digby leu em voz alta:

— "Advocacia: A validade das ações oferecidas por meio deste instrumento será repassada por Arkin, Walham e *Book* LLP, Nova York, Nova York". — Digby pegou o telefone para pesquisar se o Book do escritório de advocacia era o sujeito que estávamos procurando.

— Eu costumava ler as últimas páginas desses folhetos porque adorava ver o nome do meu pai em grandes ofertas de ações — comentei.

— É o mesmo cara — disse Digby. — Jonathan Book Garfield. Sócio Emérito.

Fisher se deixou cair de volta no sofá.

— Ah! Graças a Deus... Estava me sentindo como se estivesse ficando maluco — disse ele.

— Eu odeio ser estraga-prazeres, mas os De Groots parecem ter muitos ovos em muitas cestas diferentes... Quer dizer, a gente não encontraria uma ligação entre eles e basicamente todos os grandes escritórios de advocacia que existem? — perguntei.

— Verdade, mas quantos sócios de grandes escritórios de advocacia acabam em River Heights, donos de uma empresa que administra o prédio com os rabiscos da minha irmã nas paredes? — questionou Digby. — É a única prova de que *eu* preciso.

— Essa hipótese é suficiente para mim — disse Fisher.

— Mas vai ser suficiente para a polícia? — perguntei.

— A polícia? — disse Digby. — Quem vai falar com a polícia? Você ouviu minha mãe. Ela cometeu crime de lesa-pátria.

— E agora? — perguntei.

— É, e agora? — disse Fisher.

— Agora preciso pensar — respondeu Digby. — Quero fazer esses caras pagarem.

— Bem... É só falar comigo. Isso foi tudo que consegui descobrir nove anos atrás — disse Fisher. — E nada mais desde então.

— Por que *você* está aqui? Como minha mãe está te pagando?

— Sally Digby é a única vítima que não encontrei. Já parei de trabalhar, mas Sally... Nunca me esqueci dela.

Digby assentiu.

— É.

CAPÍTULO VINTE

Quando saí da casa de Digby, ele estava considerando os possíveis próximos passos com Fisher. Para ser sincera, achei que ele não conseguiria passar a noite lá e fui dormir já esperando ser acordada por ele entrando pela minha janela no meio da noite e pedindo para ficar no quarto de hóspedes. Mas ou ele estava mais tranquilo ou em um estado de negação mais profundo do que imaginei, porque, de acordo com a mensagem que recebi, ele dormiu em sua antiga cama e acordou se sentindo bem.

Eu, por outro lado, estava um caco. A médica do pronto-socorro nos avisou que os efeitos da inalação de fumaça muitas vezes pioravam no dia seguinte, e nossa, ela tinha razão. Até que ainda estava me sentindo bem quando saí da casa de Digby, mas minha garganta começou a ficar irritada quando fui deitar. Quando acordei na manhã seguinte, minha cabeça latejava e minha garganta estava tão dolorida que eu mal conseguia engolir. Eu tinha faltado à escola a semana toda, mas minha mãe percebeu que eu estava realmente sem condições de ir, então ligou para a escola para justificar minha ausência e me deixou dormir.

À tarde, Austin me mandou uma mensagem dizendo que queria me encontrar no meu quintal. Ele estava encolhido perto das latas de lixo quando cheguei.

— Eu não queria incomodar caso... Você sabe... — começou Austin. — Eu não queria que gritassem com você de novo.

— Ah, por causa do meu pai? Ele não está aqui. Na verdade, não tem ninguém em casa. Você poderia ter vindo pela porta da frente — falei. — Pode entrar, se quiser. Mas devo dizer... Ainda estou mal.

— Não, eu sei... — disse Austin. — Não tem problema. Eu só vim te dar isso...

Ele me entregou um galão de leite.

— Leite? — perguntei.

— Você disse que o seu nariz está seco, então eu perguntei pro pessoal... Um dos treinadores disse que talvez você precisasse de ajuda para produzir mais muco — explicou ele. — O leite ajuda com isso.

— Austin. Que amor. — Eu o abracei e ficamos ali por um bom tempo, questionando seriamente algumas das escolhas que tinha feito nos últimos dias.

— Zoe... Eu queria falar com você sobre uma coisa...

— Eu sei, eu sei. Eu fiquei maluca essa semana. Sinto muito. Vai ser só esse teste passar e eu prometo que vou ficar totalmente diferente — falei. — Que vou voltar ao normal.

— Você quer dizer que não vou te ver até depois da prova? — perguntou ele.

— Não, eu vou para a escola amanhã, mas acho que não vou ser um ser humano funcional até lá — respondi. — Além disso, meu pai vai me levar para jantar amanhã, aí é um outro estresse.

— Ele ainda está na cidade?

— Acho que ele quer ter certeza de que vou fazer o teste antes de ir embora — expliquei.

— Caramba — disse Austin. — Tudo bem. Isso pode esperar...

Fechei os olhos para o nosso beijo e quando abri de novo fiquei chocada ao ver Digby parado bem atrás de Austin.

Eu disse:

— Digby.

Austin disse:
— *Austin*.
Digby disse:
— Zoe.
— Digby — disse Austin. — Por que estou surpreso?
— Sei lá, cara. A mente é um labirinto misterioso — retrucou Digby.
Austin deu as costas para ele.
— O que ele está fazendo aqui? Allie disse que seu pai não queria mais ele na casa.
— É verdade — falei. — Digby? O que houve?
Digby apontou para a bolsa de ginástica que estava carregando.
— Eu estava na casa do Henry.
Levei um segundo para entender que era a bolsa de esteroides da nossa falsa compra de drogas fracassada com Silk e Papa John.
— Olha, posso entrar? Tenho quase certeza de que estou sendo seguido. — Digby não esperou minha resposta e passou direto pela gente.
— Ele acabou de dizer que está sendo seguido? — perguntou Austin.
Austin e eu entramos em casa, onde encontramos Digby fechando as cortinas da sala.
— O que está acontecendo? — perguntei.
— Vem cá. Olha. — Digby se encostou na parede ao lado da janela, abriu as persianas e apontou para um SUV preto estacionado do outro lado da rua.
— De novo isso? — perguntei. — Você tem certeza que não é o carro dos Dans?
— Não, esses caras estão atrás de mim desde que saí da casa da minha mãe — disse Digby.
— Por que alguém estaria seguindo você? — perguntou Austin.

Digby me lançou um olhar que era basicamente uma súplica para que eu não comentasse a situação da família dele na frente de Austin.

— Desculpa, Austin, será que Digby e eu podemos...

Guiei Digby para o corredor que saía da sala.

— Quer dizer, pode ser sobre as drogas. — Apontei para a bolsa de ginástica.

— Isso até faria sentido, porque alguém invadiu a casa de Henry ontem à noite e o espancou — disse Digby. — Mas eu fiquei com a bolsa o dia todo e ninguém tentou tirá-la de mim.

— Henry está bem? — perguntei.

— Bem, deram uma surra nele de novo, mas poderia ter sido muito pior. Ainda bem que a irmã dele chegou em casa na hora. Ela acabou com um deles — respondeu Digby.

— Henry foi espancado? Essa é a bolsa dele? Você falou alguma coisa de drogas? — disse Austin.

Quando Digby e eu nos entreolhamos em vez de responder, ele continuou:

— Estou de saco cheio disso. Por quanto tempo eu vou ter que aguentar vocês dois agindo como se tivessem um segredo que eu não posso saber? Quer saber de uma coisa? Dane-se. Tanto faz.

Austin seguiu para a porta, mas em um ritmo mais lento do que o normal, porque esperava que eu o chamasse.

E é claro que ele tinha razão em estar com raiva. Eu não teria sido tão paciente se Austin estivesse agindo do mesmo jeito que eu.

— Austin, espera. Essa bolsa está cheia de esteroides. Henry... encontrou. E ele quer que a gente leve tudo para a polícia sem denunciar os caras do time que estão tomando bomba — expliquei.

Eu estava me sentindo muito satisfeita por ter conseguido contar parte da verdade quando Austin disse:

— Eu *sabia* que não tinha como ele estar se recuperando tão rápido naturalmente. Quem mais está tomando? Ele está vendendo?
— Espera, espera aí. Henry não está usando *nem* vendendo, claro que não. — Agarrei o braço de Austin. — E você tem que me prometer que não vai contar isso pra ninguém, Austin, é sério.
— Tá bom, tá bom, eu prometo — disse Austin. — Ai. Está me machucando.
Digby se virou e correu escada acima.
— Ei... O que você está fazendo? — Larguei o braço de Austin e fui atrás de Digby. Eu o encontrei vasculhando meu armário. — Com licença? Posso ajudar com alguma coisa?
A pilha de objetos que ele tinha jogado para fora do armário só crescia. Ele encontrou uma bolsa esportiva verde-clara que minha mãe tinha ganhado de presente ao fazer a assinatura de uma revista, despejou o conteúdo da bolsa de ginástica de Silk na minha cama e começou a guardar tudo na bolsa verde. Quando terminou, enfiou a bolsa de esteroides debaixo do meu colchão.
— Hum... o que você está fazendo? — perguntei. — Isso não vai ficar aqui. E se eles vierem para cá?
— Um policial mora aqui. Eles não seriam burros a esse ponto — disse Digby. — É realmente o lugar mais seguro para guardar isso.
— Então você não acha que os caras do SUV lá fora estão aqui por causa dos esteroides. Você acha que são os capangas de Book te seguindo por ter invadido aquele escritório — falei. — Mas, na verdade, nem sabe direito se estão seguindo você ou não.
— Eu posso provar.
Aí ele me deu aquele olhar.
— Ah, não. Eu conheço essa cara. O que foi? Você tem algum plano idiota em mente — falei. — Não posso. Eu tenho visita. — Apontei para baixo.

— Ah, mas ele pode participar deste — disse Digby. — Na verdade, precisamos de Austin para que a próxima jogada dê certo.

— Precisa de Austin para que jogada dar certo? — Austin se juntou a nós no meu quarto.

Em vez de explicar, Digby começou a tirar a roupa.

— Hã... Zoe? — disse Austin.

※※

Meia hora mais tarde, estávamos prontos para sair. Austin e Digby tinham trocado de roupa. A gente tinha enchido a bolsa de ginástica de Silkstrom com jornais velhos.

Enquanto ele e Digby trocavam as chaves dos carros, Austin recapitulou o plano.

— Então vou pegar o carro da mãe do Digby e vou até a loja, aí faço eles perceberem que não sou o Digby. Eles vão pensar que o perderam de vista, e vocês dois podem seguir o carro sem levantar suspeitas. Entendi.

— Você e Digby podem destrocar de carro amanhã na escola — falei.

— Acho que esse é o seu jeito de me dizer que não vamos sair hoje à noite? — Austin me beijou na bochecha. — Não faz mal, gata. Sabe, acho que saquei por que você acha isso divertido.

Ver Austin nas roupas de Digby foi um choque. Eu esperava que fossem ficar pequenas demais, como Henry quando pegou o casaco de Digby emprestado, mas de alguma maneira, o terno coube em Austin. E ficou ótimo.

— É impressão minha ou eu estou *elegante* neste terno? — perguntou Austin.

— Fica elegante em todo mundo, cara — disse Digby.

— E eu não achei que fosse ser tão confortável.

Digby, por sua vez, ficou muito engraçado na roupa esportiva de Austin. A calça de moletom, o casaco do uniforme, o boné...

Ele calçou os tênis de corrida de Austin.
— Ecaaa... ainda estão quentes — disse ele. — Meu Deus, eu odeio esse plano idiota.
— O plano é *seu* — falei.
— Será que vai dar certo? — disse Austin. — Ou eles vão me atacar quando perceberem que foram enganados?
— Ah, vai dar certo. A única pergunta que tenho é: vou ficar com pé de atleta? — questionou Digby.
Austin pendurou a bolsa falsa no ombro.
— Tudo bem. Vamos lá. — E então bateu palmas como se estivesse no meio de um jogo de futebol.
— Austin, você sabe que não precisa... — falei. — Mas obrigada.
— Não, eu quero fazer isso — disse Austin.
— Só tome cuidado, por favor. — pedi. Dei um beijo nele. Não me importei que Digby estivesse revirando os olhos para mim e ainda dei outro beijo antes de deixá-lo ir embora.

Austin correu até o carro da mãe de Digby. Percebi que ele até mudou a maneira de correr para imitar as passadas largas de Digby.

Nós ficamos esperando Austin ir embora, e meu coração deu um pulo quando o SUV preto saiu atrás dele segundos depois.

— Sabe, às vezes eu odeio estar certo — disse Digby. — Mas, curiosamente, isso me incomoda muito menos agora que esses caras pensam que Austin sou eu.

— Vamos lá.

Austin seguiu as instruções de Digby perfeitamente e saiu do carro no estacionamento do supermercado. Ele se virou e olhou em volta para que as pessoas do SUV vissem bem o seu rosto. Claramente foi uma surpresa que não fosse Digby no carro, porque o SUV ficou lá estacionado por um tempo, talvez enquanto o motorista pensava no que fazer em seguida. Depois que o SUV partiu de novo, Digby teve o cuidado de nos manter a uma boa distância no carro da mãe de Austin.

— Aliás, foi superdesonesto o jeito que você manipulou Austin a fazer isso, chamando isso de "jogada" e fazendo a situação toda parecer com futebol — falei.

— Quando me comuniquei com o cérebro de lagarto dele, você quer dizer? — disse Digby.

— Sim. E me faz pensar... Como você se comunica com o meu cérebro de lagarto para me convencer a fazer coisas?

— Ah, qual é, Princeton. Eu não faço isso com você — disse ele. — Você é muito evoluída.

Ele bufou e balançou a cabeça.

— O que foi?

— Acho que talvez eu esteja nervoso? — respondeu Digby. — Eu ainda não elaborei um plano, exatamente. Na minha cabeça, sempre foi uma questão de descobrir quem fez isso e depois contar à polícia.

— Certo, mas, como você disse, só estamos seguindo o carro para ver onde vamos parar — falei. — Você não precisa ter tudo resolvido.

※※※

Depois de um tempo, entramos na interestadual e seguimos pelo que acabou sendo uma longa viagem antes que o SUV ligasse a seta para a saída.

— Eu deveria ter adivinhado — disse Digby.

O SUV estava indo para Bird's Hill, o lugar onde ficava a casa de verão da família de Sloane. Pegamos a estrada que serpenteava morro acima. Digby curvou-se por cima do volante, espiando pelo para-brisa acima.

— O que é aquilo?

Tudo o que eu via à frente eram enormes árvores antigas e uma encosta rochosa espetacularmente íngreme descendo em direção ao rio.

— Árvores? O quê? Não estou vendo nada.
Digby me segurou pelo queixo e virou meu rosto.
— Olhe.
— Mas...
— Olhe com os olhos, Princeton.
Eu estava prestes a reclamar e dizer que continuava não vendo nada quando o topo da colina brilhou de uma forma estranha.
— O que foi...
— É um espelho enorme. — Digby apontou. — Olha só aquele pássaro.
Um grande corvo negro passou por um trecho no topo de uma colina e de repente havia dois deles. Seu reflexo indicava que a fachada espelhada se estendia por pelo menos cem metros.
Vimos o SUV entrar em um portão discreto em um enorme muro de pedra.
— Quando as pessoas se esforçam tanto para não serem vistas... — Digby seguiu um pouco mais, estacionou na beira da estrada e desligou o carro. — ... eu realmente fico com vontade de investigar.
Ele saiu do carro. Abri a porta, mas não o segui.
— Digby, vamos ser presos por invasão.
Digby jogou as chaves do carro para mim.
— Diga que você se perdeu — recomendou ele.
— Por que *você* não diz que se perdeu?
Joguei as chaves de volta para ele.
— Tem mais chance de acreditarem se você estiver dirigindo.
Digby jogou as chaves para mim de novo.
Desta vez, joguei as chaves *nele*. Com força.
— Ai.
— Isso foi machista.
— *Não* sou machista. Estou dizendo que *eles* são. — Ele sacudiu a mão que tinha usado para pegar as chaves e comple-

tou: — Agora me ajude a punir esses porcos machistas invadindo a propriedade deles.

Passamos pelo portão e seguimos pelo muro de pedra. Logo chegamos às árvores, em um ponto em que o chão era uma combinação de lama, pedras escorregadias e raízes retorcidas.

— Arrá — disse Digby.

— "Arrá" o quê?

Eu não estava vendo nenhum ponto vulnerável.

— Eles cortaram todos os galhos mais baixos perto do muro. — Ele apontou para uma árvore próxima. — Mas esqueceram este aqui.

O galho sobre o qual ele estava falando mal dava para ser chamado de galho.

— Isso aí não vai aguentar o seu peso.

— Ah, vamos lá, Princeton... o que aconteceu com você?

Ele subiu a árvore e montou no galho.

— E aí?

Digby levou o dedo aos lábios, apontou para o outro lado do muro e ergueu dois dedos. Supus que ele queria dizer que havia duas pessoas do outro lado que poderiam me ouvir. Ele pegou o telefone e o agitou na minha direção, indicando para que eu o colocasse no silencioso. Então mandou uma mensagem: "Preciso de umas pedras grandes."

Encontrei uma e usei os dois braços para jogá-la. Superestimei a distância que a pedra precisava percorrer, e se Digby não tivesse se abaixado, eu teria arrancado sua cabeça. Ele se reergueu no galho com uma expressão zangada. Fiz uma careta e gesticulei um pedido de desculpas.

Ele mandou uma mensagem: "caramba, P, coloca algumas menores no bolso e sobe aqui."

Eu nunca tinha subido em uma árvore antes, mas fui. Um pé para cima, a mão também, e fui repetindo até chegar ao galho atrás de Digby. Só então percebi como era alto.

A propriedade atrás do muro era enorme. Era um aglomerado de grandes edifícios cobrindo todo o topo da colina. Alguns eram velhos e cobertos de hera, enquanto outros pareciam totalmente modernos. A propriedade sem dúvida tinha crescido no decorrer de um longo período. O prédio espelhado de frente para a via pública era o mais próximo de nós e, a julgar pelos muitos veículos pretos estacionados do lado de fora, era uma espécie de garagem.

— Este lugar é enorme.

— Tem um heliporto. — Digby apontou para os fundos da propriedade.

— Que lugar é esse? — perguntei, embora suspeitasse que já sabíamos.

Havia três SUVs pretos idênticos e um sedã azul-escuro estacionados lado a lado. Dois homens de macacão removeram uma das rodas do SUV e entraram na garagem.

— Me passa as pedras.

Quando lhe entreguei as duas pedras que trouxe comigo, ele disse:

— Duas? Só isso? Você acha que minha mira é boa assim? Ah, eu esqueci. Você está namorando um atleta.

Digby atirou a pedra por cima do muro em direção a um SUV que estava com a porta aberta. Eu me encolhi, esperando o barulho de vidro quebrando. Em vez disso, a pedra bateu no para-brisa sem causar nenhum dano.

— Olha como é grosso. — Digby apontou para a transversal da porta aberta do SUV. — A lataria e o vidro são claramente à prova de balas... Todos devem ser.

Ele jogou a segunda pedra no sedã, esperando o mesmo baque inofensivo da primeira pedra. Dessa vez, porém, o para-brisa do sedã explodiu em uma teia de vidro quebrado.

— Opa.

Ouvi os gritos dos mecânicos e, sem discussão, Digby e eu saltamos do galho e descemos da árvore. Já pisamos no chão correndo.

CAPÍTULO VINTE E UM

Por um breve segundo, enquanto terminava de contornar a linha das árvores, pensei que a gente ia conseguir escapar. Mas então vi dois homens com o mesmo corte de cabelo raspado e terno parados perto do carro da mãe de Austin, com ar profissional e de ameaças não declaradas. A diferença de altura entre os dois era a única característica que eu podia usar para distinguir um do outro.

O mais alto disse:

— Vocês dois podem vir conosco, por favor?

— Oi, pessoal. Estávamos brincando e parece que quebramos uma janela. Desculpe por isso — disse Digby. — Os jovens de hoje em dia, não é mesmo? — Ele continuou andando até o carro. — Eu posso pedir para minha mãe mandar um cheque para vocês.

O Alto parou na frente da porta do motorista.

— O chefe disse que quer conversar sobre a sua irmã — disse o Baixo.

— Isso é um convite ou uma exigência? — perguntou Digby.

Peguei meu telefone e, depois de alguns rápidos cálculos mentais, resolvi mandar uma mensagem para Sloane. É verdade que ainda não tínhamos feito as pazes depois da última briga que tivemos na minha casa, mas ela era parte de nossa aliança profana e eu sabia que, se alguma coisa desse errado,

ela tentaria nos ajudar sem precisar de muitas explicações. Além disso, a casa dela era logo ali embaixo.
— Eu avisei nossa amiga que estamos aqui — falei.
— O chefe só quer conversar — disse o Alto. — Ele até pediu comida para vocês.
Quando Digby e eu não nos mexemos, o Baixo disse:
— Vocês podem ficar com seus telefones. É sério, está tudo bem.
Digby e eu seguimos o Alto e o Baixo a pé pelo portão e subimos o longo caminho até a casa principal. Enquanto caminhávamos, Digby disse:
— Será que eu deveria ter deixado você para trás para chamar a polícia caso eu não voltasse?
— Eu não ia deixar você vir sozinho. Você nem está pensando direito.
— Não estou pensando direito? — questionou Digby. — Quem disse?
— Se estivesse, nunca, *jamais*, teria me deixado vir com você e com certeza não teria jogado aquela segunda pedra — falei.
Digby deu um tapinha no ombro do Alto.
— E aí, nós estamos sendo sequestrados? — Quando não obteve uma resposta, Digby perguntou: — A gente vai ver um De Groot de carne e osso?
— Vai levar só mais alguns minutos — respondeu o Alto.
— É, nada de estragar a surpresa. O chefe não gosta de aparecer muito — disse o Baixo.
— Depois de tanto suspense, vou ficar decepcionado se ele não surgir dançando e vestido com lantejoulas e penas — retrucou Digby.
O Baixo riu, mas o Alto encarou o colega até ele parar. O Baixo pigarreou e completou:
— Mas enfim. São só mais alguns minutos.

Eles nos conduziram pela casa principal, previsivelmente grandiosa e construída no estilo que Sloane chamara de falso castelo americano. Passamos por sala formal após sala formal, inclusive uma com uma mesa de jantar longa o suficiente para acomodar todas as pessoas que eu conhecia.

O Alto nos levou até um corredor completamente diferente do restante da mansão antiquada de pedra e madeira. O anexo, todo branco e brilhante, era iluminado para transmitir limpeza e higiene. Cheirava a desinfetante e não havia um canto sequer acumulando poeira. Até as luzes eram embutidas na parede.

— Parece a enfermaria de uma nave espacial. Gostei — disse Digby.

Nós passamos por uma área de estar com várias portas. Uma delas se abriu.

— Entre, Sr. Digby. — A voz era fraca e chiava, mas era óbvio que havia passado a maior parte de sua vida comandando pessoas.

O aposento em que entramos estava lotado de equipamentos médicos e enfermeiros. Todo mundo usava branco, incluindo o velho frágil deitado em uma cama mecanizada enquanto um empregado musculoso esfregava uma das pernas esquálidas do homem. Tentei não ficar encarando a pele enrugada em torno de seus joelhos.

— Eu estava para sair, sabe. É que sua visita me pegou de surpresa — disse o velho. — Eu precisava de mais um tempinho para minha rotina de beleza.

— Qual deles é você? Hans ou Johann De Groot? — perguntou Digby.

— Então você acha que sabe coisas sobre minha família... — disse De Groot. — Bem, isso não é impossível de descobrir. Mesmo com todo o dinheiro que gastamos para ficarmos invisíveis. Você vai ter que se esforçar mais para me impres-

sionar. — Ele deu um tapinha no próprio peito. — Eu sou Johann.
— Johann lutou no Pacífico e sofreu um ferimento na perna em uma ponte perto de Manila. — Digby apontou para as pernas do velho. — Você nem tem cicatriz.
Fiquei surpresa que Digby soubesse disso e não tivesse me contado. Mas, quando notei o olhar levemente triste que ele sempre tinha quando estava se concentrando, entendi. Digby tinha vindo lutar esse duelo sozinho.
— Você perguntou para ver se eu ia mentir. Agora você sabe que eu sou um mentiroso. Então — disse De Groot. — Foi só isso? Ou você tem uma carta na manga?
— Sendo o irmão mais novo, *Hans*, você só herdou a fortuna da família quando Johann morreu em um acidente de escalada. Ele era o irmão mais inteligente e bonito. Você era o desprezado. Pequeno, mas astuto... Quem quer *isso*, não é mesmo? Mas, sob o seu comando, vocês passaram de família rica padrão para tão ricos que o *New York Times* escreveu um perfil, que você então fez desaparecer. Como fez isso? — retrucou Digby. — E pelo jeito que você falou "eu sou Johann" com tanto gosto... — Digby bateu no peito, imitando o gesto do velho — ... eu não ficaria surpreso se descobrisse que foi você que empurrou seu irmão montanha abaixo.
De Groot estremeceu e fechou os olhos.
— Minha própria mãe disse o mesmo no funeral do meu irmão. Eu me lembro bem de como foi doloroso ouvir isso.
Os enfermeiros vestiram um roupão nele e o colocaram na cadeira de rodas motorizada.
Enquanto isso, Digby deu uma volta pelo quarto, lendo os rótulos da vasta coleção de frascos de remédios e equipamentos médicos espalhados por toda parte.
— Meu advogado comentou que você visitou o escritório dele ontem — disse De Groot.

— Ele também comentou que botou fogo em um armazém enquanto estávamos lá dentro? — perguntou Digby.

De Groot sorriu.

— Ele muitas vezes oculta detalhes que acha que eu julgaria perturbadores. Mas estou muito feliz que vocês estejam bem. Você e sua namorada são, de longe, os personagens mais interessantes que encontrei neste fim de mundo atrasado. Vocês chegaram mais longe em um ano do que os canais oficiais em séculos. — De Groot ligou sua cadeira de rodas e foi até a porta. — Suponho que estejam com fome. — E se afastou.

Caminhamos por uma rede de passarelas envidraçadas ao som do chiado ritmado do tanque de oxigênio acoplado à cadeira de rodas de De Groot. Andamos muito, e se ele pretendia exibir a imensidão de sua riqueza, funcionou.

Depois de um tempo, comecei a sentir o cheiro da comida que ele havia prometido. De Groot nos levou até uma estufa envidraçada onde seus funcionários estavam servindo bandejas de comida em uma grande mesa de bufê. Eles terminaram a arrumação, e quando nós três terminamos de nos acomodar em volta da mesa, estávamos sozinhos.

— Conheci sua mãe, Philip, de maneiras que você não tem ideia. Ela tem uma mente brilhante, que vai muito mais longe do que a das outras pessoas. Quando a conheci, ela estava trabalhando em algo que sabia ser capaz de mudar... bem, tudo. E, ao perceber como era importante, ela e sua equipe desistiram dos caminhos normais da ambição científica e trabalharam apenas naquilo. Sem financiamento, sem publicações, sem bajulação de colegas cientistas amargos e invejosos. É preciso uma coragem moral rara para fazer isso — disse ele.

— É por isso que, quando ameaçaram cortar o orçamento dela, eu me ofereci para financiá-la. Sem letras miúdas. Mas, antes que qualquer coisa pudesse ser decidida, sua irmã foi... Bem, o infortúnio atingiu sua família.

— Você está falando sobre o laboratório de nanorrobótica dela — disse Digby.
— Isso... — disse De Groot. — O que ela contou? O quanto você sabe?
— Por que *você* não me diz o que sabe primeiro?
— Ah, entendo. Então, em outras palavras, você não sabe nada. — De Groot relaxou o maxilar visivelmente e riu. — Esse foi um blefe bem ruim. Você precisa se esforçar mais se quiser jogar com os peixes grandes.
— Por que você queria a pesquisa dela? — perguntou Digby. — Para quê? Do que mais você poderia precisar?
— Você diz isso porque sou velho, então do que mais eu poderia precisar nessas coisas mundanas? Tem razão. Eu, pessoalmente, não preciso de nada — disse De Groot. — Mas sou apenas um elo de uma longa corrente. Seu individualismo americano pode ter problemas para entender isso.
— *Meu* individualismo americano? — retrucou Digby. — *Você* é americano.
— Ah, nós somos um pouco mais antigos do que os Estados Unidos. Nossos ancestrais estavam aqui muito antes de esse país existir, e haverá De Groots aqui muito depois — disse ele.
— Muito depois de quê? — Digby parecia encantado. — Você deve ter conhecimento privilegiado. Já começaram as negociações com nossos futuros senhores alienígenas?
De Groot riu de novo. Era bastante óbvio que ele já havia começado a perder o interesse pela conversa.
— Eu não entendo você. Está fazendo isso para os futuros De Groot? — questionou Digby. — Para deixar mais dinheiro para eles?
— Algo melhor do que dinheiro.
— O quê? — insistiu Digby. — Mais poder?
— Melhor do que poder — disse De Groot. — Você não está pronto para ter essa conversa.

Digby o encarou e então se afastou da mesa de repente. De Groot riu ainda mais quando Digby tomou um grande gole de água e me ajudou a vestir minha jaqueta de volta.

— Vamos lá, nós dois sabemos que você não vai embora — disse De Groot. — O que eu falei sobre blefar?

Digby me cutucou de leve. O problema é que eu não estava preparada, e quando tropecei para a frente, meu pé ficou preso e bati a perna na engenhoca de oxigênio acoplada à cadeira de rodas. Um silvo assustador começou a sair de uma mangueira que havia se soltado. De Groot se debateu, mas não conseguiu se virar o suficiente para alcançar a parte de trás da cadeira. Eu tentei, mas não consegui descobrir como recolocar a mangueira. Seu oxigênio não estava mais conectado.

Digby chegou bem perto do rosto do velho.

— Não sei por que você quer me ver implorar, mas entenda uma coisa: eu me recuso. — Digby pegou a mangueira de minhas mãos. — O que quer que tenha acontecido com minha irmã... Eu vou descobrir e não preciso que você me conte. É apenas uma questão de tempo e, ao contrário de você, tempo é uma coisa que ainda tenho. Agora me diga... — A essa altura, De Groot estava ofegante. — Estou blefando?

Depois de uma longa pausa assustadora, Digby reconectou a mangueira e De Groot começou a respirar de novo. Aos poucos, seus lábios recuperaram a cor.

Eu não percebi que De Groot estava levando a mão ao braço da cadeira de rodas até que Digby interrompeu o movimento.

— Ou, que tal outra ideia? — Digby fez uma pausa. — Você me diz o que eu quero saber e eu entrego o resto da pesquisa dela.

Então Digby enfiou a mão por baixo do braço da cadeira e apertou o botão de alarme silencioso que De Groot havia tentado alcançar. Um empregado entrou correndo e começou a mexer no tanque de oxigênio de De Groot.

— Me liga quando estiver pronto para ter *essa* conversa — disse Digby.

Abrimos as portas de vidro e fomos para o jardim. Quando comecei a andar mais rápido, Digby me puxou para trás e me obrigou a diminuir a velocidade.

— Não corra.

Isso acabou sendo um alívio, porque a perna que eu tinha batido na cadeira do De Groot começava a latejar. Passamos pela casa e seguimos para a guarita no portão. Quando nos aproximamos, o segurança saiu e se pôs em nosso caminho com um telefone no ouvido, assentindo ao ouvir as instruções que estava recebendo do outro lado da linha.

Digby não diminuiu o passo. Ele pegou o próprio telefone e discou. Quando chegamos perto o suficiente, Digby ligou o viva-voz para que o segurança pudesse ouvir a voz na linha dizer:

— 911. Qual é a sua emergência?

O segurança murmurou algo ao telefone.

— Olá — disse Digby ao telefone.

— Sim? 911. Qual é a sua emergência?

O segurança finalmente saiu do caminho. Ele entrou na cabine e abriu o portão para nós.

Quando chegamos ao carro, eu estava mancando. Entramos e Digby pisou fundo no acelerador.

— Eu realmente acabei de ameaçar um velhote de noventa anos?

— Acredito que sim — falei. — Também acho que você prometeu entregar a ele a pesquisa de sua mãe. Acha que isso é possível?

— Claro que não. É loucura.

A essa altura, minha perna estava doendo muito. Puxei a legging e vi que estava sangrando. Depois de um momento para me superar do susto de ver minha perna ensanguentada e machucada, finalmente notei o formato peculiar do ferimento.

— Digby. Olha só a marca que ficou depois que eu esbarrei da cadeira dele — falei.

Digby quase saiu da estrada ao ver minha perna. A marca tinha o mesmo formato do desenho estranho que encontramos na parede do armazém, o círculo duplo com uma cruz no meio.

— Então ele esteve lá. Ele foi ver Sally pessoalmente. Ela viu a cadeira de rodas dele e copiou esse símbolo. — Digby agarrou o volante com força. — Eu deveria ter matado ele.

CAPÍTULO VINTE E DOIS

— Está se sentindo melhor, pelo visto. — Minha mãe estava me esperando na cozinha quando voltei, parecendo muito irritada. — Então quer dizer que eu fui até o mercado depois do trabalho para comprar um nebulizador de tão preocupada que eu estava com seus pulmões, mas chego em casa e você está... O quê?

— Desculpa, mãe — falei. — Austin veio para cá e...

Minha mãe imitou o barulho daquelas campainhas que tocam quando a pessoa erra a resposta na TV.

— Mentirosa. Eu vi Digby te trazer aqui no carro de Austin. Te peguei no flagra.

— Pode me deixar terminar? O que eu ia dizer é que Austin veio para cá e então nós três fomos na loja...

— Você conseguiu fazer o ex e o namorado novo conviverem? — interrompeu minha mãe. — Uau. Você tem que me ensinar como fazer isso. Seu pai se recusa a jantar comigo e com Mike.

— Por que você ia querer que isso aconteça?

— Porque os dois fazem parte da minha vida e não quero que diferentes partes da minha vida fiquem em conflito — respondeu ela.

— Mas meu pai *não* faz parte da sua vida. Ele é parte da *minha* — retruquei. — E, não que ele tenha me dito nada, mas tenho certeza de que Cooper está incomodado por você e meu pai estarem se falando tanto assim de novo.

— Como eu já falei, não tem nada acontecendo entre mim e Richard.

— Sim, agora eu sei disso com certeza — falei. Minha mãe pareceu surpresa. — Quando eu estava voltando escondida para o meu quarto ontem à noite...

— Oi?

Eu continuei:

— ... ouvi meu pai no quintal ligando para a governanta e perguntando se Shereene ainda estava brava. — Quando minha mãe pareceu confusa, acrescentei: — Você não entendeu, mãe? Ele só está aqui porque Shereene chutou ele para fora de casa. Ou porque ele está querendo deixá-la com ciúmes. De qualquer maneira, não está aqui para "fazer parte da sua vida", como você pensa.

Minha mãe de repente resolveu se ocupar esvaziando a máquina de lavar louça.

— Eu nem entendo por que você está chateada com isso. Não é como se você quisesse o meu pai de volta, né? — O silêncio dela me assustou. — *Né?*

— Não, claro que não — respondeu ela. — Olha. Mike acorda todas as manhãs cem por cento convencido de que está fazendo a coisa certa. E depois de dezoito anos vendo seu pai usar toda a genialidade dele a serviço do lado sombrio da Força... Mike me pareceu tão agradável e simples. Mas, às vezes... Eu preciso de um pouco de complicação. — Minha mãe se serviu de um pouco de café e disse: — A esta altura da conversa, eu deveria confirmar se você entende do que estou falando, mas sei que você entende.

— Rá, rá. — Eu servi café para mim também e fiz menção de sair da cozinha.

— De qualquer forma, chega de ficar em casa doente — disse minha mãe. — Eu não quero que você perca muita coisa.

⁘

— Você perdeu *tanta* coisa. Faltou alguns dias, e tipo... — No almoço do dia seguinte, Allie me contava as novidades, jogando as mãos para cima. — A animação com a primavera combinada com a clássica limpeza de primavera deu em vários casais novos e separações. Está um caos total.

Comi mal ouvindo Allie recitar a lista do que ela considerava os destaques da semana, então não reparei imediatamente quando Digby entrou no refeitório. As pessoas na escola tinham ouvido falar que ele estava de volta, mas quase ninguém o tinha visto ainda. O refeitório ficou em silêncio e Digby aproveitou, fazendo uma série de reverências para as pessoas que o encaravam, então foi se juntar a Henry em uma mesa próxima.

Charlotte veio até a nossa mesa.

— Oi — disse ela com uma voz tensa e se sentou.

— Oi — disse Allie de volta no mesmo tom tenso, e elas começaram uma conversa gélida e desconfortável. Claramente, tinha alguma coisa acontecendo entre as duas.

Na mesa de Digby, o rosto de Henry estava em mau estado, os hematomas parcialmente curados de sua primeira surra cobertos pelos mais recentes.

Eu estava inventando uma desculpa para me levantar e ir falar com Henry quando Charlotte me deu uma cotovelada bem forte nas costelas e disse:

— Você não acha, Zoe?

— Desculpa, o quê? Eu perdi o que você disse — falei.

— Você tem perdido muita coisa nos últimos tempos — retrucou Charlotte.

— Mas ainda vai para a festa, certo? — perguntou Allie.

— Você vai na festa, não vai? — Austin largou a mochila e sentou-se à mesa conosco. Notei que Charlotte pareceu irritada com a chegada dele.

— Não, é claro que vou — respondi. — É um acontecimento. Todo mundo já está falando disso.

Charlotte soltou um muxoxo desanimado.

— Você está bem? — perguntei.

— Não estou em clima de festa esses dias — disse Charlotte, e olhou feio para Allie.

— Você é sempre assim. Espere até chegar lá — disse Allie. — Precisamos dessa festa. Nós *merecemos* essa festa.

— Sei lá. As pessoas vão nessas festas, fazem umas babaquices tipo ficar com o namorado de outra pessoa, e aí dizem: "Ah, eu bebi demais... Nem sabia o que estava fazendo..." — comentou Charlotte. — Espero que não seja esse tipo de festa. Entende o que quero dizer, Allie?

— Qual o problema com vocês duas?

— Ah, nada — soltou Charlotte.

Fiquei feliz por, uma vez na vida, não ser a única arrumando confusão.

— Ei, olha o Digby — comentou Austin. — Sabe de uma coisa? Não estou dizendo que gosto dele, mas ontem foi meio... emocionante, acho? — Ele pegou as chaves do carro na mochila. — É melhor eu pegar a chave do carro com ele.

— Vocês foram a uma festa da chave e não contaram? — disse Allie.

— Rá, rá. Não. Nós literalmente tivemos que trocar de carro ontem à noite — explicou Austin.

— Mas imagina só como seria. Quer dizer, você acabaria com a Bill — disse Charlotte. — Ela posta sem parar sobre como ela e Digby estão juntos.

— É, mas veja como ele está olhando para Zoe agora. — Allie apontou para Digby. — Fica *todo* ansioso. Aposto que se você assobiasse ele viria correndo.

— Allie, o que você está tentando fazer? — questionou Charlotte.

Austin riu e disse:

— Pois é, Allie, que história é essa?
Felix chegou à mesa de Digby e se sentou.
— Nossa, mas que grupinho aleatório — comentou Allie.
— Se bem que eles são as pessoas com quem ninguém mais fala. — Ela começou a listá-los. — Felix é tipo uma criança. Ele pulou o quê, uns quatro anos? Até os outros nerds acham ele meio esquisito. E todo mundo ainda está com raiva de Henry pelo que ele fez com Dominic. E Digby... Bom.
— *Eu* falo com o Digby — retruquei. — E o Felix só pulou *três* anos. Além disso, falo com ele e com o Henry também.
— Bem, não é como se vocês fossem a algum lugar *público* juntos — disse Charlotte.
Não sei se consegui esconder minha irritação quando me levantei e peguei as chaves de Austin.
— Vou lá trocar as chaves.
Austin agarrou meu braço quando me virei e disse:
— Não vamos esperar até a festa para conversar, tá? Talvez depois da prova amanhã a gente possa tomar um café?
Eu assenti só para poder sair de perto deles. Quando cheguei à mesa de Digby, falei:
— Henry, meu Deus, seu rosto está parecendo um bife cru. Você está bem? Conseguiu ver quem era?
— Estou bem, sim — respondeu ele. — Mas eu não vi a cara deles. Estavam de máscara. Mas Athena, minha irmã, chegou na hora e deu uma boa surra em um dos sujeitos. Tenho certeza de que o nariz dele vai estar bem machucado. Ela enfiou o dedo em uma narina e puxou com força. Parecia que alguém tinha levado um tiro, a sala ficou coberta de sangue para todo o lado.
— Caramba — falei.
— Mas temos um problema. Minha irmã ouviu um dos caras gritando comigo para eu devolver suas coisas. Então contei o que estava acontecendo e ela disse que vai chamar a polícia se eu não resolver isso — completou Henry.

Sloane se aproximou.

— Isso está saindo do controle. Além do olho roxo e das costelas quebradas da última vez, o Henry agora está com um novo olho roxo, a maçã do rosto cortada, uma luxação na costela *e* vai ter que usar franja pelo resto da vida para cobrir essa cicatriz. — Ela apontou para a testa de Henry e, então, cutucou Digby. — Você precisa devolver essas drogas para o Silkstrom antes que esse pessoal acabe matando o Henry.

— Certo, Vossa Alteza, estamos trabalhando nisso — retrucou Digby.

Para mim, Sloane disse:

— Recebi sua mensagem. Aquilo era uma piada? Você estava na casa dos De Groot?

— Não era piada. Nós entramos mesmo lá — respondi.

— Espere, então você sabe sobre a casa dos De Groot? Você já esteve lá?

— Eles fazem uma festa anual no jardim e convidam os vizinhos, mas eles próprios nunca aparecem.

— Que estranho — disse. — Aliás, agora que você está falando comigo de novo... Acho que Henry deveria falar com um advogado imediatamente. Ele não vai querer, mas...

— Eu não preciso de um advogado — declarou ele.

Sloane e eu nos entreolhamos. Nada mais precisava ser dito.

— Vou pedir pro meu pai — disse Sloane.

— Ainda tenho o vídeo de Silk batendo em Henry — comentou Felix. — Vou fazer cópias para a gente poder entregar a original.

— Mas esse vídeo faz parecer que *a gente* foi lá para comprar drogas.

— A gente estava disfarçado — disse Felix.

— Os policiais não vão acreditar nisso — falei. — Talvez seja melhor eu falar com Cooper.

— Ou podemos seguir o meu plano. — Digby estava com aquele olhar de novo.

— Eu voto contra o plano de Digby — falei.

— Eu também — disse Sloane.

— Podemos colocar a bolsa no armário do Papa John e chamar a polícia. Assim ficamos completamente de fora — explicou ele. — Ele com certeza vai fazer um acordo e contar para quem está trabalhando...

Depois de um segundo, Sloane comentou:

— Na verdade, não é uma ideia ruim.

— Todo mundo vai estar aqui amanhã de manhã para as provas. Vamos fazer isso então — disse Digby. — A gente se encontra uma hora antes do teste?

— Como se amanhã já não fosse ser estressante o suficiente — falei.

— Quantas vezes eu preciso te dizer? Não precisa se estressar com os SATs — disse Digby. — Você vai se dar bem.

— Além disso, a distração pode nos ajudar a relaxar — comentou Felix.

— Desde quando você sabe o que é se estressar com a escola? — perguntei.

— Fazer prova é diferente. Ficar sentado em uma sala, marcando bolinhas à caneta? Não é o meu forte — disse ele.

— Nós vamos colocar a bolsa no seu armário da escola, né? — questionou Henry. — Porque se for no armário dele do vestiário, a polícia pode abrir os armários de todo mundo do time. Muitos caras que não estão vendendo podem acabar indo presos.

— Usar também não é permitido, Henry — argumentou Sloane.

— Foi mal, cara. Se vamos fazer isso, acho que precisamos pegar todos eles — disse Digby. — Tanto quem está vendendo quanto quem está usando.

Henry pareceu muito infeliz.

— Vocês sabem que tem câmeras no corredor do lado de fora dos vestiários, certo? — perguntou Felix. Digby gemeu, ao que ele acrescentou: — Mas eu tenho as chaves das salas dos treinadores. É lá que guardam os discos rígidos. Eu posso apagar a gravação.
— Não basta apagar a gravação. Vai parecer suspeito. Você precisa criar um loop para que pareça que o corredor está vazio o tempo todo — respondeu Digby.
— É melhor mesmo — concordou Felix.
— Acho que temos um plano — disse Digby.
— Acho que temos uma conspiração criminosa — falei.
Não ajudou em nada que, quando ergui os olhos, percebi que todos no refeitório estavam nos observando.

⁕⁕⁕⁕

Naquela noite, desmarquei o jantar com meu pai e levei uma bandeja com comida para o meu quarto. Eu estava na minha escrivaninha, prestes a começar a comer, quando, pelo canto do olho, avistei uma figura escura. Achei que meu coração fosse explodir.
Mas era só Digby, deitado de bruços na minha cama. Joguei meu garfo nele.
— Puts. Você me assustou.
— Então eu disse a mim mesmo... — Digby suspirou. — "Eu, não é possível que a Princeton tenha ignorado a gente no almoço, não é? Quer dizer, ela até veio, mas só depois que todo mundo apareceu..."
— Não é sinal de problemas você e seu "eu" serem duas entidades completamente diferentes que conversam entre si?
— Porque talvez ela não aprecie mais nossas traquinagens...
— Eu não estava ignorando você...
— Só que ela não chamou de traquinagem. Como ela chamou mesmo? — Digby ficou esperando. Quando eu não respondi, ele mesmo fez isso: — "Plano mirabolante idiota."

Ele tirou meu espaguete da bandeja, enfiando uma garfada enorme na boca, apenas para cuspir em seguida.

— Aaargh... está quente demais.

— É só olhar para o prato. Está soltando *vapor* — falei. — Você ainda precisa que alguém sopre a sua comida?

Ele tomou um gole do meu leite.

— Sabe, a mãe da Bill é nutricionista e diz que esquentar demais a comida mata todos os nutrientes.

— Você conheceu a mãe dela?

Acho que não consegui esconder bem o quanto isso me deixou irritada. Ele mergulhou uma garfada generosa de espaguete no que restava do leite e enfiou na boca.

— Então. — Mudei de assunto. — O que você faria se De Groot ligasse?

— Não sei.

— Você disse a ele que poderia conseguir o resto do trabalho da sua mãe... — falei. — Estava falando sério?

— Sabe aquele ditado sobre o nosso ego assinar cheques que o nosso corpo não pode pagar? — Ele fez uma pausa. — Quer dizer, eu sempre pensei que o fim da linha seria quando eu descobrisse quem sequestrou Sally e por quê. Eu consegui essas respostas, mas ainda não faço ideia do que realmente aconteceu com ela. Agora, preciso saber de coisas que antes não achava importantes, tipo se ela morreu sozinha e onde seu corpo está enterrado.

— Você acredita mesmo que sua irmã morreu?

— Durante todo esse tempo, eu tive esperanças de que ela estivesse vivendo em um porão em algum lugar ou sendo criada por uma mulher perturbada que queria muito um bebê. Mas agora... — Digby amassou o guardanapo e jogou no lixo.

— A coitada da sua mãe disse que conseguia sentir que Sally ainda está viva — falei. — É tão triste.

— Ela pode sentir o que precisar. Mas fatos são fatos. Sally morreu — disse Digby. — Tudo o que resta agora é descobrir os detalhes...

— E o De Groot? Você vai contar para a polícia?

— Não tem motivo. Mesmo que fosse um caso redondinho, com o dinheiro e a influência que ele tem, as únicas pessoas que acabariam na prisão seriam meus pais e Fisher — respondeu Digby.

— Você não poderia arrumar um advogado para tentar uma mitigação? — perguntei. — Explicar por que eles fizeram o que fizeram... O sequestro...

— Em primeiro lugar, minha mãe roubou material secreto que era propriedade do governo e, pelo menos, parte do que entregou a De Groot era real. Segundo, meus pais não podem usar intenção como defesa. Tem a Lei de Espionagem — retrucou Digby. — Mesmo denunciantes legítimos vão automaticamente para a prisão. Eu preciso saber o que aconteceu com minha irmã, mas não tenho certeza de que saber a verdade vale colocar minha mãe atrás das grades pelo resto da vida.

— Por que você acha que os capangas do De Groot estavam nos seguindo?

— Provavelmente pelo mesmo motivo que Fisher. Ele percebeu que eu estava investigando o assunto. Além disso, não conseguiu o que queria nove anos atrás. E aposto que está torcendo para que o jogo ainda não tenha acabado.

— Mas acabou?

— Bem, agora vamos entrar no *meu* jogo — respondeu ele. — No qual eu descubro uma maneira de pegar De Groot sem que meus pais acabem presos.

Percebi que Digby tinha enfiado a mão na minha cama e estava tateando debaixo do colchão.

— O que você está fazendo? — Abri a gaveta e peguei meu diário. — Você está procurando isso aqui? — Folheei as páginas para mostrar a ele que estavam em branco. — Não tem nada.

— O que é isso? Um diário falso? Será que a aprendiz superou o mestre?

— Não. É meu diário de verdade. Ando ocupada demais para escrever.

— Você anda ocupada demais para documentar seu próprio sonho adolescente se tornando realidade? Por favor. Depois de tanto desejar isso? Nem um resumo feliz no fim do dia? — insistiu ele.

— Como eu disse, ando ocupada. Eu estudo, trabalho, Austin e eu... fazemos coisas. Saímos...

— O que está achando de ser normal? Lembro que você estava toda confusa sobre isso quando chegou a River Heights — disse Digby. — E aí?

— É ótimo.

— O que você faz? Além de fazer mechas... Fala sobre celebridades? Sobre quem ainda é virgem?

— Olha, não finja que eu sou maluca só porque gosto da companhia de outras pessoas — retruquei.

Digby disse:

— É, mas essas são as pessoas falsas que a gente sacaneava antes...

— Isso mesmo. Antes. Quando você estava aqui. Mas você largou tudo. — Tentei não soar amargurada, mas não estava me saindo muito bem.

— Eu não larguei você. Tive que ir embora — disse Digby.

— Não sou que nem o seu pai.

— Sério, não faça isso. Eu não estou tendo um chilique besta por causa do meu pai e descontando em você. Estou chateada por você estar zombando de mim quando não tem o direito de fazer isso — falei. — Você foi embora. Eu segui em frente.

— Certo, tudo bem. Não estou aqui para atacar seu modo de vida nem nada.

— Por que você veio, então? O que você quer? — perguntei. — Você não tem um encontro com a Bill hoje à noite?

— Relaxa. Eu só queria te dar isso...

Ele me entregou o medalhão no qual havia escondido os cartões SD. Tinha colocado nossas fotos de volta.

— Eu nem percebi que você tinha roubado de novo — comentei. Depois de receber o medalhão de volta no domingo, eu tinha escondido na minha caixa de joias, no fundo do armário. — Nada de estranho aqui dentro? Nenhum chip de rastreamento ou um explosivo em miniatura que vai arrancar minha cabeça?

Digby pegou o medalhão de volta. Fiquei surpresa com sua expressão envergonhada.

— Você não precisa usar. Eu só achei que...

Eu peguei de volta.

— Não. Desculpa, eu quero, sim. Obrigada. — Coloquei no pescoço. — Meu Deus. Ficou todo sensível do nada.

— Temos a prova amanhã. Vai dormir cedo? — perguntou ele.

— Sim, estou exausta. Só espero que eu não fique nervosa demais e não consiga pegar no sono. — Quando Digby começou a rir, continuei: — Sabe, não tenho uma bolsa de estudos para jogar futebol ou uma herança multimilionária esperando por mim. Não sou um prodígio que nem o Felix e, ao contrário de você, não tenho uma fábrica genial de lorotas dentro da minha cabeça para resolver minha vida. Esse teste é importante para mim. — Fiquei irritada ao vê-lo olhando para seu telefone. — Sabe, você poderia pelo menos fingir que está arrependido por me ignorar completamente.

Digby ergueu o telefone para que eu pudesse ver a tela.

— São as *minhas* anotações para a prova. Às vezes ainda tropeço na fatoração básica. É bem frustrante. Eu também me importo, Princeton. Eu faço piada com isso só para não acabar me importando demais — comentou ele. — É melhor eu ir embora, então?

Dei de ombros. Sem dúvida, eu precisava descansar. Mas também me perguntei se simplesmente não sabia como pedir para ele ficar.

Ele digitou alguma coisa no telefone e disse:
— Parece que Bill está livre.
Não, não, não. Agora eu queria que ele fosse embora. Ele precisava sair naquele exato momento.
— Tchau, então, até mais.
— Opa, nossa... Calma.
Ele devolveu o prato de espaguete agora vazio e o copo de leite para minha bandeja e abriu a janela.
— Que nem nos velhos tempos, não é, Princeton?
Ele subiu no galho de árvore do lado de fora da minha janela.
— Mas não são os velhos tempos, né?
Desde que ele tinha voltado, nós dois sabíamos que algo estava errado, mas aquele foi o primeiro momento em que ambos estávamos dispostos a admitir isso. E eu queria culpar o responsável.
— Você nunca ligou, Digby. Só sumiu — falei. — E nunca me ligou.
Mas qualquer alívio que senti por finalmente desabafar só durou o tempo que levei para pronunciar aquelas palavras, porque Digby respondeu:
— Você também tem telefone, Zoe. Você também nunca me ligou.
E foi embora.

CAPÍTULO VINTE E TRÊS

"Você também tem telefone", dissera ele.
Essa frase simples me manteve acordada metade da noite. No começo, eu estava com raiva. Que ousadia, pensei. Foi *ele* que de repente tentou mudar o rumo do nosso relacionamento e deveria assumir a responsabilidade por isso. Mas então comecei a me perguntar se eu talvez estivesse sendo passiva daquele jeito horrível que as garotas às vezes são, quando ficam esperando que os outros adivinhem como elas se sentem e façam o que elas querem. Aí vi a hora e comecei a me preocupar se estaria cansada durante a prova, o que, naturalmente, me deixou acordada até ainda mais tarde.

••••

Acordei na manhã seguinte pensando na Mulher-Maravilha.
Durante uma fase de leve fixação por quadrinhos, fui ler Mulher-Maravilha pensando: ah, uma mulher forte, não precisa de homens etc., etc. Ao contrário de Batman, que também era o playboy bilionário Bruce Wayne, ou o Super-Homem, que vivia como o desajeitado Clark Kent em seu tempo livre, a Mulher-Maravilha era Diana Prince: uma oficial da Inteligência do Exército competente e bem-sucedida. A Mulher-Maravilha arrasava tanto em seu emprego de dia quanto em seu projeto paralelo.
E, da mesma maneira, depois de passar os últimos dois dias para cima e para baixo na cidade enganando traficantes e

ajudando Digby a extorquir bilionários idosos, eu agora tinha que ir fazer minhas provas e tirar um notão.

Guardei meus cartões de fichamento, meu caderninho vermelho e minha carteira, chaves e telefone na grande bolsa verde com as drogas. Recusei a carona da minha mãe e peguei o ônibus porque, embora ela tentasse esconder, eu conseguia sentir a ansiedade por mim emanando dela.

Entrei na escola e fui em direção ao ginásio principal, onde aplicariam a prova. Vi Harlan Musgrave, o inspetor que desgostava de mim quase tanto quanto odiava Digby. Tentei não tomar como um mau presságio o fato de que ele seria um dos supervisores de nossos exames.

— Oi, Princeton.

Eu estava tão concentrada que passei direto por ele, que estava parado com Henry no corredor.

— Uau. Olha só essa determinação — disse Digby.

Henry acenou com a cabeça para a bolsa esportiva verde.

— Desculpe por fazer você guardar isso, Zoe.

— Não é estranho você não ter pedido isso para a Sloane? — perguntei.

— É — disse Henry. — As coisas estão complicadas entre a gente agora. Ela está muito chateada.

— Bem, você precisa conversar com ela — falei. Henry pegou a bolsa da minha mão. — Ah, espera.

Abri o zíper e peguei meus pertences de volta.

— Você vai contar pra ela? — perguntou Digby.

— Contar o quê? — questionei.

— O treinador Fogle ligou para a casa do Henry hoje de manhã. Ele pode não ser mais o quarterback no outono — disse Digby. — Austin agora tem uma chance.

— O quê? Ele explicou o motivo? — perguntei.

— Ele só disse que talvez fosse querer fazer algumas mudanças e tentar alguém melhor na ofensiva — disse Henry.

— Henry... Eu sinto muito. Você está bem? — perguntei.

— Sim, estou surpreso com o quanto estou bem, na verdade — respondeu ele. Mas, na prática, ele não parecia bem. Parecia estar naquele piloto automático que as pessoas entram quando não querem piorar a humilhação com uma reação sincera. — Estou bem.

— Austin não te contou? — perguntou Digby.

— Não... Ele não mencionou nada por mensagem ontem à noite — falei. — Talvez ele não saiba?

— Ah, olha só. Ele está vindo. Você pode perguntar — disse Digby.

Acenei para Austin, que se aproximava pelo corredor, mas ele só acenou de volta para mim e virou para o outro lado do nada.

— Ah, ele sabe — completou Digby.

Sloane apareceu bem a tempo de ver isso tudo.

— Que estranho — disse ela, então abraçou Henry e perguntou: — Você está melhor?

— O que foi estranho? — Bill se aproximou e se enfiou bem ao lado de Digby. — Olá, camaradas. — Ela estava usando uma boina marrom que eu achei incrivelmente irritante. — Estou colecionando fotos das pessoas tomando um gole sexy. — Por alguma razão, ela estava falando com um sotaque britânico superfalso. — Tirar selfies relaxa as pessoas.

— Então, na verdade, você está prestando um serviço público — comentei.

— O que é um gole sexy? — perguntou Henry.

Claro que Bill demonstrou. Olhos arregalados, bochechas contraídas, ombros erguidos, lábios franzidos, parecendo muito mais satisfeita do que um frappuccino poderia fazer alguém se sentir. Bill estendeu o telefone para Henry e disse:

— O que você acha, Petropoulos?

Me subiu uma vontade horrível de arrancar a boina da cabeça dela.

— Não é um bom momento, Bill. Talvez mais tarde — disse Henry.
— Vocês estão nervosos? — perguntou Bill. — Mas é só refazer os SATs no outono.

Enquanto se afastava, ela se dirigiu a Digby por cima do ombro:
— Você me busca antes da festa hoje à noite?
— A boina? O sotaque falso? — perguntei depois de um tempo. — O quê?
— Ela só está experimentando — respondeu Digby.
— Isso não te incomoda? — perguntei. — Uma vez, eu disse "transmimento de pensação" e você não parou de me pentelhar. Mas ela anda por aí falando que nem uma Madonna falsa e você não diz nada?

Digby ergueu a sobrancelha para mim.
— Não deixe isso te irritar tanto, Princeton. — Quando Felix apareceu, Digby acrescentou: — Você trouxe as chaves da sala?
— Trouxe.
— Então, Sloane — disse Henry —, Digby, Felix e eu podemos cuidar disso daqui para a...
— Eu vou também — interrompeu Sloane. — Quem mais vai te impedir de conferir cada armário e tirar as coisas só para seus colegas de time não serem pegos? E quero ver você me dizer que não ia fazer isso. — Quando Henry não discutiu, Sloane continuou: — Foi o que eu pensei.

Enquanto isso, eu não quis expressar o que ninguém tinha falado — ou seja, que teoricamente eu não precisava ir com eles. Felix cuidaria do circuito interno de TV, Digby arrombaria o armário de Papa John, e Sloane vigiaria Henry para que ele não desse uma de herói enquanto plantava a bolsa. Fiquei feliz, então, quando Digby me liberou com um:
— A gente se vê depois da prova, Princeton?

Sim, senti uma pontada de culpa ao ver os quatro se afastando com a bolsa. E sim, senti outra pontada de culpa quando me escondi em um laboratório de ciências para poder comer meu donut de cereja e revisar meus cartões de fichamento mais uma vez sem ser arrastada para conversinhas vazias com as pessoas conforme iam chegando. Mas tudo valeu a pena porque, no silêncio, consegui voltar ao meu estado zen de provas.

Eu estava tão relaxada que passei dois minutos inteiros observando o treinador Fogle conversar com alguém antes de perceber que ele estava, na verdade, conversando com Austin. Meu namorado gesticulou, aparentemente descrevendo com as mãos um objeto com cerca de um metro de largura e trinta centímetros de altura. Observei o treinador Fogle se afastar dele e atravessar o campo em direção à entrada dos fundos das salas subterrâneas do departamento de atletismo da nossa escola. Havia algo muito estranho em seu rosto sombrio e seu andar decidido em direção ao prédio.

E foi então que notei o nariz enfaixado e lembrei que Henry dissera que sua irmã tinha enfiado o dedo em uma das narinas do agressor e puxado com força.

Liguei para o celular de Digby, mas recebi a mensagem "o número não está disponível" três vezes, então decidi ir atrás dele. Juntei minhas coisas de qualquer jeito e saí correndo da sala, disparando pelas escadas até as salas e os armários no porão. No caminho, tentei resolver o seguinte problema: em que ponto duas pessoas se encontrariam se estivessem a trezentos metros de distância, se aproximando, uma à velocidade de uma corrida desembestada, a outra em uma caminhada raivosa? Isso me fez perceber duas coisas. Primeiro, eu havia encontrado um raro caso em que esse tipo de questão seria útil na vida real. E, segundo, eu não conseguia calcular a resposta, então provavelmente deveria me preparar para uma nota não tão boa na prova de física do SAT. Então apenas corri.

Desci as escadas e estava perdida no corredor, tentando descobrir para onde ir, quando Digby enfiou a cabeça para fora de uma das salas.

— Princeton? Qual é o problema?

Eu o empurrei de volta para dentro e fechei a porta atrás de nós.

— Entra, rápido. O treinador Fogle está vindo.

— Você correu até aqui só para me dizer isso?

Eu disse:

— Sim, porque...

— Ahhh. Princeton estava preocupada? Eu só teria dito a ele que...

Percebi que ele não ia parar de tirar sarro de mim tão cedo, então apertei seu nariz com força e soltei:

— O treinador Fogle está com o nariz todo ferrado.

— O quê?

— Eu acabei de vê-lo com um curativo enorme no nariz — repeti. — Isso não quer dizer que ele atacou Henry?

— Faria muito sentido. Ele está traficando esteroides para a equipe que está concorrendo no campeonato — comentou Digby.

— Espera. Acho que ele pode saber que os comprimidos estão aqui — falei, ao me dar conta. — Talvez.

— O quê? Como?

— Porque Austin sabe que você me entregou a bolsa lá em casa e hoje eu apareci com uma bolsa de ginástica enorme — respondi. — E eu acabei de ver Austin conversando com o treinador Fogle, aí ele saiu para as salas de atletismo. Austin fez este gesto aqui. — Copiei os movimentos que ele tinha feito mais cedo enquanto conversava com o treinador. — Você não diria que é mais ou menos do tamanho da bolsa?

— Você acha que Austin contou pra ele? — perguntou Digby. — Você acha mesmo que ele faria isso?

É claro que eu não queria pensar dessa forma, e amaldiçoei Digby mentalmente pela dúvida que agora sentia. Até Digby aparecer na sexta-feira passada, eu nunca teria me perguntado algo do tipo. Mas agora era o que estava acontecendo. E eu pensei em como tinha sido estranho quando Austin me evitou mais cedo naquela manhã. E o quanto ele costumava falar sobre querer ser o quarterback... E aí comecei a pensar que talvez ele tivesse contado ao treinador Fogle sobre a bolsa na noite passada para prejudicar Henry. Mas por que ele teria contado ao treinador assim que nos viu com a bolsa na escola?

Ouvi a tosse ofegante do treinador Fogle no corredor. Agarrei Digby, o puxei para o armário de materiais de limpeza e fechei a porta, me apertando contra ele.

— Então você acha mesmo que Austin contou para ele — sussurrou Digby.

— Acho que ele contou ao treinador sobre as drogas ontem à noite para arrumar problemas para Henry, e também acho que agora de manhã ele contou que viu a bolsa aqui porque tem medo de que a gente se livre dela — falei, tentando conter as lágrimas de decepção. — Por que os homens são todos tão babacas?

Digby riu, mas em tom solidário.

— Ah, Princeton. Não chore. Ainda existem caras legais...

Eu não sei o que deu em mim naquele momento, mas, antes que eu me desse conta, agarrei a gola da camisa dele e puxei.

— Ei — sussurrou Digby. — Princeton, espera.

— O quê? — perguntei. — Por quê?

— Primeiro porque, embora ainda não tenha contado para ele, você acabou de terminar com seu primeiro namorado sério, mesmo que só mentalmente. Está cheia de sentimentos conflitantes e acho que deveria cortar o cabelo ou fazer uma tatuagem em vez disso. Segundo... — Meu estômago deu uma cambalhota quando Digby segurou meu queixo, limpou um pouco da geleia que havia pingado do meu donut e lambeu o polegar. — Eu não consigo pensar direito quando você está assim tão perto de mim.

Paramos de sussurrar quando a porta da sala ao lado se abriu e alguém, que imaginamos ser o treinador Fogle, entrou. A pessoa passou um tempo lá até pegar que parecia ser um grande molho de chaves, então foi embora. Digby e eu esperamos alguns segundos antes de sairmos cambaleando do armário.

— Eu sei que a gente deveria se concentrar, mas só queria dizer uma coisa — falei. — O velho Digby teria me beijado.

— Está vendo? E isso prova que ainda existem alguns caras legais no mundo — disse ele.

— A que ponto a minha vida chegou que agora você é um dos caras legais?

Então a porta da sala se abriu.

— Um cara legal que está me roubando — disse o treinador Fogle. — Preciso da minha bolsa de volta.

CAPÍTULO VINTE E QUATRO

— Oooi, treinador Fogle... — Digby começou a enrolação. — Estávamos procurando o banheiro e achei que tivesse um por aqui em algum lugar...

Digby me escondeu atrás dele e começou a nos conduzir em direção à porta.

Quando o treinador deu um salto repentino para sua mesa, a gente saiu correndo. Quando cheguei ao corredor, me virei e o vi pegar uma arma prateada brilhante da gaveta.

Digby e eu disparamos em direção ao enorme vestiário. Sloane e Henry estavam na área especial na parede dos fundos, exclusiva para o time de futebol. Nós encontramos os dois transferindo as drogas da minha bolsa esportiva verde de volta para a bolsa preta onde estavam originalmente.

— Ei, pessoal, ele está vindo e está armado — avisou Digby.

— Quem? — perguntou Henry.

— O treinador Fogle. Henry, o nariz dele está machucado.

Henry praguejou e os meninos se puseram a travar as maçanetas das portas usando bancos. Sloane e eu, enquanto isso, terminamos de guardar tudo na bolsa de ginástica e a enfiamos no armário do Papa John.

— Foi o treinador Fogle? — disse Sloane. — Como você não percebeu que era ele?

— Me pegaram de surpresa. Foi tudo tão rápido. Além disso, por que eu pensaria que era ele? Ele nunca tentou me vender... — E então Henry se lembrou. — Ou talvez seja apenas porque eu nunca fiz nenhum desses tratamentos estranhos que Chris fazia para os outros caras.

Quando os bancos estavam posicionados de maneira a travar as portas, Digby apagou as luzes e nos levou com a lanterna do telefone até a saída de emergência. À medida que nos aproximamos, porém, Henry avisou:

— O treinador sempre tranca essa saída. As pessoas viviam entrando e roubando coisas.

A essa altura, o treinador Fogle tinha começado a esmurrar a porta. De repente, nós ouvimos os bancos arranharem o chão, o treinador empurrando o bloqueio para fora do lugar. A barricada não iria detê-lo por muito tempo.

— Damos um gás? — Henry apontou para a outra porta.
— Você consegue destrancar essa? A porta dos fundos da sala de treino dá para o corredor.

Ouvimos os passos do treinador Fogle entrando no vestiário e as luzes foram acesas. Digby e eu tivemos uma ideia ao mesmo tempo e nós dois apontamos para a parte de cima dos armários do outro lado do vestiário. Digby me ajudou e eu subi em um armário enquanto Sloane fazia o mesmo, com ajuda de Henry. Estendi a mão para ajudar Digby a subir, mas em vez de se esconder com a gente, ele ficou para trás e começou a arrombar a fechadura da porta da sala de treino.

Do outro lado do vestiário, o treinador Fogle começou a vasculhar os closets e armários maiores. Lá do alto, eu conseguia ver que ele tinha se estressado tanto que estava passando mal. Estava encharcado de suor e se movia de maneira errática, passando a palma da mão nos olhos a cada passo. Ao encontrar a bolsa esportiva verde e ver que suas drogas não estavam lá dentro, ficou ainda mais irritado e começou a sacudir a bolsa vazia.

Henry saiu de cima do armário em silêncio, encontrou um taco de hóquei e se posicionou atrás de Digby, pronto para defendê-lo quando o treinador Fogle aparecesse. Foi uma agonia ver Fogle se aproximando de nós, e quando ele cruzou uma linha imaginária no chão do vestiário, decidi que tinha que fazer alguma coisa. Tirei minha calculadora do bolso e a joguei na direção da porta por onde o treinador tinha entrado. Por sorte, ele caiu no truque e correu até lá para investigar.

Finalmente, Digby conseguiu abrir a porta. Sloane e eu deslizamos para o chão o mais silenciosamente possível e entramos na sala de treino.

Pelo visto, uma sala de treino de um time de futebol americano bem-sucedido tem o seguinte: uma longa fila de bicicletas ergométricas, vários conjuntos de pesos livres, mesas de massagem e uma máquina de tortura de fisioterapia. A maior glória daquele templo ao atletismo de ensino médio, no entanto, era a sauna em forma de falsa cabana de madeira que dominava um canto da sala.

Esta é a mesma escola que não tem dinheiro para pagar um bibliotecário em tempo integral.

Digby tentou abrir a porta do corredor, mas também estava trancada. Ele começou a tentar arrombá-la. Como vinha fazendo nos últimos minutos, tentei conseguir sinal para chamar a polícia.

Henry sussurrou:

— Nunca tem sinal aqui embaixo.

Então ouvimos Fogle se aproximando. Não daria tempo para Digby abrir outra fechadura, então, ao ouvirmos a respiração pesada de Fogle se aproximando cada vez mais, nós entramos na sauna, fechamos a porta e ficamos esperando.

Fogle acendeu as luzes e entrou com passos pesados. Então, finalmente, quando estávamos olhando um para o outro, torcendo para que ele tivesse ido embora, seu rosto apareceu na porta de vidro. Nós o ouvimos tirar as chaves, virar a fechadura e quebrar a chave dentro. Ele ergueu a chave quebrada diante do vidro para que pudéssemos ver que estávamos ferrados.

— Treinador Fogle... *Treinador*. — Henry abriu caminho até a frente do grupo. — Treinador Fogle, por favor. O que você está fazendo?

Digby se aproximou do vidro e disse:

— Você entende o que está fazendo? Se nos machucar, sua sentença de prisão vai passar de meses para anos...

— Não vou durar um mês na prisão... — retrucou o treinador Fogle. — Não posso ir para a prisão. Esse time é a minha vida...

Fogle se afastou da porta. Ele ainda estava resmungando e praguejando, e dava para ouvir suas reclamações ininteligíveis enquanto ele preparava sabe-se lá qual insanidade tinha planejado.

— Ele não vai cozinhar a gente aqui dentro, vai? — perguntei.

— Minha sauna leva meia hora para aquecer o suficiente para sequer me fazer suar — disse Sloane. — Nós vamos sair daqui antes disso, não?

Digby já estava tentando arrombar a porta, mas sua gazua não conseguia entrar na fechadura com a chave quebrada pelo lado de fora. Foi aí que ouvimos o som de canos batendo.

Digby pediu a Henry que o ajudasse a tirar o forno da parede da sauna e disse:

— Ele não está tentando cozinhar a gente. Ele desativou o acendedor e ligou o gás. — Digby pegou meu cachecol e o enfiou no cano. Agora eu estava sentindo o cheiro do gás. — Ele vai sufocar a gente.

Henry foi até a porta e bateu no vidro com o taco de hóquei que trouxera consigo. O pequeno buraco que se abriu ajudou um pouco, mas o cheiro de gás já estava se tornando insuportável. Sloane e eu estávamos tossindo muito. Mais perturbadora que minha dificuldade para respirar, porém, era a sensação de distração. Por uma fração de segundo, o motivo pelo qual eu estava com medo escapuliu da minha mente e, quando enfim me lembrei, não me importei muito.

— Deita no chão — mandou Digby antes de me empurrar para baixo e deitar ao meu lado. Ele pegou o celular.

— Não tem sinal — falei.

— Não estou ligando para ninguém.

Ele tirou a bateria do telefone e acho que desmaiei por uns segundos enquanto ele a desmontava.

— Fique acordada, Princeton. — Ele tocou minha bochecha. — Você vai querer ver isso.

— Ver o quê?

— As coisas estão prestes a explodir.

— A gente não vai explodir junto? — perguntei.

— Não se menos de nove por cento do ar aqui for gás... — disse Digby. — Ou disseram seis por cento?

— *Quem* disse?

— Ou será que foi um sonho?

— *O quê?* — perguntei.

Digby colocou a bateria desmontada no espaço entre a porta e o batente, junto da fechadura.

— A maioria das pessoas diria... que uma explosão em uma sala cheia de gás... é uma péssima ideia ... — Ele fez uma pausa por causa de um ataque de tosse. Então tirou um de seus sapatos. — Mas eu diria... — Ele bateu na bateria com o sapato. — Será que as coisas poderiam piorar?

E, finalmente, seja lá o que ele estava tentando fazer com aquela bateria funcionou. Houve um lampejo pequeno, porém de um branco quente e brilhante, bem no batente da porta, deixando a fechadura visivelmente danificada. O gás que tinha entrado na sauna se acendeu e o fogo subiu pela parede e pelo teto. Eu teria gritado se tivesse fôlego para isso.

Digby e Henry chutaram a porta, sem conseguirem se esforçar tanto assim enquanto se protegiam das chamas.

A porta chacoalhou, mas não abriu por completo. Digby e Henry começaram a vacilar. Foi aí que, de repente, a porta se abriu.

Parado diante de nós estava Felix, segurando o haltere que havia usado para arrombar a fechadura.

Saí da sauna em chamas, puxando Sloane comigo. Felix desapareceu na parte de trás da sauna, indo desligar o gás, e então nós cambaleamos de volta para o vestiário e para o corredor.

— Ai, meu Deus, Felix — falei. — A gente teria morrido...
— Gente... Eu matei o treinador Fogle — disse ele.
— O quê? — perguntei. — Como?
— Que bom — comentou Sloane. — Ele acabou de tentar matar a gente.
— Cadê ele? — disse Digby. — Porque se não estiver realmente morto... ele tem uma arma.
— Aquilo era uma arma de verdade? — perguntou Felix.

Ele nos guiou virando o corredor, onde, bem no início da escada, o treinador Fogle estava caído de costas ao lado da arma e da minha bolsa esportiva verde vazia.

— Bem, Felix, você sempre disse que queria ver um cadáver de verdade — falei.

— É, mas eu não imaginei que eu mesmo arranjaria um na base do susto.

— O que aconteceu? — perguntei.

— Então, eu suspendi as câmeras e estava esperando vocês terminarem para poder ligar tudo de novo, mas estavam demorando muito e estão prestes a fechar as portas das salas de prova, então resolvi ver como vocês estavam e, quando virei o corredor, o treinador Fogle estava logo ali. Acho que dei um susto nele e ouvi um estampido alto, que agora sei que era uma arma de verdade e não uma pistola de largada — disse Felix. — Ele agarrou o peito e saiu andando. E então, BUM, simplesmente caiu durinho no chão.

— Mas você conferiu, Felix? — Quando Felix hesitou, Digby completou: — Então, não temos certeza de que ele está mesmo morto.

Felix balançou a cabeça.

Digby chutou a arma para longe e então cutucou o treinador Fogle com o pé.

— Se bem que eu não estou com a menor vontade de fazer boca a boca nesse sujeito.

— Vamos lá, Digby. — Henry passou por nós, abaixou-se e começou a fazer uma massagem cardíaca em Fogle.

Depois de um tempo, Felix tocou o pescoço do treinador.

— Ah, estou sentindo o pulso.

— Certo, já chega, Capitão América. — Digby deu um tapinha no ombro de Henry.

— É melhor subirmos e ligarmos para a emergência — falei.

— Do que você está falando? — Digby puxou o alarme de incêndio e, quando as sirenes começaram, ele comentou: — Esta pode ser a primeira vez que ativo um desses por causa de um incêndio de verdade.

O prédio inteiro e todos que estavam na escola para fazer a prova foram evacuados e ficaram do lado de fora observando o trabalho dos socorristas. A maioria dos alunos estava se divertindo, aliviada por não ter que fazer o exame naquele dia. Ouvi Kyle Mesmer reclamar que sua festa naquela noite não seria tão boa porque as pessoas não estariam mais comemorando o término dos SATs.

A multidão ficou chocada quando o treinador Fogle foi levado para a ambulância e, embora ainda estivesse inconsciente, fiquei aliviada quando vi que ele estava respirando sozinho.

— Digby, o que vamos fazer? — perguntou Henry.

— Bem, a bolsa ainda está no armário do Papa John.

— Como vamos avisar a polícia sobre a bolsa sem ter que explicar como sabemos que ela chegou lá dentro?

— Acho que sei o que fazer. — Digby apontou para Harlan Musgrave, nosso inspetor responsável pela segurança da escola, parado do outro lado do estacionamento. — Vou fazer Musgrave nos ajudar.

— *Musgrave*?

O que eu quis dizer foi: "Você está falando de Musgrave, o cara cuja carreira você destruiu nove anos atrás e que, graças a você, foi demitido da polícia por pisar na bola durante a busca pela sua irmã?"

— Menos de cinco meses atrás, ele quase te agrediu no refeitório. Ele te *odeia*. Vai usar esta oportunidade para colocar *você* na cadeia.

— Ah, vamos lá... Isso é passado — disse Digby. — Vou falar com ele.

— Eu vou também — disse Henry.

— Então eu também — disse Sloane.

— Ninguém mais vem — interrompeu Digby. — Sou o único aqui que não tem nada a perder. Esperem aqui.

— Aham, *tá bom*. Eu vou junto — falei. — Ele sabe que minha mãe está namorando um policial. Não vai mexer comigo.

— Certo. Princeton pode vir comigo.

Musgrave observou enquanto nos aproximávamos e, quando o alcançamos, ele já estava quase perdendo a cabeça.

— Vocês dois fizeram isso para fugir da prova? — perguntou.

— Você quer voltar ao seu antigo emprego?

— Eu deveria dar uma advertência para vocês dois. Estão fedendo a fumaça. Claramente começaram o incêndio — disse Musgrave.

— Viu só? Esse seu instinto é o que me faz pensar que seu potencial está sendo desperdiçado aqui — continuou Digby.

Musgrave nos mandou para determinado lugar e nos disse o que fazer quando chegássemos lá.

— Deixa para lá, Digby, vamos voltar lá para casa e passar essa informação para o namorado da minha mãe — falei. — Ele é um policial de verdade.

— Que informação? — perguntou Musgrave.

— Quer dizer, tenho certeza de que você já sabe disso, mas outro dia reparei que você estava observando o treinador Fogle, então provavelmente deve estar sabendo que ele andava vendendo esteroides para alguns caras do time. — Ao ver a expressão confusa de Musgrave, Digby acrescentou: — Sim, foi o que pensei. Você tem uma personalidade horrenda, mas sua mente é afiada, nada passa batido por você. Ainda mais se estiver acontecendo bem debaixo do seu nariz.

— Hã... É, é isso mesmo... Qual é a sua informação...?

— Nós vimos o treinador colocar algo em um dos armários do vestiário de futebol — disse Digby.

— Você não viu qual?

— É sério isso? Você quer que a gente preencha a papelada por você também? — perguntou Digby. — Procure em todos eles, Musgrave.

⁘⁘

Cerca de meia hora depois, estávamos do lado de fora da escola com o grupo cada vez menor de adolescentes ainda esperando por uma carona quando Musgrave saiu todo prosa pela entrada principal da escola carregando a bolsa esportiva. Cheio de alegria e arrogância, ele fazia piadas com os outros policiais.

— Vocês já tiveram vontade de receber o crédito por algumas dessas coisas? — perguntou Felix. — Quer dizer, a gente nem apareceu no jornal ano passado por tudo que fez.

— Graças a muitos advogados — disse Sloane. — Vai por mim, Felix, se as pessoas descobrissem, não seria o crédito que estaríamos recebendo. Seria a culpa.

Nós ficamos observando enquanto Musgrave entrava em um carro-patrulha à sua espera, carregando seu bilhete dourado de volta à ativa.

— É melhor que ninguém saiba o que a gente fez — disse Digby.

— O treinador Fogle sabe — retrucou Henry. — E Papa John, e Silkstrom...

— Os advogados deles não vão deixar ninguém falar nada — argumentou Digby. — Não vai ajudar no caso admitir todas as coisas que eles fizeram contra a gente.

Percebi que Sloane estava abraçando Henry enquanto ele olhava para a multidão de policiais na entrada da escola.

— Henry, você está bem? — perguntei.

— Bem... — começou ele. — Acho que acabei de mandar meu treinador para a cadeia. Tenho certeza de que o nosso programa de futebol inteiro vai acabar sob investigação... e o time vai acabar suspenso pelo menos pelas duas próximas temporadas porque... — Henry riu de uma maneira quase histérica. — ... as pessoas usaram drogas. Quer dizer, *muitas* drogas.

— Henry, eles usaram drogas. As coisas têm consequências — disse Sloane.

— Mas e todos os caras que não usaram esteroides, mas também não vão poder jogar no ano que vem? Eu consigo pensar em pelo menos três garotos do segundo ano que provavelmente vão deixar de ganhar bolsa na faculdade por causa disso — comentou Henry. — Sabe de uma coisa? A gente devia ter deixado tudo queimar no incêndio. Se tivesse deixado aquele vestiário pegar fogo, não teria esse problema...

— *Como é?*

Nós nos viramos e encontramos o diretor Granger bem atrás de nós.

— Você disse "a gente devia ter deixado tudo queimar"?

— Ah... — Sloane riu. — É só que ele está muito chateado com o ataque cardíaco do treinador Fogle...

— E ele quis dizer "a gente" em um sentido de "todas as pessoas egoístas do time de futebol da River Heights High School", porque fizemos o treinador trabalhar até a morte, e deveríamos queimar este lugar por quase termos perdido nosso doce treinador Fogle — completou Digby.

O diretor Granger não pareceu convencido.

— Ele está chateado. Está falando umas coisas malucas — disse Digby. — Você nunca disse umas besteiras quando estava chateado?

Por sorte, um policial chamou o diretor Granger naquele momento. Pela expressão em seu rosto enquanto se afastava, porém, ficou claro que ele ainda achava que havia algo estranho conosco.

— Olha, eu sei que você está chateado, mas tem que *se acalmar*, Henry — disse Digby.

O carro de Sloane chegou, e ela disse a Henry:

— Venham, vamos para a minha casa.

Mas Henry a dispensou com um gesto e começou a se afastar.

— Não, eu preciso clarear a cabeça. Estou indo para casa. Vejo vocês mais tarde.

Então ele se virou e se afastou numa corridinha.

Sloane nos lançou um olhar quase desamparado e ergueu as mãos como se dissesse: E agora?

— Dê um tempo para ele — disse Digby. — Ele vai ficar bem.

Sloane entrou em seu carro no momento em que a mãe de Felix chegava para buscá-lo. Quando estava prestes a ir embora, ele perguntou:

— Ei, vocês ainda vão na festa hoje à noite, certo? Para comemorar?

— Comemorar o quê? A prova vai ser remarcada e pronto — falei.

— Comemorar *a vida*, Zoe. Estamos *vivos*.

E entrou no carro.

— Eu sei que ele está certo, mas simplesmente não estou nesse espírito — falei. — Você acha que Henry vai ficar bem?

— O treinador Fogle mandou na vida de Henry por três anos. Ele lhe dizia o que comer, quantas horas dormir... É como se Henry tivesse matado o próprio pai hoje.

Um pouco mais adiante no estacionamento, Austin e vários colegas do futebol estavam entrando em seus carros.

— Argh. Acho que eu deveria ir nesta festa. Eu disse pro Austin que iria — falei. — Mas agora estou com vontade de fugir disso.

Digby suspirou.

— Não é bom voltar a lidar com dramas adolescentes normais?

— É horrível — falei. — Eu preciso de uma soneca.

CAPÍTULO VINTE E CINCO

Mais tarde, fui tirada de um sono profundo por algum idiota fuzilando a minha campainha. Enquanto eu saía daquele estágio feliz de não sentir nada, a loucura daquele dia começou a voltar pouco a pouco e, com ela, inúmeras dores físicas. Todo o meu corpo estava doendo e eu simplesmente não conseguia me levantar do sofá.

Mas a campainha ainda estava tocando. Eu me pus de pé, cambaleando, e fui abrir a porta.

— Sloane? O que você está fazendo aqui?

— É isso que você vai usar? — disse Sloane. Ela, é claro, estava muito chique em uma roupa de couro preta justa.

— Meu moletom? O que mais eu deveria usar para tirar uma soneca?

— Ah... Achei que era isso que você ia usar na festa.

— Você achou que eu ia à festa vestida feito uma mendiga? — Olhei para minhas roupas. — Bem... esse foi um vislumbre terrível do que você pensa de mim de verdade.

— Então você *vai* à festa?

— Eu não disse isso — respondi. — Não estou com vontade de ir agora.

— O quê? Mas você tem que ir.

— Tenho que ir?

— Sério? É o seu momento — disse ela, passando por mim e entrando na minha casa.

— Meu momento? — perguntei. — Meu momento de fazer o quê?

— Faça-me o favor. Você está de brincadeira, não é? Dar um fora em Austin na festa de Kyle Mesmer fará de você uma lenda — disse ela. — Vai fazer aquelas chatas da Charlotte e Allie falarem por um tempão.

Esfreguei os olhos.

— Pra mim já deu por hoje. Não aguento mais emoção.

— Ah, vamos, você adora isso — disse Sloane. — Por que mais você continuaria saindo com Digby, o rei do drama, se não gostasse?

— Eu não vou à festa, Sloane. Você não pode me obrigar. Estou exausta. Meu pai vai chegar a qualquer momento para me levar para jantar... — falei. — Além disso, não tenho nada pra vestir.

— Então o problema é esse?

Aí, para meu choque, ela abriu o zíper da calça e começou a retirá-la.

— Meu Deus, você ficou completamente maluca? Vai lá para cima. Cooper vai chegar em casa a qualquer momento.

Dei um passo para o lado e gesticulei para ela subir as escadas.

— Este é o seu momento de transformação — disse ela, e então saiu correndo escada acima.

— Eca... Eu te odeio tanto.

⁘

Quando cheguei no quarto, Sloane já tinha tirado as botas e a calça e estava usando meu sobretudo como roupão.

Eu estava sem palavras.

— Sloane. O quê?

— Coloque isso — ordenou ela. — Só experimente, está bem?

Peguei suas calças. Eram feitas do couro mais macio que eu já tinha tocado.

— O que você está aprontando?

⁘

Cerca de meia hora e cinco brigas com Sloane depois, nos afastamos do espelho e analisamos os resultados.

— Ainda devo estar traumatizada com o incêndio, porque gostei bastante dessa roupa. Principalmente das botas — comentou Sloane. Tendo me dado suas roupas, ela vasculhara meu armário e escolhera para si um casaco de moletom e legging. Para minha tristeza, ela tinha ficado incrível nas minhas roupas. — *Você* está ótima, aliás.

— É, desde que eu passe a noite toda encolhendo a barriga, sem sentar, comer ou beber nada — falei. — Ou respirar.

— Mas olhe só para você. Daria para a gente quicar uma moeda nessa bunda — disse ela. — Como você está se sentindo?

— Hã... apavorada? Tudo está apertado e uns cinco centímetros mais para cima. — Eu não estava brincando. O reflexo em meu espelho era uma quimera eu/não eu que me assustava. — Não posso fazer isso. É estranho demais. — Abri o zíper, mas não consegui passar o cós pelos meus quadris.

— Pare. Você vai estragar a calça — disse ela. — Você precisa da minha ajuda para puxá-las por baixo.

Deitei na cama, mas, em vez de me ajudar com a tirar a calça, ela enfiou uma bota de salto alto no meu pé.

— Estas são as de um zilhão de dólares que você usou naquele outro dia, né? — perguntei. — Meu Deus, elas são...

E então me levantei e vi meu reflexo.

— *Uau.*

— Não quero ouvir uma palavra sobre como você não pode aceitar e é muito caro e blá-blá-blá — disse Sloane. — Você vai dar um fora em Austin esta noite. Ele vai tentar te

colocar para baixo. — Ela fechou a bota. — Você precisa vencer.
— E essas botas vão me ajudar a vencer? — perguntei.
As calças eram tão apertadas que me obrigavam a ficar ereta e alta, o que, com as botas, era bem alta mesmo.
— E você acha que não?
— Porcaria — falei. Porque é claro que ela estava certa.
— Se bem que eu nem tenho certeza de que Austin e eu vamos terminar hoje à noite.
Sloane me mostrou uma foto de Austin em seu celular. Ele estava cercado por várias pessoas — principalmente garotas — atrás de uma mesa cheia de copos vermelhos.
— Eu desliguei meu celular antes de dormir — falei. E, de fato, recebi mil notificações quando o liguei novamente. — Ele foi para a casa de Lexi Ford antes da festa. — Continuei olhando as fotos. Realmente eram muitas. — É quase como se ele quisesse que eu veja.
E foi o que fiz por um tempo, até que Sloane disse:
— Certo, já chega. Não comece a ficar obcecada com os posts dele agora... É tão doentio.
— Foi *você* que me disse para olhar essa porcaria — retruquei. — Além disso, você não está sendo hipócrita? Você costumava fazer sua pequena máfia loira seguir Henry pela cidade.
— Como disse, eu reconheço o comportamento doentio.
— O que houve, afinal? — perguntei. — E não olhe para mim como se não soubesse do que estou falando e eu é que fosse a louca. Você e suas amigas eram uma pequena seita. Para onde Sloane ia, as outras iam atrás. E agora ...
— O quê?
— Bem, quero dizer, você está aqui. Comigo...
— Que seja ...
— Está bem. Mas já tem um milhão de rumores circulando, e se as pessoas nos virem chegando na festa juntas...

— Eu só precisava de um tempo longe delas — explicou Sloane. — Além disso, e daí se as pessoas falarem um pouco de mim?

Aceitei a desculpa esfarrapada dela e fui refazer minha maquiagem.

— Está bem, eu vou contar... Eu estava em um evento durante o Natal. Vi minha mãe com as amigas. Ela diz que são amigas, de qualquer maneira. Mas tudo o que elas fazem é se estressar. Ficam lá sentadas se comparando umas com as outras nas coisas mais sem sentido — disse Sloane. — E foi aí que eu comecei a me dar conta de que minhas amigas me estressam também.

— Bem, então o que você está fazendo aqui? Você e eu estressamos uma à outra. As pessoas são estressantes, é só isso — falei.

— Eu não acho você estressante. Você me irrita — argumentou Sloane. — Mas esse é um sentimento genuíno, pelo menos. Não sei o que sinto quando estou com minhas amigas. Só sei que fico exausta depois de passar tempo com elas.

— Você tem um jeito estranho de insultar as pessoas mesmo quando está dizendo uma coisa legal — falei. — Ou isso é só comigo?

— O que eu falei de insultante?

— Você acabou de dizer que eu irrito você.

— Mas também falei que era um sentimento genuíno. O que é uma coisa boa — disse ela.

— Certo, você vai mesmo me fazer explicar o conceito de um elogio insultante para você?

— Rá, rá. Enfim. Posso usar essas roupas na festa hoje à noite? Sempre quis experimentar me vestir que nem você. Vai ser ótimo finalmente poder comer sem ter que me preocupar se vou me sujar de molho.

— Mais uma vez. Elogio insultante — falei.

Do andar de baixo, ouvi meu pai me chamar:

— Zoe? Cheguei. Como foi a prova? E por que a porta da frente está aberta? — Ele começou a subir as escadas para o meu quarto. — Eu fiz uma reserva...
— Eu disse. Eu tenho que jantar com meu pai hoje à noite — falei. Eu não estava com a menor vontade de fazer isso. Meus olhos se voltaram para a minha janela. — A não ser que a gente...
— Não vou sair pela janela — interrompeu Sloane.
— Bem, então eu não posso ir à festa — falei. — Já remarquei com ele para hoje, e não tem a menor chance de ele me deixar desmarcar de novo.
— Deixa que eu falo com ele — disse ela.
Meu pai fez sua entrada habitual sem bater na porta, viu Sloane no meu quarto e disse:
— Quem é essa? Você não vai cancelar comigo, Zoe.
Sloane estendeu a mão e disse:
— Sloane Bloom. Prazer em conhecê-lo. — Quando meu pai apertou sua mão, ela completou: — Sei que vocês têm planos para o jantar, mas eu queria saber se é possível roubar Zoe hoje. Meu pai vai fazer um evento de campanha.
— Evento de campanha? — perguntou ele.
— Meu pai está concorrendo ao Congresso e queria que Zoe e eu estivéssemos presentes para ajudar a ganhar votos da juventude... Sabe como é — disse Sloane.
— Ah, bem, claro, claro.
— Eu teria convidado o senhor, mas a Zoe não me disse que o senhor estaria na cidade — disse Sloane. — São mil dólares por prato e está esgotado.
— Não, é claro que eu jamais presumiria...
— O senhor não se importa se ela remarcar o jantar?
Claro que ele não se importou. Eu nunca tinha visto meu pai se submeter à vontade de outra pessoa e não consegui acreditar que tínhamos escapado até termos ido embora no carro.

— Sloane. Sério?

Ela tinha me feito sentar no carro com as pernas esticadas para a frente.

— Você não pode dobrar os joelhos nessas calças — dissera ela. — O couro é uma passagem só de ida. Uma vez que cede, acabou.

— Afe.

Digby estava certo. As coisas das quais as pessoas ricas são donas são donas delas também.

CAPÍTULO VINTE E SEIS

O que me traz de volta ao início da minha história. Mais especificamente, dentro do carro caro de Sloane Bloom a caminho da festa do ano usando suas roupas incrivelmente sofisticadas. Apenas nove dias atrás, tudo isso junto teria sido, para mim, a noite triunfante de um sonho adolescente. Mas Digby está de volta à cidade, e nove dias com ele são uma eternidade. Agora estou indo mandar minha vida pelos ares e, como é típico no Planeta Digby, essa é a única atitude que faz sentido.

∺

Chegamos à festa, o motorista de Sloane desce e corre ao redor do carro para abrir a porta pra gente. Na mesma hora, alguns alunos correm para tirar fotos perto da limusine. Um cara vai longe demais, porém, quando abre a porta e tenta entrar. O motorista grita com ele e se afasta para estacionar.

— Eles fazem isso todos os dias. De quantas selfies em uma limusine eles precisam? — diz Sloane. — Boa sorte com Austin. Vou procurar Henry.

— Talvez a gente se veja mais tarde.

Sinto a combinação de nojo e admiração à qual já estou acostumada em meus contatos com a primeira classe de River Heights quando contemplo a fachada da casa do lago de Kyle Mesmer. Uma estrutura menor de pedra ligada a uma construção de vidro que é tão maior e mais alta do que a original que parece comer a antiga casa inteira. Na frente, um pequeno caminho circula uma fonte enorme que é quase uma piscina.

E é junto à minipiscina com a fonte que encontro Allie e Charlotte. Quando me aproximo delas, fica claro que as duas estão chateadas por eu ter passado o dia todo sumida.

— Oi — digo.

Charlotte finge estar chocada. Ela se vira e olha por cima do ombro tipo: "Ela está falando comigo?"

— E aí, você está só dando uma passadinha aqui ou vai ficar um tempo com a gente desta vez?

— Desculpa, meninas, as coisas estão uma loucura — digo. — E, para ser bem sincera, eu nem sabia se vinha até uma hora atrás.

— Austin disse que você falou que ia vir — diz Charlotte.

— Bem... na verdade, Austin e eu...

Eu não tinha ideia de como terminar a frase. Allie se sobressalta e me abraça.

— Ai, meu Deus, Zoe... Vocês dois vão terminar?

— Acho que eu deveria falar com ele antes de dizer...

Eu vejo as duas trocando olhares significativos que fingem esconder, mas na verdade querem que eu veja.

— O que foi? — pergunto.

— Nada. Allie só está sendo irritante — diz Charlotte por entre os dentes.

O olhar que ela e Allie trocam confirma a suspeita que comecei a sentir ontem no almoço: o relacionamento das duas tem todo um lado que não só não me inclui, como envolve falar sobre mim e discutir o que esconder ou não.

— Mas, falando sério... Que botas são essas? — pergunta Allie. — Deixa eu ver a altura do salto.

— Hum... é bem alto. — Eu levanto o pé para mostrar. Ela e Charlotte suspiram quando veem a sola vermelha que é a marca registrada.

Allie me agarra e me vira.

— E você está de brincadeira com essas calças, hein?
— O que foi? — pergunto.
— *My chills are multiplyin'* — cantarola Allie.
— Sloane me emprestou — digo. — E as botas também.
Allie me puxa para me fazer sentar com elas e me oferece seu copo vermelho com alguma bebida com um cheiro tóxico.
— Conte mais.
— Espera, ela está aqui? — diz Charlotte. — Eu não achei que ela viria.
— Quero dizer, Henry não é mais o quarterback, e ela, tipo... — Allie fez uma careta. — A rainha do baile morreu e você herdou as roupas dela. Podemos ficar com as que você não quiser?
— Enfim, vocês viram Austin? — pergunto.
— Lá dentro. Vamos — diz Allie.
Enquanto sigo Allie e Charlotte, começo a pensar que a festa pode não estar à altura de toda a expectativa que foi construída. Não sei bem o que é, exatamente. Talvez Kyle esteja certo. Talvez as pessoas precisassem ter passado pelo estresse de fazer os SATs para poderem se soltar de verdade. O número de convidados não é o problema. Mas ainda assim... algo parece errado. Não consigo dizer o que é, mas assisto a um menino fazer uma cesta de três pontos ao jogar a lata de cerveja na lixeira e penso que talvez o descarte adequado do lixo signifique que não há caos suficiente para que seja uma festona.

Por outro lado, também há a possibilidade de que passar tanto tempo com Digby tenha criado em mim certo gosto pelo caos.

Allie, Charlotte e eu seguimos pela varanda que dá a volta na casa. Do lado de fora, olho pela janela da sala e vejo que as coisas não estão muito melhores lá dentro. Uma fila de garotas no sofá está distraída com seus telefones. Surpreendentemente, elas não estão tirando selfies na festa.

— Eu sei... que festa sem graça — diz Allie. — Tipo, ninguém está animado. A pré-festa de Lexi foi melhor, na verdade.

— Eu não estou preocupado. — Kyle Mesmer está praticamente pulando na tentativa de transmitir a energia que ele sabe que sua festa não tem. — O pessoal do terceiro ano ainda não chegou.

— Desculpe, Kyle. Foi só um comentário — diz Allie.

— Não, não, eu não estou preocupado, sério. Vai ficar mais animada. Não estou preocupado — repete Kyle. — Toda festa é assim até aquele momento. Você sabe... *o momento*. Aconteceu a mesma coisa na última que eu dei. O clima estava morto, mas aí Angela Davison chegou perto demais do aquecedor e colocou fogo no cabelo. Todo mundo enlouqueceu e, depois disso, tudo mudou. — Ele toma um gole de sua bebida e irrompe em uma tosse violenta.

Allie toma um gole cauteloso do copo dele e seu olho direito se fecha involuntariamente de dor.

— O que é isso?

— Foi Justin quem fez — diz Kyle. — Acho que ele chamou de "Murder Suicide".

Pego seu copo e cheiro.

— Meu Deus. Está fazendo meus olhos lacrimejarem — digo.

Allie pega o copo.

— Mas não é para colocar nos olhos.

Ela toma um grande gole quando alguém mais longe se inclina sobre o parapeito da varanda e vomita em algumas pessoas abaixo.

— Ah... ver alguém vomitar em alguém. Esse é o número três. — Eu fico tensa ao ouvir a voz de Bill. Ela chega por trás de nós e me entrega um cartão no qual o número três diz literalmente: "Alguém vomita em alguém."

— O que é isto? — pergunto.

Kyle percebe e fica animado.
— Que incrível. Um bingo de festa.
Li os números treze e dezesseis em voz alta:
— "Engane alguém dizendo que seu crush gosta da pessoa também"? "Estrague o cabelo de alguém de uma maneira que só um cabeleireiro poderia consertar"?
Bill revira os olhos com a minha indignação.
— Nossa, Zoe, relaxa. É só uma piada.
— Seu senso de humor é meio tóxico — digo.
— Aham, querida — diz Bill.
Charlotte diz:
— Você só está com raiva porque provavelmente vai ser o número cinco hoje à noite.
Todos nós olhamos para baixo e lemos: "Encontre um casal popular terminando o namoro."
— Você e Austin vão terminar? — pergunta Bill.
— Ela nem contou a ele ainda — diz Allie.
— *Allie* — reclamo.
— Ah, estou tão bêbada, pessoal, eu nem sabia o que estava dizendo.
— É melhor eu levá-la ao banheiro antes que seu próprio bafo a faça vomitar de novo — diz Charlotte. Elas saem.
Kyle vê a hora em seu telefone e diz:
— Opa. Com licença, senhoritas. Tenho uma coisa para fazer. — Ele levanta o copo e diz: — Ao momento.
Ele engole sua bebida e então me deixa sozinha com Bill.
— Zoe, eu sinto muito — diz ela. — Você está chateada?
Não tenho a menor vontade de conversar com ela sobre isso. Felizmente, uma comoção chama a atenção de todos para o jardim da frente. Nós saímos correndo ao ouvirmos sirenes e gritos ininteligíveis. Tenho um vislumbre de Austin e seus amigos correndo pelo quintal da lateral da casa.
É aí que as luzes de repente se apagam. Há gritinhos de surpresa, risadas nervosas e algumas pessoas começam a

uivar. Abro caminho até a frente da varanda, onde vejo a origem da confusão: dois policiais carregando um holofote portátil. Eles empunham armas e estão gritando. Um deles ordena:

— Todo mundo para dentro. Entrem na casa. Tranquem as portas. Agora, vai, vai.

Em vez de obedecer, a multidão ergue os telefones para filmar.

Kyle grita:

— Como podemos ajudar, policiais?

A luz do holofote do policial varre as árvores no limiar da propriedade. No terceiro arco que a luz descreve, vislumbramos algo de um laranja artificial.

— Opa. Volte — diz o Primeiro Policial.

O feixe de luz volta e encontra dois caras em trajes cor de laranja a cerca de cem metros de nós. Eles param e, no segundo em que ficam imóveis, percebemos que estão, na verdade, vestidos com macacões da prisão.

— *Parados* — diz o Primeiro Policial.

Mas eles não obedecem. A última coisa que vemos antes de o Segundo Policial apagar o holofote são os dois fugitivos correndo na nossa direção. A multidão no pátio grita e se dispersa. As pessoas da varanda entram em pânico quando o fluxo correndo para dentro da casa é interrompido por alguém fechando a porta.

Meus olhos se ajustam ao escuro e vejo a figura de macacão laranja correndo na minha direção. Antes que eu me dê conta do que estou fazendo, pego uma garrafa de cerveja largada e jogo nele. A garrafa se quebra ao atingir a cabeça do presidiário, que começa a praguejar de dor.

Kyle grita mais alto que o caos generalizado.

— Ei, pessoal, é só uma *brincadeira*. Parem de jogar coisas, é uma brincadeira.

As luzes se acendem. Kyle e os policiais vão acudir o cara que eu acertei. Sua testa está cortada e sangrando.
— Ahhh... é Paul Mason — diz Bill.
— Quem? — pergunto.
— O presidiário em quem você jogou a garrafa — diz Bill.
— Ele se formou no ano passado.

As pessoas olham de onde a garrafa veio e me encontram. Segue-se um silêncio constrangedor. De repente, no meio da rodinha de amigos preocupados, Paul Mason se levanta e grita:
— Caramba! Isso foi incrível.

As pessoas começam a comemorar. Em pouco tempo, todos entoam:
— Mason! Mason! Mason!

Bill se vira para mim e diz:
— Pelo visto, você não pode sofrer danos cerebrais quando não tem cérebro... — E se junta ao coro de *Mason Mason Mason*.

Tenho uma vaga lembrança de algum programa de TV sobre uma vítima de assassinato que morreu devido a um ferimento na cabeça após ter sido atingida muitas horas antes. Eu me pergunto se devo me preocupar. Mas fico mais esperançoso quando a multidão pega Mason e o carrega no alto. Acho que há uma boa chance de ele machucar a cabeça pelo menos mais uma vez esta noite.

CAPÍTULO VINTE E SETE

— Essa é minha garota! Essa é minha garota!

Austin vem dançando até mim. Não posso deixar de reparar em como ele é incrivelmente bonito. Tudo o que ele está vestindo hoje é um paletó preto com cauda que provavelmente pegou em um dos closets da casa. Ele está sem camisa por baixo e cada hora que passou na academia está esculpida em seu abdômen de tanquinho. Eu deixo que ele mordisque meu pescoço por um segundo porque não quero fazer um escândalo.

— Vamos para algum lugar, está bem? — Mantenho meu tom leve e até encontro os músculos certos para sorrir. Mas logo percebo que ele não está em condições de notar variações sutis em meu humor. — Espera. Você está bêbado? Já?

— Não. Só um pouco alegre... — diz Austin. — Alegre por você estar aqui agora. *Finalmente*.

— Ah... que ótimo, Austin. Também estou feliz em ver você.

Estou exausta demais para fingir emoção genuína em minhas palavras, mas ele está empolgado demais para perceber.

— Ei, Shaeffer! E aí, parceiro. — Kyle Mesmer cumprimenta Austin. — Oi de novo, Zoe.

— E aí, Mesmer? — diz Austin.

— Ei, fiquei sabendo que o treinador está no hospital — comenta Kyle. — O que vai acontecer?

— Ouvi dizer que ele vai ficar bem — responde Austin.

E depois ele vai para a cadeia, penso.

E então surge um cortejo de pessoas que ficaram sabendo de algo incrível que Austin fez mais cedo envolvendo um barril e um Frisbee e que agora querem parabenizá-lo. Depois de alguns minutos, meu rosto dói de tanto sorrir por obrigação. A certa altura, sinto que minhas bochechas vão ficar com câimbra, porque embora eu já esteja sorrindo e conversando com um dos colegas de time de Austin, outro grupinho chega e abro um sorriso ainda mais largo para tranquilizá-los de que sim, estou muito animada por vê-los também. Essa, aliás, é uma das primeiras lições que aprendi quando Austin e eu começamos a namorar: é essencial expressar muita felicidade ao encontrar as pessoas. Na verdade, é importante manter um nível mínimo de empolgação o tempo todo ou elas dizem que tem "alguma coisa errada" comigo. Se eu não conseguir igualar o nível de entusiasmo delas, sou chamada de "chata" ou, pior, "alternativa" ou, pior ainda, "emo". Sem dúvida, ficar sentada assistindo *Twin Peaks* em silêncio como fiz tantas vezes com Digby seria impensável com essa multidão.

Aí, depois de um tempo, percebo que, já que estou prestes a terminar com Austin, não preciso mais me importar se essas pessoas acham que não sou alegre o suficiente. Deixo meu sorriso sumir. Enquanto Austin e Kyle continuam a conversar, olho em volta e percebo que a multidão está com muito mais energia. O clima está... diferente.

— Esta festa de repente ficou bem mais animada — comento.

Austin diz:

— É, cara. A festa está bem louca.

Kyle aponta para mim e grita:

— O que foi que eu disse? O que foi que eu disse? *O momento*.

Há um estrondo alto dentro da casa e o rosto de Kyle congela antes de ele puxar um novo coro de "Arrebenta! Arrebenta!"

A multidão não está abrindo caminho, então Austin me ergue do chão e me carrega em seus braços, o que faz as pessoas saírem da frente até conseguirmos escapulir da varanda.

Quando chegamos a um espaço aberto, eu digo:

— Tudo bem, eu posso andar agora.

— Não tem problema, princesa, não quero que seus lindos sapatos fiquem sujos de lama — diz Austin. — A propósito, quero que você continue com eles mais tarde.

Eu me ponho de pé e atravessamos o gramado em direção à casa da piscina. Penso na promessa que Sloane me obrigou a fazer sobre dizer o que achei da roupa e redijo mentalmente as palavras do início do meu relatório para ela: conheça seu terreno. Uma caminhada poderosa no chão do meu banheiro não se traduz em uma caminhada poderosa pelo gramado lamacento de Kyle Mesmer.

Assim que entramos, Austin agarra minha cintura, me puxa para mais perto e aperta seus lábios contra os meus.

Eu digo:

— Para, para, para, Austin. Eu tenho que...

Mas ele não sai de cima de mim, então dou uma joelhada de leve na virilha dele e finjo que foi um acidente.

Depois de alguns gemidos de dor, Austin diz:

— Meu Deus, o que foi? Isso doeu.

— Você contou ao treinador Fogle sobre a bolsa? — pergunto.

Tenho que reconhecer o talento de Austin. Seu rosto mal se mexe antes de dizer:

— Do que você está falando, gata?

— Estou falando do fato de que você quase fez a gente morrer só porque quer a posição de Henry no time — digo.

— Isso é ridículo — diz ele. — Isso foi ideia de Digby? É ele que está te deixando toda paranoica e louca?
— Isso não tem nada a ver com Digby.
— Você está de brincadeira? Aquele garoto está tentando separar a gente desde que voltou para a cidade — argumenta Austin.

É verdade, claro, e admitir isso para mim mesma provoca um momento de fraqueza quando Austin se inclina em minha direção, com seus lindos dentes brancos e os cabelos macios e soltos. Ele me puxa pela cintura. Quando não reajo imediatamente, porém, seu sorriso desaparece e ele me solta.

— Na verdade, eu não terminei essa conversa — falo. — Você disse ou não disse ao treinador que estávamos com a bolsa na escola? Porque eu vi você falando com ele hoje.

— Eu realmente não sei do que você está falando — diz Austin. — Certo, olha, tudo o que aconteceu foi... O treinador falou comigo sobre talvez assumir a posição de quarterback na próxima temporada. Foi só isso que ele me disse.

— Eu não acredito em você. Eu não *confio* em você. — Quero dar um tapa e arrancar o sorriso convencido de seu rosto. — O que estamos fazendo juntos?

— Essa é uma ótima pergunta — diz Austin. — E eu tenho tentado perguntar isso pra você a semana toda. Tentei na quinta-feira à tarde, mas você e Digby me fizeram ir ao supermercado usando as roupas do Digby por algum motivo. Aliás, ainda não sei por que aqueles caras estavam seguindo vocês, o que, se você fosse minha namorada de verdade, é algo estranho de esconder.

E então me dou conta.

— Você está insinuando que está tentando terminar *comigo*?

Nesse momento, a porta da casa da piscina se abre e Charlotte e Allie entram.

— Desculpa — diz Allie. — Ah. Espera. Você está terminando com ela agora?
Austin e eu dizemos "sim" ao mesmo tempo.
— Espera aí. Você acabou de dizer "terminando com ela"? — repito. — Você sabia?
Charlotte diz:
— Certo, Allie. É com você.
E deixa nós três. Felizmente, tudo logo se encaixa, então, mesmo antes de Allie atravessar a sala para ficar ao lado de Austin, eu já sei o que eles vão dizer.
Allie tem a audácia de parecer triste quando segura a mão de Austin.
— Zoe, nós...
— Não importa — interrompo.
Estou surpresa e satisfeita com quão pouco chateada fico ao ir embora.

++++

Volto para a festa e encontro Charlotte de cara amarrada na cozinha.
— Você sabia? — pergunto.
— Ei. Não venha gritar comigo — diz Charlotte. — Eu disse pra ela que não era legal. Mas talvez nada disso tivesse acontecido se você não estivesse tão ocupada tendo suas pequenas aventuras com Digby.
— Você está botando a culpa em mim? Além disso, Digby só voltou há uma semana. Há quanto tempo Allie e Austin estão juntos?
— Ah, ela não foi legal, mas também não é uma cobra. Eles não estavam "juntos" juntos... mas agora vão estar — diz Charlotte. — Mas enfim. O que você esperava? Vocês estavam namorando há quase quatro meses e não é como se ele estivesse conseguindo alguma coisa com você.
— Como é que é?

— Só estou dizendo... — insiste Charlotte. — Você provavelmente não devia esperar muito de Austin.

— Bem, agora eu não espero *nada* dele — eu digo. — Espero que ele e Allie sejam felizes juntos. Eles são um casal perfeito mesmo.

Vou para o bar na cozinha e, com as mãos trêmulas, pego um refrigerante. Tudo o que quero fazer é ir para casa e me encolher na cama de novo.

Bill se aproxima, fumando com muita pose, e diz:

— Então, pela sua cara, acho que você descobriu sobre Allie e Austin?

— Você sabia? — pergunto.

— Sabia — diz Bill.

— Então todo mundo sabe?

— Não, não... desculpa. Eu não quis dizer isso — responde ela. — Eu vi os dois conversando mais cedo hoje à noite e imaginei que...

Eu me pergunto onde está Digby, mas, dado o assunto da conversa que quero ter com ele, acho que não seria legal da minha parte perguntar sobre o paradeiro dele para Bill.

— A questão é, namoro no ensino médio é mesmo uma dança das cadeiras — continua ela. — Quem levanta quer sentar em algum lugar. Ah, se você vir Digby, diga a ele que encontrei um cara que vende *E*. Consegui um para ele.

— E? Tipo... êxtase? — pergunto.

— Sim, dançar um pouco de trance, umas músicas boas — diz ela. — Quero fazer uma onda tipo anos 1990 nesta primavera.

— É seguro para ele tomar isso com seus outros remédios? — pergunto.

— Você está brincando? Na verdade, eu estava pensando que ele não deve nem sentir, já que as coisas que toma são tão fortes.

Nada do que ela acabou de dizer parece minimamente razoável.

— Mas enfim, sinto que ele passou a noite toda me evitando — diz ela. — Você não sabe o motivo *disso*, sabe?

Eu tento parecer inocente. Acho que não dá muito certo, porém, porque antes de sair, ela diz:

— Bem... não perca a classe.

E deixa cair seu cigarro dentro do meu refrigerante.

Jogo o copo fora, vou para os fundos da casa e encontro Felix no meio da multidão de jogadoras de futebol do time que ele administra. Está montando uma pirâmide de copos de shot com o copo do topo de cabeça para baixo, então habilmente derrama tequila por cima da base do copo emborcado para que todos os copos abaixo se encham ao mesmo tempo.

— Uau, Felix, como você consegue fazer isso? — pergunta uma das jogadoras de futebol.

— É bem fácil, na verdade, só é preciso criar um fluxo laminar... — começa Felix. Mas ele sente que seu público não está interessado na explicação e, em vez disso, grita: — Tequila!

E todas bebem suas doses e jogam os copos na lareira do outro lado da sala. Felix então pega uma caixa marrom de copos novos que começa a empilhar em outra pirâmide.

Eu me aproximo e digo:

— Hã, oi... Posso falar com o Felix um segundo?

Várias soltam gemidos desapontados quando Felix se levanta.

— Ei, você está bem? — pergunto.

Felix diz:

— Sim, finalmente encontrei algo que elas gostam de fazer mais do que me atormentar.

— Então você vai acabar em coma alcoólico só para elas pararem de te atacar? — pergunto.

— Não. Eu deixo tudo escorrer pelo queixo. Minha camisa já deve estar inflamável a esta altura — diz Felix. — Sente só.
— Tudo bem. Dá pra imaginar — respondo. — Olha, se alguma coisa der errado, vem me procurar, está bem?
— Sim, claro... Mas o que poderia dar errado? É só uma festa.
O time de futebol comemora quando ele volta, e eu me sirvo de outro refrigerante antes de sair de novo em minha busca por Digby.

CAPÍTULO VINTE E OITO

No segundo andar, encontro um corredor ladeado por uma série de portas terminando em uma que é maior e muito mais grandiosa do que as outras. O ambiente aqui está mais silencioso e há alguns casais encostados nas paredes, conversando e se pegando. Não consigo deixar de ser a chata: tiro um cigarro da mão de um cara que está tão entretido se agarrando com uma garota que ele nem percebe que está prestes a botar fogo no cabelo dela. Jogo o cigarro aceso no meu refrigerante. Outra bebida vai pelo ralo.

Os quartos estão cheios, mas Digby não está em nenhum deles. Em um dos quartos de hóspedes mais lotados, encontro Henry sentado em uma poltrona, um pouco perto demais de uma garota do primeiro ano. Eu a reconheço do comitê do anuário. Daisy? Pansy?

— Eeeeei... É a minha amiga Zoe! *Zoe!* Vem conversar com a gente — diz Henry.

— Achei que você não bebesse.

Aponto para o copo vermelho em sua mão.

— Em geral, eu não bebo, mas hoje sim. Porque *hoje* vamos nos divertir. — Henry tenta tomar outro gole do copo, mas eu tomo o copo dele antes. — O quê? Sua chata!

A garota me vaia e Henry completa:

— Maisie também está achando você uma chata.

A garota toma o copo de mim e o devolve para Henry.

— Então tá, Maisie, se você acha que está pronta para enfrentar Sloane Bloom, então fique à vontade — digo. Pego meu celular e digito de uma maneira bem óbvia. — Ela vai ficar feliz em saber que você está guardando o lugar para ela.

— Sloane! Maisie estava me perguntando sobre a Sloane, na verdade — diz Henry. — Eu não a vi ainda. Ela já chegou na festa?

— Ah, sim. Ela me deu carona até aqui. — Para Maisie, eu digo: — É melhor você ir encontrar suas amigas agora.

Mesmo a contragosto, Maisie se levanta e diz com ar zombeteiro:

— Gostei das botas. São suas mesmo?

— Não, na verdade, são da Sloane. — Eu aponto para a porta. — E você pode falar o quanto gostou das botas direto para ela, porque ela está chegando, olha.

Maisie se afasta a passos rápidos antes de perceber que estou brincando. Ela vai embora mesmo assim, me xingando.

— Ah, não, meninas... por que minhas duas adoráveis damas estão brigando? — pergunta Henry. — Por que você fez Maisie ir embora?

— Sério? Essa aí? — digo. — Não posso acreditar que estou dizendo isso, mas ela está muito abaixo da Sloane.

— O quê? Não aconteceu nada — retruca Henry. — A gente só estava conversando.

— Duvido que não fosse nada para *Maisie*. — Quando Henry revira os olhos para mim, completo: — Eu só não quero que você faça nada de que vá se arrepender depois.

— Onde estava você quando eu estava destruindo a escola mais cedo?

Depois que confiro para ter certeza de que ninguém por perto está prestando atenção na gente, abaixo a voz e digo:

— Henry, você precisa parar de falar esse tipo de coisa, está bem? Alguém vai ouvir você e se acha que sua vida está ruim agora...

— Ah, vai ficar pior? Pior do que sem jogar futebol? — interrompe ele. — Você não entende, Zoe. *Futebol*. Eu estava com tudo resolvido.

Henry toma um longo gole. Tiro o copo das mãos dele.

— Você já bebeu o suficiente, Henry...

— Eu ia estudar na Florida State, ia ficar com a vaga de quarterback, jogar pelo menos três mil jardas...

— Você ainda pode estudar lá.

— O quê?

— Só porque você não está mais jogando futebol, isso não significa que você não pode ir estudar na Flórida — digo.

— O quê? Não, você não entendeu. A questão não é a Flórida. Não gosto da umidade.

— Então vá para outro lugar...

— Não, esse é o problema. Não tem *nenhum* outro lugar. Eu precisava do futebol para conseguir pagar a faculdade. O que vou fazer agora? O que vou dizer para a minha família? — diz ele. — Quer dizer, como você contaria a seus pais se não conseguisse passar para a faculdade onde eles queriam que você estudasse?

Imagens de um envelope fino e do rosto zangado de meu pai passam diante dos meus olhos.

— Agora imagine contar para eles que você não passou para universidade nenhuma e que *não* vai fazer faculdade — pede Henry.

É um pensamento sombrio. Eu devolvo o copo vermelho pra ele.

— Mas vá com calma, porque agora vou mesmo contar para Sloane que você está aqui em cima.

Eu mando uma mensagem para ela no meu celular.

— Você já não fez isso antes? — pergunta ele.

— Não. Mais cedo eu fiz um post sobre essas botas — respondo. — Se eu deixar você sozinho, posso confiar que não vai arrumar problemas até Sloane chegar?

— Onde você está indo?
— Preciso encontrar Digby. Vejo você mais tarde...
Henry agarra meu braço.
— Ei. Me faz um favor?
— Claro.
— Não o magoe — pede Henry.
— Quem? Digby? Como eu poderia...
— Você poderia. Então, por favor, não faça isso. Você está com Austin agora. Fique na sua — diz Henry.
Quero protestar, mas Sloane entra no quarto neste momento. Quando passo, ela pergunta:
— Ele está bem?
— Não — digo. — Nada bem.
Eu me afasto e os deixo conversarem. Chego à última porta no final do corredor e a encontro trancada. Eu viro e puxo a maçaneta e, finalmente, bato.
— Hã... Digby não está aí dentro, está? — pergunto.
Eu me sinto uma idiota e, naquele momento, decido que deveria ir para casa antes de ser ainda mais humilhada nessa festa. Mas então a porta trancada se abre e eu sou puxada para dentro do quarto.
— Você veio, Princeton — diz Digby.
— Por que você está escondido aqui? — pergunto.
— Está com fome? — Digby aponta para uma mesa onde preparou um minibufê de batatas chips, guacamole, salsa e um prato de sushi. — Falei com o serviço do bufê quando eles estavam montando tudo.
— Você se importa se eu...?
Eu aponto para a cama. O alívio que sinto ao me sentar é imediatamente substituído pela preocupação em não afrouxar os joelhos da calça de couro. Eu me deito, desabotoo a braguilha e respiro fundo pela primeira vez em horas.
— Caramba, Princeton, seu jogo de sedução é interessante — diz ele.

— Desculpa, estas calças são da Sloane e tem muitas regras a seguir quando você usa couro — explico.
— Cadê o Austin?
— Como é que eu vou saber?
— Ihhh. Temos um número cinco? — diz Digby, se sentando ao meu lado.
— O quê?
Então vejo que ele está com um dos odiosos cartões de bingo de festa da Bill.
— Ela é a pior pessoa do mundo — digo. — Não, espera. Eu retiro o que disse. Austin é a pior pessoa do mundo. E, aliás, eu menti naquele dia quando disse que era uma superstição. Austin confunde, sim, a esquerda e a direita quando está nervoso, por isso marca as mãos com canetinha.
— Então você terminou com ele hoje? — diz Digby. Quando assinto, ele continua: — Devo dizer que sinto muito?
— *Eu* não sinto — respondo. — Ele não admitiu, mas com certeza contou ao treinador sobre as drogas. Mas o principal motivo pela qual estou tão irritada é que ele e Allie estão saindo. Segundo eles, nada aconteceu antes de terminarmos, mas você sabe...
— Uau. Você está completamente envolvida no drama esta noite.
Aponto para o enorme estoque de comida no quarto.
— Por que você está sentado sozinho em um quarto trancado? Parece que você tem seu próprio drama também — comento. — Sabe, Bill acha que você está evitando ela. — Quando Digby revira os olhos, eu continuo: — O que foi? O falso sotaque britânico finalmente começou a te irritar?
— Fui ao banheiro na casa dela e, quando voltei, alguns dos remédios que estavam na minha jaqueta tinham sumido — diz ele. — Os divertidos.
— Hum, vou adivinhar... Ela te ajudou a procurar por um tempo e aí finalmente encontrou os remédios em um lugar

que você *tem absoluta certeza* de que não estavam. — Quando ele assente, eu completo: — Ah, conheço bem esse truque. Foi assim que ela pegou seu telefone no meu celular e começou a te mandar mensagens pelas minhas costas no outono passado. Ah, aliás, ela disse que arrumou um comprimido de *E* que quer tomar com você.

— Ela é muito cansativa. Tipo, ela, junto com tudo o mais que está acontecendo, é... — diz Digby. — Não aguento mais.

— Tem sido mesmo uma loucura desde que você voltou.

— Ei, Princeton, você acha que eu sou machista por ter partido do princípio de que era meu pai quem fazia o trabalho importante?

Ele parece arrasado com a ideia.

— Digby, sua mãe trabalhava em um projeto ultrassecreto e mentia para você dizendo que era uma simples assistente administrativa. Você acha que deveria ter investigado as motivações dela quando era uma criança de sete anos?

Eu me aproximo e dou um tapinha em seu braço.

Ele aperta minha mão para me agradecer por confortá-lo, mas depois de alguns segundos percebo que continuamos de mãos dadas. Ele faz menção de se afastar, por isso aperto sua mão um pouquinho para que ele saiba que não quero parar. Digby se inclina um pouco na minha direção, mas ainda mantém distância suficiente para não ficar óbvio demais.

— Espera. Eu preciso te perguntar uma coisa — digo. — Por que você não me ligou enquanto estava fora?

Digby inclina a cabeça para trás e suspira.

— É sério?

— É — digo. — Isso está me incomodando há meses.

— Tudo bem. Você quer mesmo saber por que não liguei?

— Assinto, e Digby continua: — Eu não liguei porque na rodoviária você não me beijou de volta, e eu achei que tinha me enganado e... Fiquei com vergonha. Aí Henry me conta que você está namorando com Austin... O que você pensaria?

— Certo — digo. Percebo que ele parece nervoso. — Eu aceito essa resposta. Mas para ser sincera, você foi embora do nada. Eu não teria conseguido te beijar de volta mesmo se eu quisesse.

— E você queria? — pergunta Digby. — Você queria me beijar de volta?

Eu o puxo para mais perto e assinto.

A emoção de cada regra que quebramos juntos, cada arrepio que já senti quando ele atravessou minhas barreiras e expôs meu verdadeiro eu, tudo de bom e verdadeiro em ser amiga de Digby... Sinto tudo isso quando ele afunda o rosto no meu cabelo e respira fundo, quando me viro e encontro seus lábios, quando a gente se beija. Os primeiros segundos são intensos. Sua barba áspera contra minha bochecha faz com que seus lábios macios sejam uma surpresa ainda maior.

Estou tirando sua jaqueta quando Digby de repente congela. Sua expressão é de preocupação.

— O que foi? — pergunto.

— Bill — diz Digby, beijando minha bochecha.

— O que é que tem ela? — pergunto, beijando-o de volta.

— Teoricamente, Bill e eu estamos saindo, então... eu não deveria... com você... até falar com ela — explica ele. — Droga, Princeton. Eu sinto muito.

— O quê? Em primeiro lugar, não precisa agir como se estivesse com pena de mim porque não posso ficar com você — digo.

— Eu não estava...

— E, em segundo, você e Bill já estavam namorando sério? Vocês tiveram tipo um encontro.

— Foram quatro...

— Quando você teve tempo para isso? — pergunto.

Digby se levanta, entra no banheiro e joga água no rosto.

— Certo. Vamos cuidar disso. — Ele se enxuga. — Vamos falar com ela.

Eu penso em quando ela me disse para não perder a classe.
— Eu não vou com você. Tenho certeza de que ela acabou de me mandar ficar longe de você lá embaixo — digo. — Você pode fazer isso sozinho.
— E se ela começar a chorar? — pergunta Digby.
— Não acredito — digo. — E daí se ela chorar?
— Eu não posso fazer uma garota chorar.
— Sabe mais cedo, quando você estava preocupado se era machista? Bem, *agora* você está sendo — retruco. Mas ele parece tão preocupado que desisto. — Tudo bem. Vamos lá.
— Obrigado, Princeton.

⁙

— Lembra hoje à tarde, quando você perguntou se não era bom voltar a lidar com dramas adolescentes normais? — pergunto. — Bem, não é. Nem um pouco. Prefiro lidar com assassinos e incendiários. Sem pensar duas vezes.
Voltamos para a festa e vamos para a cozinha, de onde ouvimos vaias na sala de estar. Digby se vira para mim e diz:
— Parece que a festa ficou mais interessante.
Todas as cabeças estão voltadas para Musgrave, parado no canto. Digby chama a atenção dele, que aponta primeiro para ele e depois para mim, deixando claro que veio aqui atrás de nós dois. Digby gesticula para o inspetor sair da casa para conversarmos lá fora. Musgrave abre caminho pela multidão até a porta, nós saímos pela janela para a varanda e depois seguimos para o gramado na lateral da casa.
— O que você acha que ele quer? — pergunto.
— Sei lá — diz Digby com um dar de ombros. — Mas, se conheço Musgrave, ele está aqui porque conseguiu estragar o pouco que tinha que fazer hoje.
Quando Musgrave finalmente chega até nós, Digby cumprimenta:
— E aí, Harlan. Qual é?

— Qual é? *Qual é?* Você me enganou, é isso que é — diz Musgrave e então, para minha surpresa, aponta para mim.
— Oi? Hã... e como eu fiz isso? — pergunto.
— Hã... deixando aquele seu caderninho vermelho na bolsa que você me fez entregar como prova.
— Caderninho? Princeton? — questiona Digby.

Mentalmente volto pelo meu dia e encontro a lembrança de quando coloquei o caderno vermelho na bolsa, mas então, quando tento evocar a imagem de tirá-lo de volta junto dos meus outros pertences para fazer a prova mais cedo naquela manhã na escola... nada.

— Droga — digo. — Eu estava tão estressada que nem me lembrei que tinha trazido.

Digby pergunta a Musgrave:
— Certo... Você tirou o caderno da bolsa?
— Se eu tirei da bolsa? Se eu tirei da bolsa? Se *eu* tirei? — As veias do pescoço de Musgrave estão latejando. — Não. Eu *não* mexi nas evidências policiais. E, a propósito, pensei que você tinha me dito que viu Fogle guardar a bolsa no armário. Isso significa que foram vocês que plantaram isso lá?
— Faz diferença? Fogle está vendendo. John Pappas, o garoto que chamam de Papa John, vai virar casaca e testemunhar contra ele. Isso é tudo de que você precisa saber — diz Digby. — Cadê a bolsa?
— No armário de provas. Onde mais estaria? — retruca Musgrave.
— Eles já registraram o caderno?
— Bem, eles registraram a bolsa e o conteúdo, mas ninguém analisou direito o que tinha lá dentro — diz Musgrave.
— Tirando as drogas. Essas já foram mandadas para o laboratório.

Nós três assistimos a um sedã preto brilhoso chegar e estacionar perto da entrada circular da casa. Uma porta se abre e um homem de terno sai e usa seu telefone. Um segundo depois, o telefone de Digby toca.

— Mas que porcaria é essa? — diz Musgrave.

Digby atende, não diz uma palavra, e ele e o homem de terno desligam ao mesmo tempo.

— Princeton?

— Aham. Eu vou junto.

Saímos enquanto Musgrave, aos gritos, exige uma explicação. Nenhum de nós precisa perguntar o que está acontecendo. Entramos no carro com o homem de terno e ele nos leva para a estrada, onde vemos uma enorme van preta estacionada com o motor ligado. Há dois SUVs na frente e atrás da van.

Eu percebo que Digby está tentando fazer uma expressão neutra. Saímos e caminhamos até a van.

A porta se abre para revelar De Groot em um trono macio no centro do compartimento de passageiros personalizado. Como sempre, está com seu tubo de oxigênio. Somos levados para dentro e a porta se fecha de novo. No silêncio que se segue, o barulho de sua respiração ofegante é estrondoso.

De Groot levanta as mãos e diz:

— Estou pronto para ter essa conversa.

— Sou todo ouvidos — diz Digby.

Um dos seguranças entrega a Digby um grande envelope marrom. Pelo barulho que faz, acho que tem algum tecido dentro. Digby pega o envelope, mas apenas o deixa no colo e encara De Groot.

Depois de um longo minuto, toco seu braço e o chamo pelo nome.

Ele assente, e eu pego o envelope, abrindo-o e encontrando uma pequena camiseta rosa. Uma camiseta com a estampa de *Dora, a aventureira*. Lembro que Digby comentou que sua irmã estava em uma fase obcecada por ela, quando foi sequestrada.

— É da Sally.

— Posso dizer o que aconteceu com ela — diz De Groot.
— Tudo que você precisa fazer é me entregar a pesquisa.
— Isso... — Digby luta para retomar controle. — Isso poderia ser de qualquer criança.

Procuro alguma pista no tecido. Viro a etiqueta e encontro "Sally D" escrito nela com uma caneta agora desbotada. Há uma mancha de sangue sinistra perto do pescoço. Ainda estou digerindo tudo quando, de repente, Digby explode ao meu lado. Ele ataca De Groot.

De Groot não se mexe, muito menos se abaixa. Não precisa. Dois de seus seguranças seguram Digby no banco antes que ele alcance o velho. Nem mesmo vejo as armas sendo sacadas, mas, assim que Digby está sob controle, ouço os cliques metálicos de pelo menos duas armas sendo travadas.

— Preciso sair daqui. Me deixa sair. Me deixa sair.

Ele começa a puxar o trinco e socar a porta, mas está com dificuldades de abri-la, então eu me aproximo e abro. Eu nunca o vi desse jeito — nem mesmo quando achamos que íamos morrer —, e isso me apavora.

Descemos da van e Digby caminha de volta para a casa a passos rápidos. Quando chegamos nos arredores da festa, eu estendo a mão e o puxo para perto.

Digby me abraça e sussurra:
— Princeton, eu não consigo fazer isso.
— Digby, eu acho que você precisa pelo menos tentar — digo. — Você precisa descobrir o que aconteceu com Sally. Isso precisa acabar.

Ele fica parado, pensativo. Por fim, diz:
— Você tem razão. Isso precisa acabar.

Então, sem se importar se alguém está vendo ou não, Digby me beija.

Não é um beijo doce de caminhadas na praia ou de pratos de espaguete compartilhados. É apocalíptico. Ele continua agarrado a mim um bom tempo depois de nossos lábios se afastarem. E suponho que seja natural que Digby fique apreensivo.

Muitas vezes me pergunto se ele sabe quem vai ser quando tudo acabar e ele não tiver mais o desaparecimento de Sally para lhe dizer como se sentir e o que fazer.

— Zoe, desta vez pode ser *sério*.

— A explosão, o incêndio, o sufocamento por gás — lembro. — Você não chamaria essas coisas de sérias?

— Você quer mesmo fazer isso?

— Quero.

Corremos de volta e gesticulamos para o comboio de carros. Digby bate na janela da van. Quando a porta se abre, Digby diz:

— Certo. Combinado.

— Você vai me dar o resto da pesquisa de sua mãe? Tudo? — pergunta De Groot.

Digby assente.

— Como? — pergunta De Groot.

— Não interessa — responde Digby. Quando De Groot parece não muito convencido, ele para de sorrir e completa:

— Vou invadir a Perses e roubar o material.

— Essa instalação tem um sistema de segurança extremamente complexo — argumenta De Groot. — Como você vai fazer isso?

— Vai ser uma operação interna.

Um longo momento passa enquanto De Groot e Digby se encaram. De Groot sorri e estende a mão para Digby apertar, mas ele o ignora e sai andando.

++++

No caminho de volta para a festa, sinto aquele arrepio atravessar meu corpo de novo. Desta vez, reconheço que é por muito mais do que a emoção de quebrar as regras ou minha atração por Digby. É porque sei que o que estamos prestes a fazer é importante.

Lá vamos nós de novo.

AGRADECIMENTOS

Quando, nos agradecimentos do livro anterior, agradeci a Kathy Dawson por me ensinar a escrever YA, eu não queria que parecesse tanto um discurso de formatura. Os deuses devem ter se irritado com a minha soberba, porém, porque decidiram me mostrar exatamente o quão pouco sei sobre escrita. Obrigada, Kathy, por toda a paciência e muito obrigada por encontrar o livro que eu estava tentando escrever. Muito obrigada, Claire Evans, por dividir seus conhecimentos sobre esportes e por toda a ajuda no lançamento deste livro. Obrigada também a Regina Castillo, pelos olhos atentos. Também quero agradecer a Anna, Venessa, Marisa, Rachel, Carmela e muitas outras pessoas da família Penguin Random House... Vocês sabem mesmo como cuidar dos seus autores!

Obrigada, David Dunton, por saber exatamente como me agenciar mesmo quando nem eu tinha ideia de qual era o meu problema. Nikki Van De Car, você é incrível e sabe exatamente qual é o meu problema. Muito obrigada pelos comentários e notas.

Também agradeço à minha família — mamãe, papai e Steve — por cuidar de mim em alguns dias bem sombrios. Nem por um momento eles me fizeram sentir mal por estar para baixo. As pessoas perguntam de onde vêm as piadas dos livros e a resposta é: deles.

Luke e Stella ganham um obrigada especial extragrande por me arrastar até a linha de chegada. Ninguém acreditaria se eu listasse todas as coisas que eles fizeram para me manter viva e trabalhando. Tenho muita sorte por contar com suas mentes incríveis me ajudando.

E, finalmente, um alô para o meu filho, que é jovem, mas muito mais descolado do que eu jamais serei. Ei, Henry: manual, manual, automático!